> 追梦之路
> 潮涌珠江向大海

商都商潮

广州商贸发展纪实

喻 彬 著

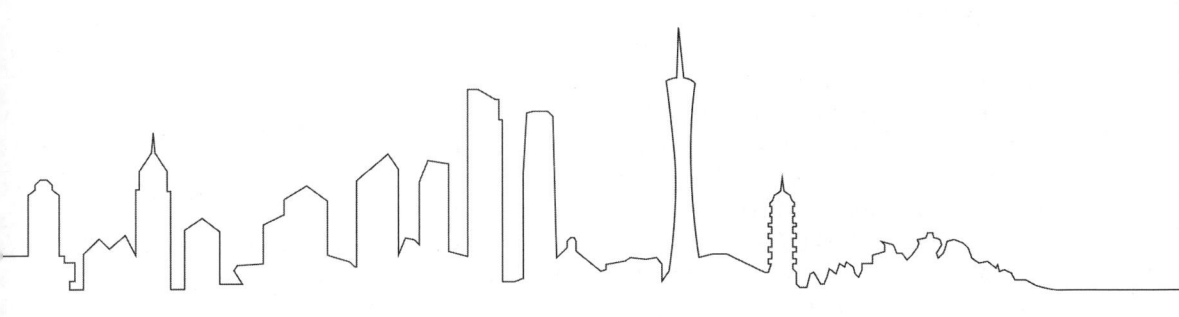

SPM 南方传媒 | 花城出版社
中国·广州

图书在版编目（CIP）数据

商都商潮：广州商贸发展纪实 / 喻彬著. -- 广州：花城出版社，2021.11

（追梦之路：潮涌珠江向大海）

ISBN 978-7-5360-9477-2

Ⅰ. ①商… Ⅱ. ①喻… Ⅲ. ①报告文学-中国-当代 Ⅳ. ①I25

中国版本图书馆CIP数据核字(2021)第181162号

出 版 人：肖延兵
策划编辑：张　懿　陈宾杰
项目统筹：陈诗泳
责任编辑：李　卉
技术编辑：凌春梅
封面设计：荆棘设计

书　　名	商都商潮：广州商贸发展纪实 SHANGDU SHANGCHAO GUANGZHOU SHANGMAO FAZHAN JISHI
出版发行	花城出版社 （广州市环市东路水荫路11号）
经　　销	全国新华书店
印　　刷	深圳市福圣印刷有限公司 （深圳市龙华区龙华街道龙苑大道联华工业区）
开　　本	787毫米×1092毫米　16开
印　　张	16.75　2插页
字　　数	180,000字
版　　次	2021年11月第1版　2021年11月第1次印刷
定　　价	60.00元

如发现印装质量问题，请直接与印刷厂联系调换。
购书热线：020-37604658　37602954
花城出版社网站：http://www.fcph.com.cn

追梦之路
潮涌珠江向大海

本书编委会

编委会主任：徐咏虹

编委会副主任：胡训军

编委会成员：（按姓氏笔画排序）

皮　健　刘　鉴　李国文　李恩泉　杨淑怡　何　龙
陈　思　林国强　罗　政　洪　谦

总序

在百姓生活中感受自信

中共中央总书记习近平在庆祝中国共产党成立100周年大会上庄严宣告:"经过全党全国各族人民持续奋斗,我们实现了第一个百年奋斗目标,在中华大地上全面建成了小康社会,历史性地解决了绝对贫困问题,正在意气风发向着全面建成社会主义现代化强国的第二个百年奋斗目标迈进。"

当今世界正处在百年未有之大变局。伫立云山珠水,面向浩瀚的海洋,在实现全面小康社会迈步向建设现代化国家征程的大道上,探寻其奋斗与梦想的实践逻辑和文学逻辑,是一件很有意义的事情。报告文学是一个很好的表达方式。

文学作品是一种价值创造。一个社会的发展，往往充满了曲折、坎坷、苦难，坚定就成为一种重要的力量。当面对黑暗，寻找那一缕星光，梦想就成为一种重要的力量。任何一种文明的发展，肯定会出现这样或那样的问题，任何问题都有其多面性，但向上的力量永远是其主要价值。这也是文学作品的一个价值取向和重要功能。一切的形式都要服务于作品的内容，好的形式深化了好的内容，这就是价值创造。有价值就有灵魂，有灵魂的东西能让人走远，能让人看到希望。

文学作品的含金量就是这个时代的含金量。当面对纷繁复杂的世界，聆听时代的声音，揭示社会本质，寻找发展规律，让人看到内心的光芒，让温暖成为一种强大的力量。文学是追寻大道的脚步，是人类文明的音符。

文学作品能看见未来。上接"天气"，下接"地气"，是人与自然的邀约。从出发的地方看初心，从改革开放的大潮中看远方，写的是现在，看到的是明天，走过一道道坎坷，遇见的是美好，成就的是未来。

文学有根才能见到魂。苦难从这里开始，辉煌从这里起步。在这里，感受广州，读懂中国。风云激荡后留下的满天霞光，都将成为人类所仰望的美景。

广州是中国民主革命的策源地，具有红色文化的独特气质。中国民主革命的思想建设、组织建设、人才建设、武装力量建设、农民运动、工人运动、青年运动、妇女运动、武装起义和发生在近代史上的一系列重大事件，很多是在广州发生发展的。广州，对中国革命产生了深远的影响。

广州是中国改革开放先行地，具有开放、创新的独特气质。"敢为天下先""杀出一条血路"的勇气与担当成为这座城市又一独特的精神标志。市场经济的发展，吸引成千上万的人南下务工。"东西南北中，发财到广东。"从产权确认、价格闯关、商品流通到全面开放，从个体到民营、合资、独资，各种不同类型的企业在这里创业、融合、激荡、成长。在短短四十年的时间里，广州就成为世界制造中心，走完资本主义国家几百年才能走完的路。从计划经济、商品经济、社会主义市场经济到十九大报告进一步明确，市场在资源配置中起决定性作用，广州更好地发挥了政府的作用，形成改革开放建立市场经济的基础理论架构，创建一种前所未有的、科学的经济结构和运行体制，运用中国理论、中国方案、中国实践解锁了一个时代的禁锢。广州，为中国特色社会主义制度的形成与成熟提供了生动的实践，为推动深化全国改革开放提供了重要经验，见证了国家整个工业化发展的进程，成为人类发展史上的奇迹，对中国和世界都产生了深远的影响，成为中国特色社会主义改革开放的重要窗口。

广州是粤港澳大湾区文化中心城市，具有多元文化的独特气质。"粤港澳大湾区"不仅是一个地理概念、经济概念，同时也是一个文化概念。香港、澳门与珠三角文化同源、人缘相亲、民俗相近。鸦片战争以来，大湾区人民一起历经苦难、一起斗争、一起流血、一起奋斗，共同成长，在国家民族争取独立解放的过程中，做出了不可磨灭的贡献。特别是改革开放以来，共同创造、共同发展、共同富裕，岭南文化在不断吸收国际文化元素中碰撞、融合、创新，焕发出新的无限的魅力。创造性转化、创新性发展，逐步形成了大湾区人民的国家认同、民族认同、文化认同等多元文化特质。

一个时代有一个时代的主题。建党百年全面建成小康社会，这是人类文明发展史上的大事件。十四亿人口摆脱绝对贫困，成为世界第二大经济体，完备的工业体系、强劲的科研态势，成为人类发展的奇迹。这次蔓延全球的新冠肺炎疫情给人类带来了灾难，也引发了思考。哪种制度机制更有效,哪里的人民生命财产更安全,哪里的幸福更多、更长久,在老百姓的生活里都能得到答案。没有对比的生活,很难让人找到坐标。眼前没有硝烟,觉得和平很平常;没有饥饿,感到温饱很平常;没有灾难,感到团聚很平常。几十年的和平、几十年的发展,让人们心里淡化了危机。小康社会是党的功劳,也是人民的功劳,在分享这份荣光的同时,人民感受到的是小康生活背后的制度优势。数字化、全球化、市场化是我们这个时代的必然生态,社会主义制度的体制机制是引领时代的内在逻辑和根本主题。

一个崛起有一个崛起的密码。追求梦想,实现全面小康,我们为什么能成功?是什么基因?有什么密码?奔跑的每一个人都清楚,从出发到现在的成就,都超出了自己的想象。从一个文盲大国到一个人才大国,从一个农业大国到一个制造大国,从一个贫穷大国到一个经济大国,从一个制造大国到一个科技大国,短短几十年,中国让世界震撼。在回顾历史,感受辉煌中,我们很容易找到"四个自信"的理由和逻辑。我们走过的路、做成的事,没有哪一件是容易的,但中国人做成了,广州人是先行者。中国的发展用西方理论解释不通,中国自己也没有教科书,是摸着石头过河蹚过来的。中国特色社会主义有两个让人们看得到的逻辑:一个现实逻辑就是每一次大的改革、大的阵痛之后,人们都能过上更好的日子;一个理论逻辑是只要以人民为中心,一切的矛盾都可以化解,一切的敌人都可以战胜。这是共产党人成功的密码。

一个生态有一个生态的滋养。全数字化时代,有什么样的需求就有什么样的传播,有什么样的传播就会形成什么样的舆论。生态的核心是受众。全数字化时代的全球化,人们的视野是世界的,但不一定看得清;人们的信息是海量的,但不一定都有用;人们的工作和生活离不开物质享受,但其品质需要精神追求。人们在浮躁后的冷静中,对精神文化产品的需求会有一个很大的提升。用读者喜欢的方式做传播,用读者成长所需的内容做连接,用读者正向需求做引导才会有一个好生态。生态的动脉是时代。社会转换中的矛盾点、人们精神需求的提升点、产品呈现方式的吸引点,就是时代的脚步声。生态的感动是故事。故事是焦点性、支点性的,具有创新性和深刻性。读者在故事中感动,在故事中思索,用一种舒服的方式聊天,和心中的迷惑和解,让内心光明,充满力量,在寻找故事的本真中发现更好的自己。

站在世界看广州,站在广州看未来。"追梦之路:潮涌珠江向大海"丛书,讲述的故事鲜活、深刻、有力量。我国全面建成小康社会,让我们有了足够的自信和底气,昂首阔步迈向社会主义现代化国家新征程。只有经历风雨,走过坎坷,才能遇见美好,看见未来。

目录

第一章 世纪盛会 001

一 周总理首倡广交会 002
广府广州,千年商都 002
广交会向世界敞开友谊之门 003

二 邓小平来到广交会 007
花城迎来尊贵的客人 007
邓公对广交会高度首肯和期许 008

三 60载广交会情结 010
拳拳赤子心,浓浓报国情 010
60年广交情痴心不改 011

四 潘西佛百上广交会 016
一位新西兰青年的广交梦 016
开启广交会百届辉煌之旅 018

五 可可扎的中国情结 022
沿着马可·波罗的足迹来中国 022
"中国情人"的百届广交会情缘 024

六 布什赴广交会 027

广交会，推动中美两国贸易发展 027
布什两次到访广交会 028

七 35年接待生涯 033

青春岁月的美好回忆 033
青丝渐白终不悔，一生奉献广交会 035

八 杨秋萍三见周总理 037

16岁考入中国出口商品陈列馆 037
三次见到周总理，音容笑貌铭于心 039

第二章 珠江潮涌 043

一 菜篮子改革先声 044

打响中国物价改革第一枪 044
率先放开塘鱼价格 045

二 首条个体服装街 049

中国第一条个体服装街 049
全国第一批个体服装万元户 050

三 开架售货第一家 054

敞开式顾客自选商场的神话 054
友谊商店，神州第一家自选超市 057

四 第一座精神粮库 060

神州第一书城 060
改变命运的阶梯 064

第三章　携手世界　069

一　可口可乐落户羊城　070
可口可乐与中国　070
可口可乐装瓶厂扎营广州　072

二　白天鹅的世界视野　076
首家合资五星级宾馆　076
"四门大开"引来的风波　078
邓小平和广州人民共度春节　080
接待过150多位元首和政要　081

三　中国大酒店的创举　085
年收千万元，微商掘金年轻消费群体　086
一首歌和一个时代的印记　087
开创政企合作、穗港合作之先河　088

四　花园酒店树立民族品牌　093
曾遭停工，迎难而上铸造辉煌　093
展示岭南文化的重要窗口　095
打造世界知名的中国民族酒店品牌标杆　096

第四章　激情岁月　099

一　灯光夜市点亮星空　100
西湖路中国第一个灯光夜市　100
广州灯光夜市，点亮华夏之夜　102

二　白马服装缤纷神州　108
与时俱进，品质为王　108

　　　　白马大厦，服装天下　111

　三　海印专业市场先导　118
　　　　天时、地利、人和成就的传奇　118
　　　　5000元撬动20多亿元的神话　119

　四　黄沙市场生猛海鲜　125
　　　　黄沙水产市场神话的诞生　125
　　　　黄沙市场月圆之战　131

第五章　繁荣季节　135

　一　上下九的岭南风情　136
　　　　千年古街的人文佳话　136
　　　　"鸡公榄"——一个时代的集体记忆　140

　二　天河城的购物天堂　143
　　　　天河城，中国第一商城　143
　　　　引领全国购物中心新潮流　144

　三　北京路的文化积淀　149
　　　　北京路，"岭南第一街"的历史见证　149
　　　　穿越时空的古今对话　152

　四　广汽本田汽车神话　157
　　　　1法郎到4000亿元的飞跃　157
　　　　广汽焕发出民族工业活力　159

第六章　连锁帝国　165

　一　广州酒家"粮"心物语　166
　　　　"广州第一家"的坚守　166

　　　　勇于创新，引领行业之先　167
　　　　永不服输，8年"上市"坎坷路　169
　　　　向国际大型饮食集团迈进　171
　　　　做粤式饮食文化的领头羊　173
　　　　人才是广州酒家最宝贵的财富　175
　　　　"五更佬"的"粮心"选择　177

　二　陶陶居的匠心与创新　182
　　　　与时俱进，老字号焕发新活力　182
　　　　陶陶居141年的光阴故事　185

　三　点都德的德行天下　195
　　　　继承祖业，重振点都德雄风　195
　　　　我的人生在点都德启程　198
　　　　从洗碗工到总监的华丽转身　201

　四　锦泉眼镜让爱心传递　205
　　　　眼镜行业是呵护心灵的事业　205
　　　　感恩诚信是锦泉眼镜的兴业法宝　207

第七章　百年积淀　211

　一　王老吉"中国第一罐"的秘密　212
　　　　"中国第一罐"是怎样炼成的　213
　　　　守正创新，不畏难，谋长远　215
　　　　肩负时代使命，让世界更吉祥　219
　　　　科技赋能，王老吉的新浪潮"通关路"　222
　　　　凉茶的现代化发展之路　223

　二　陈李济，400岁长寿基因　226
　　　　421岁的不老秘密　226

古方里的疫情防控密码　228
　　　"同心济世"薪火相传　229

三　太平馆，张开嘴巴吃世界　232
　　　让中国人"张开嘴巴吃世界"　232
　　　太平馆的沧桑岁月　234

四　致美斋，400年南派酱宗　240
　　　致美斋成全了一场烹饪处女秀　240
　　　老酱园的神秘任务　243
　　　致美匠心，薪火相传　246

后　记　249

|第一章|

世纪盛会

一 周总理首倡广交会

广府广州,千年商都

在源远流长的华夏文明中,广府文化是一颗璀璨的明珠,其光华在五岭之南、神州大地乃至世界的每一个角落都熠熠生辉。广府文化经过2000多年的发展、传承与弘扬,从中国走向世界,是向世界传播中华文化的重要载体,是维系着祖国与广大海外华人赤子之心的纽带。广府人以勤劳、智慧与真诚写下了许多可歌可泣的历史篇章。实现中华民族伟大复兴的中国梦,广府文化发挥着积极的作用。

在漫长的历史长河中,广府之地钟灵毓秀、人杰辈出、先贤如林。冼夫人、六祖慧能、袁崇焕、洪秀全、邓世昌、詹天佑、孙中山、康有为、梁启超、蔡廷锴、蒋光鼐……他们对人类的文明和进步、中国社会的变革和发展影响深远,在历史的天空闪耀着生生不息的光芒。

广府文化的滥觞就是广州。广州是中国海上丝绸之路、对外通商的重要口岸。珠江口的琶洲岛黄埔古港,是开辟于秦、汉时期的海上丝绸之路的起点,是繁盛于唐、宋年代的"通海夷道",傲立寰宇的明、清"一口通商"十三行的发祥地。

从唐代开始,广州一直是我国最重要的商业港口之一。1757年,乾隆皇帝颁发"只许在广东收泊交易"的一口通商谕旨,从此,拉开了"广州十三行"辉煌的关口贸易序幕,也给勤劳勇敢的广州人民增添了经商的智慧和发展的活力。

广交会向世界敞开友谊之门

然而,新中国的成立却遭到了一些西方国家的敌视和封锁。1949年11月,在美国提议下,一个实行禁运和贸易限制的国际组织"输出管制统筹委员会"在巴黎秘密成立。

1951年,美国采取对联合国的操控,通过了严重反华的"禁运"提案。由于以美国为首的帝国主义阵营对新中国的疯狂封锁,西方国家也加紧对新中国进行"经济封锁,货物禁运",从而使橡胶、化肥、钢材、机械、沥青等建设物资急缺的中国,陷入困难之中,这严重制约了新中国的发展。

就在新中国遭到严重封锁的时候,敢为天下先的广东人民勇敢地站了出来,以岭南人独有的智慧为祖国分忧解难。1951年10月14日至1952年2月14日,华南土特产展览交流大会在广州举办,这成为新中国国民经济复苏的重要事件,也拉开了新中国国民经济腾飞的序幕。自此以后,广州每年在新中国对外贸易中的占比都非常高。尤其是1953年至1955年,广东的对外贸易额占了全国对外出口总值的近一半。1955年,世界瞩目的印尼万隆亚非会议隆重召开,这对于遭受西方列强封锁的新中国外交有着极其重要的意义。周恩来总理兼外长参加了会议,并提出了"求同存异"的方针,对我国争取良好的国际和平环境有着积极意义。周恩来总理的"求同存异"方针及其人格魅力,获得了受帝国主义侵略和奴役的亚、非国家与会代表的支持和认同,使新中国的外交取得了重大突破。

前来广东做生意的外国人渐渐多了起来,1955年到1956年,随着"华南物资交流大会""广东省物资展览交流大会"和"广州出口物资展览交流会"等展会的召开,港澳同胞和东南亚商人积极前来赴会,中国经济也因此得到了迅速发展。1955年10月,广州出口物资展览交流会取得了3500多万港元成交额的巨大成果,大大超出了原定2000万港元成交额的指标,使广州成为全国人民刮目相看的城市。

广州举办的这些展会活动使新中国得到了急需的战略物资和外汇,为中国在1956年胜利完成社会主义改造提供了强有力的支持。地理优势得天独厚的广州成功地举办了一次又一次的经贸展会,时任中央对外贸易部驻广州特派员、广东省外贸局局长的严亦峻非常振奋。他心想,既然这一个个小型展会办得如此有声有色,何不办一个大型的展览会呢?既可以把全国各行各业的外贸公司都集中到一个展览会上,又可以请外国的商人前来广州洽谈,当面达成交易;既可以发挥展会的整体效应,又可以为新中国赚取更多的外汇。

严亦峻这位有着经商头脑的山西人,是这么想的也就这么行动起来。他当即赶往广东省委,将这个想法向时任广东省委书记陶铸同志做了汇报,陶铸在听完汇报后十分欣喜并表示赞成。1956年6月12日,严亦峻就以个人名义向外贸部和广东省委正式呈报了《建议在广州举办全国出口商品展览交流会》的请示电报,正式提出了在广州举办全国出口商品展览交流会的建议。其建议紧跟国外大型展览会的潮流,依据中国传统庙会和民间集市的商业传统,于当年9月、10月间在广州举办一次世界性的出口商品展览交流会,向世界打开一扇展示中国经济和文化的窗口,一个与世界各国人民友好交流的平台。

严亦峻的建议经外贸部同意试办后,立即呈报给国务院,得到了周恩来总理的批准。

1956年9月6日,国务院下发电报,同意外贸部和广东省政府的请示,指示他们以中国国际贸易促进会的名义,与国外友人一起办好中国出口商品展览会,并要求各地区和各部门大力支援这次具有深远意义的交流会。

第一章
世纪盛会

老红军严亦峻手捧着这份国务院的电报，心中如负千钧。

严亦峻在心里默念着，我一定不会辜负党和人民的重托，我会全力以赴地把中国出口商品展览会办成最成功的展会，为国家换回急需的物资和外汇！

当美帝对中国关上了封锁之门，党领导下的新中国却向世界打开了一扇友谊之窗。为了将这扇窗更好地向全世界人民敞开，严亦峻和陶铸两位老战友按照周总理的指示，带领广东省、广州市各级党政部门紧急行动起来。经过三个多月的精心筹备，以中国国际贸易促进委员会名义举办的中国出口商品展览会，于1956年11月10日在广州市中苏友好大厦隆重开幕。中国近万种主要出口商品琳琅满目地呈现在展会上，37个国家和地区的2736名客商参加了这次盛会，出口成交额达5380万美元。这次展览会作为广交会的前身，为后来的中国出口商品交易会奠定了坚实的基础。同时，向世界展示了新中国的实力。

因此，展览会结束之时，国家对外贸易部和广东省指示，于1957年再举办类似的交易会。经协定，决定交易会名称为"中国对外贸易公司联合举办中国出口商品交易会"（2007年4月15日至4月30日举行的第101届广交会，名称正式由"中国出口商品交易会"变更为"中国进出口商品交易会"，首次增加了进口功能）。

1957年4月25日，第一届中国出口商品交易会在广州中苏友好大厦隆重开幕。中苏友好大厦9600平方米的展厅里人头攒动，聚集着19个国家和地区的1200多名客商，这些客商绝大多数来自港澳和东南亚国家和地区。展会上参展商品12 000余种，分别陈列在工业品、纺织品、食品、手工艺品、土特产品5个展馆，成交额达1754万美元。

周恩来总理亲临现场视察。他跑遍了广交会的每个展馆，与外宾亲切交谈。他的和蔼可亲给来自世界各国的外宾朋友留下了深刻的印象。

广交会创办当年，广交会两届出口总额达9687万美元，占该年全国创收现汇的20%。广交会的成功举办，冲破了西方国家的封锁和禁运，成功开拓了我国与世界各国贸易往来的新局面，而广交会"促进国家外贸出口、服务国家经济建设"的宗旨也由此确立。

在广交会的大力推动下，到1957年底，中国已同包括英国、法国在内的82个国家和地区建立了经济贸易关系，并与其中24个国家签订了政府间贸易协定或议定书。还通过派出代表团前往这些国家进行参观考察，进口了许多新中国经济建设急需的物资和设备。

广交会是一扇展示中国良好形象的窗口，而亲手打开这扇窗的人，就是周恩来总理。在以后的岁月里，周总理曾经九次赴广交会考察指导工作，甚至还亲自做讲解员。周恩来、刘少奇、邓小平、朱德、董必武、陈云、李先念、姚依林、万里等国家领导人，都在广交会这个世界盛会上留下了身影。

二　邓小平来到广交会

花城迎来尊贵的客人

周恩来总理创办中国出口贸易交流会，得到了刘少奇、朱德、董必武等党和国家领导人的大力支持，他们先后亲临广交会视察指导工作。

1973年5月中旬，落英缤纷的花城迎来了一位尊贵的客人——邓小平同志。

据接待邓小平的工作人员赵梅回忆：一天中午，广交会内宾接待科办公桌上的电话铃声打破了午间的宁静。正趴在办公桌上午休的赵梅顺手拿起电话听筒："您好，广交会接待科，请问您是哪里？"

电话另一端说："我是广东省委接待办的工作人员，有一位重要领导马上要去广交会视察，这位领导包括警卫人员共五六个人，请你们马上做好接待准备。"

赵梅说："好的，请您放心，我们一定会接待好领导。"

不该说的不说，不该问的不问，这是广交会对工作人员的要求，也是所有员工必须遵守的纪律。在广交会接待科工作了十几年的赵梅完全明白这个道理。尽管如此，赵梅心里依然感到好奇，这位重要的领导到底是谁呢？会不会是周总理？仔细一想，觉得应该不会，因为这届广交会刚刚闭幕，周总理应该不会在广交会闭幕后前来视察。

为了做好接待工作,赵梅马上给负责10楼部长接待室的服务员俞丽霞打电话,传达了广东省委接待办的指示,并让她做好接待准备,迎候这位重要领导的到来。

赵梅布置过工作之后,刚想给领导打电话汇报,这时,桌上的电话又响了,依然是广东省委接待办的工作人员打来的,说是重要领导的车辆,已经从海珠广场一德东路的侧门驶过,向着机械广场开了过来。赵梅放下电话立即出去迎接。从轿车上走下的是复职不久的国务院副总理邓小平和夫人卓琳同志,以及3位身穿便衣的警卫人员。

邓公对广交会高度首肯和期许

邓小平身着深灰色的中山装,脚穿一双布鞋,神采奕奕地向展馆大门走去。这时,赵梅快步上前迎接。

赵梅把邓小平夫妇迎进序幕大厅,接着乘电梯来到10楼,在接待厅稍作休息。邓小平来到阳台边凭栏远眺。

邓小平观赏了一番广州的风景之后走进接待厅,赵梅给他端上一杯茶,邓小平没有来得及喝上一口,就说要去展厅参观。

从10楼到9楼的那段楼梯,堆积了一些包装箱等杂物,使通道显得杂乱而又拥挤。为了安全起见,赵梅挽扶着邓小平的胳膊拾级而下。俞丽霞则在前面开路,将一些挡道的杂物搬开。到了9楼依然是乱哄哄的样子,小卖部和大公餐厅正在撤场。邓小平沿着楼道,一层一层地将广交会馆看了个遍。

邓小平一边参观那些暂时没有撤走的展位一边说:"交易会办得真不错!"

当赵梅和俞丽霞送邓小平夫妇上车时,邓小平握着赵梅的手说:"谢谢你接待了我们,有机会我会再来。"赵梅激动地回答说:"好的!一定等您再来！"

赵梅说，接待邓小平的情景历历在目。"一切就像发生在昨天。那次接待给我们留下难忘的回忆，同时也有很多遗憾。一是因为时间太紧，当时连一张照片也没能照上；二是邓小平有生之年没能再次到广交会来视察，真遗憾！不过值得欣慰的是，邓小平的预言已经实现，广交会的确是越办越好！"

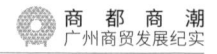

三　60载广交会情结

拳拳赤子心，浓浓报国情

"咬定青山不放松，立根原在破岩中。千磨万击还坚劲，任尔东西南北风。"用郑板桥颂扬石竹的精神，来比喻李欢60多年的广交会情结，是再贴切不过了。

从1957年春天第一届广交会开始，每一届都有一个熟悉的身影从未缺席。这位"老广交"就是香港远大贸易有限公司董事总经理李欢，用他自己的话来说就是："像我这样每一届都参加的老家伙可能不多喽！"确实如此：60多年从未缺席难能可贵。现年94岁高龄的李欢也被人们亲切地称为"欢叔"。"第一届广交会，大家都叫我'欢哥'，第二十几届的时候就开始有人叫我'欢叔'，到现在还是叫我'欢叔'，实际上早就是爷爷辈了，大家一直没叫我'欢伯'，可能是鼓励我保持一个年轻的心态吧。"

李欢定居在香港，却是地地道道的广州人，他的祖籍是广东台山。1926年出生于广州市的李欢，亲眼目睹旧中国广州人民水深火热的生活。1946年，弱冠之年的李欢只身来到了香港，经营西医药及医疗器材生意。

朝鲜战争爆发后，刚刚诞生的新中国卷入了战火之中。当时，欧美等西方国家对新中国实施了严厉的禁运政策，很多战时急需的西药及医疗器材无法运到内地。在祖国最需要的关键时刻，拥有强烈爱国情怀的李欢行动起来了,他与很多香港同胞不顾港英当局的阻拦,冒着巨大的风险,将盘尼西林等抗生素药品和医疗器材从香港运往内地,为抗美援朝战争的胜利做出了积极的贡献。

1950年,一个偶然的机会,李欢获悉广州正在举办苏联、捷克商品展览。于是,他便以香港南北行公所商人的身份,主动申请组团赴广州参会。当时,有人问他"南北行公所"到底是什么意思?对此,李欢的解释是:"南北行"这个名称,指转运长江以南及华北线的货物,日子久了,就简称为"南北行"了。新中国成立时,南北行公所在香港最早挂起五星红旗。李欢自豪地说:"这充分地说明,我们是一个非常爱国的公司。"

1956年,广州举办"华南土特产物资交流会",李欢受邀参加了这届交流会,成了少数的境外参会商人之一。

从华南土特产物资交流会,到中国出口商品展览会,再到中国出口商品交易会,从交流到展览再到交易,彰显的是中国政府冲破封锁走向世界的信心和决心。而李欢作为一名在香港的爱国商人,见证了这一历史的进程。

60年广交情痴心不改

1957年4月25日,身着中山装的年轻香港商人李欢,应邀参加了第一届中国出口商品交易会,当年第一届广交会开幕时的盛况,直到现在李欢都记忆犹新:"当时美国对我们中国实施禁运,而我们这些爱国香港商人穿着中山装就来开会了。我想,通过广交会这个平台进行贸易,既可以增加国家的外汇收入,自己也可以挣些钱,是真正的功在国家利在自己。"

在广交会上,李欢看到祖国的物产丰富,感到欣喜和自豪。从那时起,李欢与广交会、与国货结下了不解之缘,成为一名内地食品的代理商。通过"中国制造"品牌改良后远销世界各地,为国家赚回了丰厚的外汇。

李欢特别注重"品牌"二字，他常说的一句话就是，"品牌"二字，强调商标要先"立品"，建立"信"，"信"即是"人言"。做品牌一定要通过"人言"，将其"口碑"推而广之，时间久了，也就成为"牌"了。

李欢是这样想的，也是这样做的。就拿被誉为"玉液之冠"的贵州茅台酒来说。这个品牌能够享誉全世界，就有李欢大力推广的功劳。当初，茅台酒的牌子用的是"红星"牌，再后来用的是"葵花"牌。而酒瓶用的是黑陶，因有砂眼而常常漏酒，再加上政治因素的影响，出口到中国台湾及美国后，一些客户并不认可初期的"红星"与"葵花"，以至于行情欠佳，迟迟打不开销路。

可是，李欢却偏不信邪，他相信这么好的酒，是一定可以推向全世界的，于是，就带上自己的建议，不远千里来到了贵州茅台酒厂，跟厂家交流了产品包装等存在的问题以及销不出海外市场的相关原因，并且提出了把黑陶酒瓶改为白瓷酒瓶，以防止漏酒等改进建议。他还参考了富有中国文化特色的敦煌壁画艺术，构思出"敦煌飞天"的形象，并请当时著名的广告设计师吴烈先生绘制图标，以"飞天牌"作为商标，把茅台酒重新包装。茅台酒厂的领导对于李欢的建议十分重视并积极采纳，立即将黑陶酒瓶改成了白瓷瓶，同时改成飞天造型。从此，飞天牌茅台酒便打开了海内外市场，成了享誉世界的中国品牌。

广交会从它诞生的那天起，便成为让世界了解中国的一扇窗口，它也是当时中国对外贸易的唯一渠道。

在10年"文革"期间，李欢尽管也受到了政治气候的影响，但是他依然准时参加广交会。因为，在他看来，广交会不只是他个人经商的平台，更是回报祖国的机会。李欢一如既往地保持着对中国商品的坚定信心。他默默无闻地为祖国的商品走向世界穿针引线、架桥铺路。在李欢等爱国商人和海外客商的共同努力，"文革"时期广交会出口成交额，依然保持了整体的增长趋势。当时中国的外贸事业能够保持稳步的增长，广交会功不可没。最高的时候，广交会占到了全国对外贸易份额的一半以上。

1974年4月15日，第35届广交会首次在广州流花路新馆开幕，李欢来到新展馆，他明显感受到了与往届不一样的氛围。新展厅比过去的规模要更大，他身着中山装走进宽敞的广交会展厅，心情格外振奋。在这届广交会上，他将珠江桥牌酱油、九江双蒸酒等国产品牌带进香港，把国货送进了香港的千家万户。同时，打出了"爱祖国，用国货"的口号。这个朗朗上口的口号一经推广，便立即成为很多人的口头禅，并迅速响彻整个香港，大大地鼓舞了港人的爱国热情。

1978年12月，随着党的十一届三中全会的召开，改革开放的春风吹遍了神州大地。第二年春天，53岁的李欢如约来到了广交会。长达10年的"文化大革命"结束，打倒了"四人帮"，正本清源、百废待兴的祖国，令李欢感到无比欣喜。人们不再随身携带"红宝书"，过去遍地可见的标语牌也不见了，再也不用办什么事都先背毛主席语录了。展会上一切"按市场规律办事"，国内外商人们相信改革开放的中国会给他们带来更多的贸易商机。

而随着改革开放的不断深入，尤其是进入90年代以后，中国经济迈入了快速发展的轨道，随着1999年4月民营企业不准参会的禁忌被打破，民营企业首次获准参加了广交会，这让很多中国民营企业看到了发展的新机遇，全民参加广交会的热情更加高涨，使中国贸易业得到快速发展。

随着我国的经济飞速发展，李欢作为一名"老广交"，作为"铺路架桥"的采购商，一直在将国货带进香港，推向国外，个人的美誉度和影响力在不断扩大。甚至，香港人在吃云吞面之前，都要加上几滴经过李欢经销进入香港市场的珠江桥牌"生抽王"，这几乎成了大多数香港人的生活习惯。在业界，李欢拥有一个响亮的名号——国产粮油罐头大王。

多年来，李欢带出了一批经商的精兵强将，他完全可以放心地将参加广交会的任务交给别人。可是，深爱着广交会的李欢，每年都会如期出席春秋两季广交会。对于李欢来说，广交会不仅寄托着他的爱国情怀，更成为他生

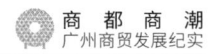

命里最重要的节日。每年的广交会,他都会聚会老朋友、认识新朋友,并将这些新朋老友介绍给自己的手下,他希望公司里的后生们,能够跟他一样,通过参加广交会,树立起经商报国的志向。

2003年,一场史无前例的非典疫情袭来,广交会办还是不办牵动着大家的心,在还没有具体结果的时候,就有人劝李欢,广州非典疫情严重,就别去参加这届广交会了。可是,李欢说:"广州是我的家乡,广交会寄托着我的爱国之情,不管是什么原因,哪怕天塌下来,都阻挡不住我去参加广交会。"

第93届广交会开幕当天,77岁的李欢如约出现在广交会的展厅里,他戴着口罩,穿着一身笔挺的中山装,一个展厅、一个展厅地参观,和客户洽谈生意、给新朋友发名片、和老朋友握手叙旧……他的爱国情怀深深地感动了所有认识他的人。

2006年,广交会迎来了第100届盛典,组委会向李欢颁发了百届"老广交"荣誉证书。被人们亲切地称为"欢叔"的李欢,连续参加了100届广交会,成了广交会历史上的一个传奇。当李欢从领导手里接过"老广交"纪念证书时,整个现场响起了热烈的掌声,这掌声是对人类一种不可或缺、弥足珍贵的恒心和意志力的褒奖和赞许。

2016年10月15日,年届九旬的李欢来到了第120届广交会的现场,在这届广交会上,他替自己的公司找到了新的业务:正式开始营销中国红酒。宽敞明亮的展厅里,李欢拿着一瓶中国红酒,对着众人高兴地说:"质量!质量!我们的国货越来越有质量,国人消费也越来越有质量,这就是市场大旺的象征。"正如李欢所言,随着中国改革开放的不断深入,我国人民群众的物质和精神生活水平都得到了迅速提高,红酒已不再是中国人的奢侈品。

2019年10月,第126届广交会开幕,93岁的李欢西装革履、精神矍铄地出现在广交会琶洲展馆。这位从1957年第一届春季广交会起,从未间断地接连参加了126届广交会的"欢叔",引起了新闻记者的关注。他感慨地说,通过参加广交会，不仅拓展了公司的业务，也亲眼目睹了祖国发生的巨大变化。他说："第一届广交会，只有1000多人，我们香港占了一大部分；当时交易会总的外汇收入几千万元，现在几百亿元。当时参展的品种也少，慢慢从无到有、从少到多，越来越丰富的国货不断走向世界。"

这位126届广交会从未缺席的耄耋老人，以他半个多世纪的坚守，推动了中国贸易事业的发展，见证了中国经济的腾飞。他这种"咬定青山不放松，立根原在破岩中"的坚韧执着，就像郑板桥笔下的石竹一样，深深地根植于中国人民的记忆，写进广交会的史册里。

四　潘西佛百上广交会

一位新西兰青年的广交梦

在白云的故乡新西兰，有一位被当地媒体称为"中国商人"的新西兰人，他用毕生的精力来推动新西兰与中国的贸易事业，是新中两国从贸易空白到签署自由贸易协定（FTA）的见证人。他从1957年开始参加广交会，到2006年第100届广交会时，温家宝总理给他授予"百届辉煌杰出贡献奖"。

这个人就是新西兰—中国贸易协会前主席和终身荣誉会员、中国国际贸易促进委员会荣誉会员维克多·潘西佛（Victor Percival）。

潘西佛，生于1929年，他上小学的时候，就听老师讲起过，在古老的东方有一个神奇的国家叫中国。这个国家拥有五千年的历史，创造过灿烂的文明，是世界上人口最多的国家……等到潘西佛长大以后，他对这个神奇的大国越来越好奇。在那个没有互联网的时代，想要了解世界，只能通过书籍。于是，关于中国的一切书籍，潘西佛都感兴趣，在其家乡奥克兰的书店里，潘西佛终于查到了中国外贸机构的联系方式。于是，他怀着激动的心情，给中国的外贸机构写了一封热情洋溢的信，并表达了来中国做生意的愿望。

当信件寄出去以后，潘西佛进入等待回音的焦虑之中。潘西佛不知道中国的外贸机构能不能收到他的信。因为当时的中国与新西兰还没有建立外交关系。不仅如此，在朝鲜战争爆发时，新西兰还派兵参加了这场战争。同时，新西兰也是美国国务卿杜勒斯的坚定支持者，拥护杜勒斯信条的国家都认为"中华人民共和国并不存在，更不该与之进行贸易"。所以，在当时这种特殊的情况下，潘西佛的焦虑是有道理的。

终于有一天，潘西佛收到了中国外贸机构给他的回信，并且在信中表示邀请潘西佛前来中国参加广交会。当时他心情非常激动，他知道要想促成这件事，要付出很大的努力。可是，他太想来中国了，于是，他就将要去中国的想法告诉了新西兰签证机构，希望能够得到前往中国的签证。他的申请遭到了新西兰签证官的拒绝。无奈之下，潘西佛直接找到新西兰政府相关负责人说："我收到了中国外贸机构的邀请，我要到中国去参加广交会，希望能够得到你的帮助。"

负责人告诉潘西佛："你不能去，维克多，我们的伙伴是华盛顿而不是中国。你知道中国的情况吗？我们和他们没有生意可做。"

潘西佛不服气地说："你们站错了队，中国将来会对新西兰很重要。为了我们的未来，我要去中国做贸易。"

负责人看到劝不住潘西佛，就警告道："维克多，事实会证明你是错的。中国真的没有生意可做，如果你执意要去，我们不会保护你。"

潘西佛说："中国是一个拥有5000年历史的文明国家，是一个有6亿人口的大国，长期以来一直都是世界上最重要的贸易国家。在没有美国和新西兰以前很多年，他们的文明就已经很发达了。所以，中国人是友善的，我不需要你们的保护。我相信，将来的新西兰人民会感谢我的。"

眼见阻止不住潘西佛，这位负责人也没有什么好办法，只得给潘西佛办理了签证。潘西佛手握着签证，心里非常高兴，他觉得自己来中国做生意，其实就是为新西兰开拓贸易新大陆。

当潘西佛要来中国参加广交会的消息传开后，很多朋友都来到他家里，劝他不要去中国。可是，无论他们怎么劝，也阻止不了潘西佛去中国的决心。看到去意已定的潘西佛，有的朋友说他是一个疯子。

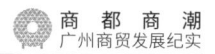

潘西佛想，说我疯子我就疯一回吧！当初提出"日心说"的哥白尼，不也被人称为疯子吗？而事实证明，哥白尼是正确的。我去中国参加广交会的决定也是正确的。现在我无法证明，但最终事实会帮我证明。

就这样，27岁的潘西佛踏上了前往中国的旅程。他先是从新西兰飞到澳大利亚的悉尼，又辗转墨尔本和达尔文，再经过一些东南亚国家，来到了泰国的曼谷，再由曼谷到达香港，最后，坐上火车穿过罗湖桥来到了广州。

从新西兰奥克兰到中国广州，潘西佛总共花了一个星期的时间。尽管如此，潘西佛觉得这趟中国之行花的时间再多也是值得的。

开启广交会百届辉煌之旅

来到鸟语啾啾、鲜花处处的广州，潘西佛的内心有一种说不出的喜悦。只是可惜没有赶上春季开幕的第一届中国出口商品交易会。

那届广交会，前来参会的15个国家的35名外国商人，除了潘西佛来自遥远的南太平洋岛国之外，其余大多数是中国香港和东南亚国家客商。

珠江的旖旎、越秀山的灵秀、白云山的巍峨……使潘西佛流连忘返。广州的美食、中国人的友善给他留下了深刻的印象。在广州客居了3个星期后，潘西佛又回到新西兰。朋友们都怀着好奇来看望他，听他讲述在中国的故事。他将在中国的所见所闻以及得到热情好客的广州人的礼遇都说给亲朋好友们听，使他们改变了对中国的看法。

1958年，潘西佛第二次来到中国，他想更好地观赏中国的自然风光，领略独特的民风民俗。在一个多月的时间里，他北上黑龙江，南下四川，足迹遍布了大半个中国。所到之处，潘西佛都得到了当地人的盛情款待，他一边品尝各地的风味小吃，一边采购各地的土特产。中国人民的友善、热情给潘西佛留下了深刻的印象。他坚信中国与新西兰一定会早日建交，中国与新西兰的贸易合作一定会越做越好。

每当潘西佛带着从广交会上采购的商品回到新西兰时，他不但将广交会上的所见所闻告诉亲朋好友，还会将中国各地的风土人情、奇闻趣事告诉他们。亲朋好友们口口相传，使新西兰人加深了对中国的了解。而每当有不了解中国情况的人攻击中国时，潘西佛也会站出来为中国正名。潘西佛的大力宣传，使更多新西兰人知道了广交会，了解了中国。

此后，潘西佛来中国的次数多了起来，他动员身边的亲朋好友前来参加广交会，就像是一位民间的"新西兰大使"，用自己的亲身经历、耳闻目睹来传递着两国人民的友谊。即使是在"文革"动荡之秋，潘西佛也没有中断前来广州参加广交会。

1972年，中国与新西兰正式建交时，潘西佛心里无比欣慰，他作为第一个进入中国进行贸易的新西兰的"马可·波罗"，为中新两国贸易发展做出了卓越的贡献。

改革开放后，中国的国门大开，越来越多的外国友人前来中国商贸旅游，而潘西佛也不忘初心，继续前来广州参加广交会。他感受到中国的变化日新月异，最明显的就是广交会的展厅越来越大了，广州城市建设越来越繁华，前来参加广交会的外商也越来越多。而从中国到新西兰的旅程时间，也从当初的一个星期缩减到只需要11个小时的飞行。中新两国政府和人民交流也在不断加深，关系逐渐密切。

潘西佛这位通过广交会认识中国的新西兰人，已经成为中国人民的老朋友，甚至有些人不再把潘西佛当成外国人，而很多新西兰人把潘西佛称为"中国商人"。潘西佛也尽到了一个"中国商人"的责任，他带着自己的朋友横跨太平洋来到中国参加广交会，还协助广交会组委会在新西兰举办招商等系列活动，他把中国在新西兰的事情，当成了自己的家事来办理，俨然成了中国派驻到新西兰的"贸易代表"。

时间证明了潘西佛的预期，自从中新两国建交以后，两国政府和人民

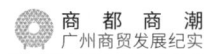

的往来踏上了快车道。改革开放后的80年代中期，在潘西佛的带领之下，有1000多名新西兰商人活跃在新中贸易的舞台上，这在当时全国总人口只有300多万的新西兰，已经是难能可贵的事了。他们为促进中新两国的交流做出了积极的贡献。

而在跟着潘西佛来到中国进行贸易的商人里，就有当初嘲笑潘西佛是疯子的新西兰人。当他们发现潘西佛通过来中国参加广交会做生意，真的发了大财之后，才加入中新贸易的大军之中。有些新西兰的公司还在中国设立了办事处，专门从事中新贸易。

将毕生精力献给中新贸易交流事业的潘西佛，获得了一系列的荣誉，他当选为新西兰一中国贸易协会主席和终身荣誉会员、中国国际贸易促进委员会荣誉会员，2006年第100届广交会召开时，他获得了由温家宝总理亲自颁发的"百届辉煌杰出贡献奖"。在那届广交会上，当他得知参加过1957年第一届广交会的外国商人，大都告别人世，只有他依然出现在广交会上时，感慨岁月沧桑。他说："感谢广交会，感谢中国，使我的生命充满意义。"

2008年4月7日，国务院总理温家宝和新西兰总理克拉克在北京人民大会堂共同出席《中华人民共和国政府与新西兰政府自由贸易协定》等双边合作文件签字仪式，温家宝总理还问起新西兰总理克拉克潘西佛有没有来。

在潘西佛等新西兰友人的大力推动下，广交会在新西兰的知名度越来越高，中新两国的友谊也取得了长足发展，中国已成为新西兰第四大贸易伙伴和出口市场。新西兰成为第一个同意中国加入世贸组织的国家，第一个与中国完成加入世贸组织双边谈判的国家，是发达国家中第一个承认中国完全市场经济地位、第一个与中国开展双边自由贸易协定谈判、第一个与中国启动自贸协定升级谈判、第一个成为亚投行意向创始成员国的国家，第一个与中国签署政府间合作制作电视片和电影协议的国家……

这一个个"第一"，与当年潘西佛第一次参加广交会打开新中贸易之窗是密不可分的。

潘西佛于2010年仙逝，这位用毕生的精力来促进新中两国人民相互了解、推动两国友好合作事业发展的先驱的名字和精神，将载入中新两国友好的史册，永远被历史和世人所铭记！

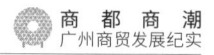

五 可可扎的中国情结

沿着马可·波罗的足迹来中国

曾荣获广交会"百届辉煌杰出贡献奖"的瑞典客商彭皮诺·可可扎自称是广交会的"头号粉丝",并戏称自己是中国的情人。他说:"每来一次中国,就要年轻一岁。"

可可扎是意大利人,自从他记事起,父亲就给他讲《马可·波罗游记》里所描绘的美丽的中国,使年幼的可可扎对中国这片神奇的土地心驰神往。

1956年,可可扎17岁那年,随家移居到瑞典的林雪平市,那时的可可扎就向往沿着马可·波罗的足迹去中国看一看。当时,意大利与中国还没有建立外交关系,而瑞典早在1950年就与中国建立了外交关系。这让可可扎觉得自己与中国的距离越来越近了。

可可扎在25岁那年,创办了瑞典英特尔国际贸易有限公司,这是一家从事礼品、玩具、眼镜和瓷砖等进口业务的国际贸易公司。一直向往中国的可可扎,特别关注有关中国的消息,他从瑞典的报纸上得知中国举办广交会的消息,这使他无比振奋。他想去中国参加广交会和世界各国客商交流、做生意,让自己的视野得以开阔,公司的业务得到发展。

为了尽快实现去中国的愿望,可可扎来到中国驻瑞典大使馆,向工作人员表达他要去参加广交会的愿望。

当时，由于以美国为首的西方反华势力对中国的封锁，即使与中国建立了外交关系的西方国家，官方舆论对中国也不会友善。所以，为了树立新中国的良好形象，中国驻外使馆人员特别重视民间友好人士。使馆人员将广交会的情况告诉了可可扎，并及时联系了中国外贸机构。

在中国驻瑞典使馆的帮助下，可可扎收到了参加广交会的邀请函。中国驻瑞典使馆工作人员的热情，令可可扎感动。这使他感觉马可·波罗所记载有关中国一切美好的人文都是真实的。

1966年，可可扎终于踏上了前往中国的旅途。他辗转来到香港，再乘火车来到了深圳，在罗湖口岸，他看到了毛主席的巨幅画像，看到了他并不认识的"毛主席万岁"五个大字，他油然升起一种压抑不住的激动，一遍遍地告诉自己：我来到中国了！

当可可扎来到广州后，这座古城的美丽让他消除了旅途的疲惫。碧波潋滟的珠江水、纯朴友善的广州人、美味可口的美食小吃……都令他乐不可支。

在以后的岁月里，可可扎就把中国当成了自己的另一个故乡，当有人说他是外国人时，他会微笑着摇摇头说："不，你说得不对，请你不要把我当成是外国人，我跟其他的外国人都不一样，没有人比得上我对中国的感情，因为我有一颗火热的中国心。"

20世纪60年代，中国的经济和文化等各方面相对还比较落后。可可扎看到，马路上很少看到汽车，想去什么地方，都需要步行或者是骑自行车，大街上的女人们都留着短发，显得精神而又干练。广州的一切都让可可扎感到新鲜而好奇。

可可扎坚信：不久的将来，广州这座千年商都必将迎来新的商机，焕发新的面貌。

可可扎所住的东方宾馆是广州唯一的五星级宾馆，宾馆门口，一位穿着绿军装的年轻人向外宾们派发英文版的"红宝书"——《毛主席语录》，他

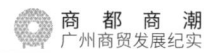

高兴地接过了这本"红宝书"。入住房间后,可可扎就满怀着好奇地打开了这本"红宝书",看到是北京外文出版社1966年出版的第一版袖珍本,可可扎特别喜欢这本"红宝书",以至于在许多年后,只要他来到中国,随身携带的必然是两个本:一是护照,二是当年领到的"红宝书"。

"中国情人"的百届广交会情缘

1966年10月15日,第20届广交会开幕了,广州街头的一切都呈现出那个年代特有的政治气氛,令可可扎感到新奇。他信步走进广交会展厅,宽敞的大厅里来自中国不同地区的商品令他眼花缭乱,使他感慨中国地大物博、大开眼界、不虚此行。

可可扎在广交会参观时,发现中国产的商品质量过硬,价格低廉,可是包装却过于简陋,如果将这些商品好好地包装后做成礼品,完全有可能畅销全世界。于是,可可扎认认真真地盘算着自己的购物清单,在那届广交会上一共花了数千美元购货。其中山东餐具、天津铅笔、潮州瓷器和辽宁玻璃器皿等中国商品只花费了5%的资金比例。他坚信:物美价廉的中国商品,一定能够打开国际市场。

可可扎喜欢中国的商品,更喜欢中国的文化,他把从广交会采购到的商品带到瑞典,他也把中国的文化向身边的朋友介绍,让更多的瑞典人了解中国、认识中国、喜欢中国。他不仅带着自己的采购团队来到广交会,还把亲朋好友带到中国来。

从1966年第一次来到中国起,可可扎就爱上了中国。一年当中,有三个多月的时间留在中国,游历中国的名胜古迹,学习中国的文化,领略中国的风俗礼仪。他的足迹遍及扬州、大连、青岛、厦门等多个中国城市,每到一个地方,他都能感受到中国人民的友好与真诚。他将在中国不同景点拍下的一张张照片,一个个精彩难忘的瞬间写成一本书——《我的旅游生涯》,让它成为一种珍贵的记忆和见证。

1978年春季广交会,可可扎再次来到广州参加广交会,他明显感受到中国的变化,感受到改革开放让这个古老的国度焕发的勃勃生机。一些新的经营观念和服务方式开始在广州涌现。最明显的是出行可以乘出租车,能看到中、英双语的《告来宾信》……

改革开放后,可可扎感受到中国每年都在发生变化,各地层出不穷的民营公司,将越来越精美的中国商品展示在广交会上,这些都让可可扎对中国充满信心。作为一名"老广交人",可可扎采购的中国商品越来越多,占到了他公司经营商品的九成以上。他深有体会地说:"这些年的广交会,商品丰富、价格开放,贸易双方能够自由平等地洽谈。真是办得一年比一年好。"

通过参加广交会,可可扎也渐渐地融入到了中国文化当中,他曾经对中国友人说过这样一句话:"我参加中国的广交会,已经超过半个世纪了,其实,我并不只是想赚钱,因为我喜欢中国,参加广交会就是我热爱中国的体现。"

可可扎是这么说的,也是这么做的,在他和身边朋友的共同努力下,广州市与可可扎的家乡林雪平市,于1997年11月24日正式建立了友好城市关系。2000年,可可扎自掏腰包在广州云台花园里建了一栋"瑞典小木屋",成为广州与林雪平市两座友好城市友谊的象征。

为了推动两座友好城市的交流,可可扎亲自牵线搭桥,促成了广东音乐曲艺团访问林雪平市,"广州文化展"也在他的家乡林雪平市成功举办。可可扎对中国的挚爱之情也得到了中国人民的回报,他先后受到过朱镕基和温家宝两位中国总理的亲切接见。在第90届、100届和110届广交会上,可可扎因为对广交会的杰出贡献,受到了组委会的表彰,尤其是在2006年,他与潘西佛等9位外国友人获得了"百届辉煌杰出贡献奖"的殊荣。

2009年，可可扎获得了广州市第十三批"荣誉市民"称号，他感到十分荣幸。他说："高耸入云的广州塔、四季繁花盛开的花城，让广州越来越有国际范儿，能成为广州市第十三批的荣誉市民，我感到很自豪，以后我就是一名广州人了。"

可可扎热爱中国、热爱广州。他在林雪平市自己公司的办公室里，摆放着各种各样的中国展品，每当有朋友到访时，他都会热情地向朋友介绍这些中国展品的来历，并将多姿多彩的中国文化说给朋友们听。当有的朋友对中国产生好奇的时候，他这个"中国通"还会不失时机地邀请朋友们去中国做客，他对广交会、对中国的爱，已经到了痴迷的程度，他将自己的儿子和孙子也带到了广交会，他希望将自己与广交会的情谊延续下去，为中国与瑞典的商贸往来和友好交流做出更大的贡献。

中国的巨变见证了可可扎当年的预期，如今的广州成了国际大都市。他说："我爱中国，我爱广州，我不但是广交会的'头号粉丝'，还是'中国的情人'。中国广州让我越活越年轻。"

六　布什赴广交会

广交会，推动中美两国贸易发展

　　广交会不只是贸易的盛会，也是外交的盛会。来到广州参加展会的不只有外国商人，还有外国元首。他们作为国家领导人亲自赴会，亲身感受拥有中国出口贸易"橱窗"和"风向标"之称的广交会，对于促进中国与其他国家的友谊具有重要的意义。

　　美国前总统乔治·布什是所有参观过广交会的外国元首中与中国缘分较深的一位。

　　1971年10月25日，第26届联合国大会通过决议，恢复中华人民共和国在联合国的一切合法权利，消息传到中国，举国欢腾。11月15日上午，第26届联合国大会召开，中国代表团首次出现在联合国会场。当时，美国驻联合国的代表是乔治·布什，尽管当时中美还没有建立外交关系，但他在讲台发表致辞说："任何人都不能回避这样一个事实，联合国投票的结果，实际上确实代表了大多数联合国成员的愿望，中华人民共和国参加联合国的历史时刻到来了！"乔治·布什的致辞赢得了包括中国代表团在内的所有代表的热烈掌声。

　　1972年春天，美国总统尼克松来到中国，与周恩来总理会谈，代表中美两国交往的新时代来临。随着中美两个大国关系的改善，作为中国对外贸易重要窗口的广交会，在对待美国商人的态度上，也发生了积极的变化。对外

贸易部于1972年3月，下发了一份关于中美贸易的文件，将党中央对中美贸易的原则下发给各个业务部门。这份文件总的原则是"在平等互利的基础上，开展对美国的贸易"。在对外贸易部的指导下，主管部门决定邀请30到40名美国商人参加当年的春交会。

1972年春，第31届广交会向38名美国客商发出邀请，而实际到会的有42人，这是中美贸易中断23年后，美国商人第一次参加广交会。在此之前，美国人根本无法前来参加广交会，因为他们即使提出请求也会被广交会方面拒绝。与此同时，一支名为美国"关心亚洲学者委员会（CCAS）"的友好访华代表团，也参加了这届广交会。随着这些美国商人的到来，世界上最大的发达国家与世界上最大的发展中国家的贸易大门终于打开了，广交会上琳琅满目的中国商品，也令美国商人和代表团成员大开眼界。

1973年，外贸部出台一系列新政策，对于旅客携带的印有"美国人民捐赠"字样的物品，不再当成"反动字样"进行没收，各海关一律给予放行。同年5月31日，在华盛顿举行了美中贸易全国委员会的成立大会。而经中国国务院批准，中国国际贸易促进委员会作为中方同该委员会的联系单位。美中贸易全国委员会所列出10项主要工作的第一项，就是组织美国工商界人士与中国相关部门进行联系和接触，共同推动中美两个大国发展贸易往来。

布什两次到访广交会

1974年10月21日下午，50岁的乔治·布什乘坐专机飞抵北京，正式出任第二任美国驻中国联络处主任。在此之前，乔治·布什没有来过中国。乔治·布什到达中国当天，秋季广交会已经举行了6天。由于当时中美两国还没有正式建立外交关系，身为美国驻中国联络处主任的乔治·布什心里很清楚，在一些正式的官方场合不能随便出席，但是，不妨碍参加广交会。于是，他到达北京不久就带着夫人芭芭拉来到了广州，目的就是想要看一看久闻大名的广交会。

这一年，广交会正式启用了流花路新展馆，建筑面积达到了11.05万平方米，展馆里配备有中央空调系统等先进配套设施。而兴建广交会流花路新展馆就是因为展馆场地不足的问题越来越突出，在周恩来总理的关心支持下，国家拨专款6000万元启动"广州外贸工程"，建设了流花路广交会新展馆。同时，东方宾馆新楼、流花宾馆、白云宾馆还有广州火车站，都是在1974年竣工的，再配套建设白云机场，不但使流花路地区成为广州对外贸易的中心，也成为全国当时最著名的商业地带。

徜徉在宽敞明亮的展厅里，看着品种繁多、琳琅满目的商品，乔治·布什感叹中国真是地大物博，广交会是个增进中美两国人民友谊的好平台。他相信：随着中美两国人民交流往来的不断加深，中美两国建交的时间不会太远。

参观完广交会之后，乔治·布什夫妇返回了北京，广交会之行，给乔治·布什夫妇留下了美好的回忆，他坚信中国的未来前景远大。他说："尽管我对中国并不了解，但我觉得中国就是未来，一个疆域辽阔的国家，我敢打赌说，中国会成为一个强大的新兴国家，成为国际社会一个至关重要的成员。"

乔治·布什这次到访广交会，是第一位美国驻华联络处主任到访广交会，也是美国政府来广州参加广交会最大的官员，是为中美两国的交流做出过巨大贡献的美国官员。

1985年，时任美国总统里根因病住院，在他住院期间，作为副总统的乔治·布什行使代总统的权力，他代表里根总统访问中国。再次来到中国的乔治·布什，受到了我国党和国家领导人的热烈欢迎。而他早在出访中国以前，就已经对中国的有关部门表示，他想再来广州参观广交会。

早在乔治·布什到访广州好几个月前，白宫便派员前往广交会展馆实地察看，等到当年9月底，白宫的安全官员已经提前进驻广州。而中方为了保证乔治·布什顺利访问广州,也做了大量的准备工作,一流的防弹车运到了广州,广交会各个场馆也进行了严格的安全隐患排查。这一系列的准备工作,就连白宫提前进驻广州的安全官员都赞叹不已。

1985年10月17日至18日,乔治·布什副总统率领一支200人代表团访问广州,受到了广东人民的热烈欢迎。当时,广东省以最高规格来接待乔治·布什的到访。10月17日晚,时任广东省省长的叶选平为乔治·布什举行了盛大的欢迎宴会,乔治·布什也对中方的热情接待表达了谢意。他说,从上次来访至今,广州已经发生了很大的变化,新的旅馆、工厂、汽车和商店,它们都呈现出繁荣兴旺的新气象,焕发出新的活力。美国有一个说法,经济发展的关键在于相信人民,相信他们的智慧和能力,而广州的经济发展就验证了这一说法。

乔治·布什的讲话不时地被热烈的掌声所打断,他继续说,广东邻近香港,与遍布世界各地的海外华侨,特别是美国的华侨紧密地联系在一起,因而从许多方面来说,广州是中国通向西方的门户。同时,广东省在中美关系发展中还发挥着另一个重要作用,那就是100万华裔美国人中的80%祖籍是广东,华裔美国人在工业、商业、科学和艺术等各方面,对美国社会做出了巨大贡献。

10月18日上午,乔治·布什夫妇在外交部礼宾司司长朱传庭的陪同下,来到了广交会的展厅。阔别广交会11年后,乔治·布什兑现了当初的诺言,再次到访广交会。与11年前相比,广交会上的商品更丰富了,参展的人更多了。乔治·布什夫妇饶有兴致参观着展厅,还不时地与广交会的工作人员打招呼,对于乔治·布什夫妇的再次到访,广交会的工作人员也感到亲切。

乔治·布什夫妇在展厅里边走边看,还不时地和中方陪同人员聊起11年前参观广交会的情景。当乔治·布什夫妇来到展馆里的汽车展区,看到展厅里陈列的中国轿车时,他对随行的工作人员表示感到非常惊讶,连呼不可思议。

乔治·布什对朱传庭说，十多年前来到中国，当时中国还没有什么现代化产品，而1979年他再来时，中国已经开始改革开放，和国外的交流也多了起来，但实际上和70年代初第一次来的时候没有什么不同。但现在，仅仅过去了6年时间，中国就已经能够制造出如此优秀的汽车，这个成绩非常令人惊叹！

听到乔治·布什总统对中国轿车大加赞赏，朱传庭欣慰地说，这都是改革开放的思想正确，打开了中国的国门，让中国人真正地接触到了世界上的先进技术，也让世界的先进技术进入了中国！

乔治·布什表示赞同，改革开放是中国最正确的选择，他以前就说过，中国是未来，现在来看，中国再发展一些年，一定能够成为非常强大的国家。

接着，乔治·布什副总统在中方人员的陪同下，一边往前走，一边观看着展区里名目繁多的商品，他不停地称赞中国商品的科技含量越来越高，11年前他初来广交会的时候，很多还是农产加工品。现在，却有了很多的科技产品，中国非常了不起，照这样发展下去，中国一定会成为世界上最重要的科技国家。

乔治·布什夫人芭芭拉也说，广交会作为中国对外交往的重要窗口，的确是名不虚传。

朱传庭欢迎布什副总统常来广交会做指导，并多向美国商业界和科技界人士宣传中国，把更多的美国先进技术带到中国来。

乔治·布什哈哈大笑着，指着身后庞大的代表团成员说，这次到访广东，带来了庞大的代表团成员，有贸易的，有科技的，也有商业的，他们既然来到了中国，他们会主动去做这些事的。"

朱传庭司长相信在布什副总统及美国人民的推动下，中美两个大国一定能够齐头并进。

乔治·布什这次广交会之行结束后，特意给广交会写了一封热情洋溢的感谢信:"你们展出的商品以及制作这些商品的高超技巧和技艺都给我们留下了很深的印象,你们有见识的解说,增加了我们对广交会的兴趣,使我们很好地了解中国生产力的强大。"

乔治·布什的两次到访广交会,留下了一段佳话。在乔治·布什等美国友好人士的大力支持和推动下,中美两国的经济贸易往来也越来越密切,中国一步步走上世界贸易舞台。

七　35年接待生涯

孟郊诗云，"青春须早为，岂能长少年"。当年在首届广交会上当保卫员的麦桂环正值青春韶华，半个世纪过去，已近古稀之年的她在接受中央电视台《焦点访谈》"广交会百届辉煌"专题采访时，面对那张发黄的老照片说："我就在这里，这个就是我了，那个时候我才19岁，还是小姑娘。"光阴似箭，和其他曾经为广交会奉献过青春的人一样，提及广交会，麦桂环感慨不已，眼里闪现出别样的光彩，"我为广交会服务了35年"。

青春岁月的美好回忆

1957年春天的广州，花香氤氲，空气里弥漫着甜润的气息。广州市中苏友好大厦举办第一届广交会，来自世界各地的客商于此交流商情，互通有无。当时只有19岁的麦桂环在广交会上为参会客商做保卫和服务工作。

据麦桂环回忆，在首届广交会开幕前，所有的保卫员和服务员都接受了严格的业务技能和政治素质培训。其中包括礼仪礼节、语言规范、保密守则等。工作人员必须仪容整洁、待人礼貌，会展场所一尘不染。

工作人员对茶杯要进行严格的消毒，尤其是接待重要人物时，必须对茶水进行检测，以防投毒，确保宾客的卫生健康和人身安全。

广交会开幕那天,大多数服务员见到一群群高鼻梁、蓝眼睛或浑身黝黑的外宾,感到十分紧张。尤其是那些来自山区的"外援"人员,有的从来没有见过外国人,这种紧张与不安的心理更加强烈,甚至在给外宾端茶倒水的时候,手都发抖,将茶水洒了出来;有的服务员端着茶杯不敢走近外宾,粉红色的上衣和蓝色的裙摆都随着哆嗦的身体在颤动着。这时,往往要老同志跟在她们背后"助威",才敢将手中的茶杯递给外国客人。

当时从事保卫工作的麦桂环,见此情景便向领导主动请缨去做接待工作。

她的领导不解地问道:"小麦啊,你保卫工作干得好好的,有领导还夸你呢。干吗要去当服务员啊?"

麦桂环羞赧地回答说:"让我去给外宾端水倒茶,我不怕!"见麦桂环如此恳切,领导就把她从保卫班调到了服务班。她由于工作能力出色很快就被提拔为服务班班长。

麦桂环坦言,起初,她和大家一样心里就像有只惊鹿在奔突,但是她最终克服了自己的怯弱,勇敢地迈出第一步,将茶杯送到外宾手中。

广交会秉持"每一年都要办得比上一年更好"的原则,不断提高服务素质和展会质量。随着参展人员不断增多,规模越来越大,出现服务员紧缺问题。于是,广州向河源、湛江等粤东、粤西地区借调服务人员支援展会,这些地区来的服务员,第一次见到外国客人心情紧张,有时将茶水洒在桌上或者外宾身上。

鉴于这种情形,麦桂环就主动当起了培训老师,麦桂环告诉大家如何调整心态、沉着平稳地接待外宾,向大家演示倒水的规范动作和姿势,她告诉新人中国传统的"茶浅敬人"、水杯过满自然外溢的道理。在麦桂环手把手的传授下,新来的服务人员都充满了信心。在她的带领下,服务员们的服务水平得到了提高。

麦桂环说,每每穿上广交会的工作服,就会感到特别欣喜和自豪。在那个全国上下统一黑白灰的时代,广交会上的服务员们却穿着鲜艳耀眼的衣裙,在那个物质和精神都极度匮乏的年代,广交会上的姑娘们是最漂亮、最时尚、最靓丽的一道风景。麦桂环想,政府给了我们优厚的条件,必须加倍努力地工作来回报祖国,让所有来参加广交会的客人,有宾至如归的感觉。

在麦桂环看来,广交会上的服务员的一言一行、一举一动都体现着中华民族的精气神。一个甜美而真诚的微笑,能够向世界展示中国人仁爱友善、积极乐观的精神面貌。

她常对服务班的姐妹们说,广交会是展示祖国良好形象的重要窗口,我们给外宾服务的时候,不能有丝毫大意。

青丝渐白终不悔,一生奉献广交会

麦桂环在广交会工作,有幸接待了周恩来总理、朱德总司令、罗瑞卿大将,以及越南胡志明主席等重要领导人。"见到这些大人物,感到十分幸福,但是压力也很大。"

最让她难以忘记的是接待越南国家主席胡志明的到访。那天,麦桂环接到通知,胡志明主席要到广交会馆参观。那个年代人尽皆知,胡志明主席是中国共产党和中国人民的亲密朋友,他亲临广交会,接待工作可不能出现任何纰漏。

接到通知后,麦桂环立即带领全体服务员投入迎接的准备工作中,不仅将茶杯进行严格消毒,还要给胡志明主席饮用的茶水进行无毒检测。

当胡志明主席一行来到会馆时,麦桂环微笑着给胡志明主席端上一杯香茶。胡志明主席盛赞广交会的服务水平高,中国人民热情友好。

麦桂环身为服务班的班长,掌管着烟、酒、茶等上等接待物资,那是当时普通市民见都没有见过的东西。她自豪地说:"我必须在我们服务班60多

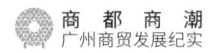

号人面前做出表率，丝毫不沾，这是我最感到骄傲的事情。"

有的人说麦桂环傻，放着那么好的"资源"不用。可是，在麦桂环看来，这不是傻，这是对党的忠诚，对祖国一片赤子之心的体现。

麦桂环不但严格要求自己"拒腐蚀，永不沾"，同时也严厉禁止服务班的员工占公家的便宜。有一次，她看到一名服务员将接待客人剩下的烟酒（当时市场上无法买到）带回宿舍。麦桂环对她委婉地批评道："目前，咱们国家的物资比较紧缺，我们应该为国家着想。这些烟酒完全可继续接待客人，不能据为己有。"

起初，这名服务员听到麦桂环这么说，十分无奈而又羞愧："班长，作为广交会的服务员，这点东西是我们的小福利，你不拿、我不拿，别人也会拿……"

麦桂环义正词严地说："谁敢拿，我就举报谁！"

听到麦桂环这么一说，这位服务员乖乖地将这些"小福利"送回仓库去。

1992年，伴随着广交会走过了35个春秋的麦桂环，光荣地退休了，她实现了当初的诺言，那就是用自己的一生来为广交会做服务。麦桂环说，源于一种不舍的情缘，退休多年她常常会到广交会展馆去看看，看看那些和她当年一样年轻的服务员，如何给外宾倒水端茶，如何与外国客人交流。每每看到那些青春靓丽的服务员用流畅的外语和外宾交谈，而百感交集，为祖国的发展、时代的进步而感慨万千。如今，退休在家的她依然保持着广交会的优秀工作作风，每天清晨，她都会将家里打扫得一尘不染。常常翻阅家里珍藏的两大本厚厚的相册，重温她服务于广交会的一个个美好的瞬间；看着那一枚枚凝聚着她在广交会35年珍贵记忆的纪念章和那令她一生引以为傲的广交会工作证，就会缅怀远去的金色岁月。

麦桂环人生的大好时光都贡献给了广交会。同时，广交会为她的爱情婚姻提供了平台。1956年麦桂环被招进中苏友好大厦做保卫员，与同为保卫员的黄先生相识相爱并携手人生。

八　杨秋萍三见周总理

"周总理的平易近人、心系百姓和惊人的记忆力,让我终生难忘。"杨秋萍接受采访时,重温了当年她三次见到周总理的难忘情景。

广州的腊月依旧温暖如春。杨秋萍的家十分温馨,早晨的阳光透过明亮的窗玻璃照进来,屋子里的陈设素雅而整洁。杨秋萍端来一杯茶,轻轻地摆在记者面前,微笑着说:"请喝点热茶。"这一切都体现着一个资深的广交会服务人员的风范。

16岁考入中国出口商品陈列馆

杨秋萍是个乐观健谈的人,她出生于武汉市一个普通职工家庭,姐弟一共5个,她排行老大,4个弟弟当时都在念书。

1961年夏天,是决定杨秋萍人生命运的关键时刻,当时她16岁,初中刚毕业,在家静候高中入学通知书。有一天,邮递员走进她家并送来了一封信。杨秋萍欣喜不已,心想这应该是高中录取通知。可是,她接过信一看,牛皮纸信封上的寄件人地址却是广州,并赫然印着"中国出口商品陈列馆"几个大字。这使杨秋萍感到十分好奇,心想我们家没有广州的亲戚,这到底是怎么回事呢?杨秋萍急忙拆开信封一看,上面写着:"杨秋萍同学,你已考取中国出口商品陈列馆。"杨秋萍既惊喜又疑惑还有紧张，惊喜的是自己考取了广州的学校；疑惑的是"中国出口商品陈列馆保管员"到底是个什么专业？紧张的是从来没有出过远门，即将要去千里之外的广州求学，心里忐忑不安。当时，正值三年自然灾害的最后一年，杨秋萍的父母亲认真地分析了通知书里写的"中国出口商品陈列馆保管员"的含义，也就是说，女儿秋萍这次去广州不一定是单纯的上学，而是做"保管员"的工作，很有可能得到一份工资。

据杨秋萍介绍："我们那一批是经过国务院批准，由招生委员会直接从武汉和郑州两地初中升高中的毕业生里抽调50名学生，来到'广交会'的前身'中国出口商品交易会'陈列馆做保管员。"

那年夏日一个阳光明媚的早晨，杨秋萍和另外25名同学在武汉火车站集合，坐上前往广州的火车，第一次向着希望的远方进发。

到了广州中国出口商品交易会之后，杨秋萍才知道她们不是来专门读书学习的，而是在中国出口商品交易会工作，陈列馆保管员，实际工作就是服务员。

亚热带海洋性季风气候的广州，温润的空气里氤氲百花的馥郁。这使杨秋萍明显感觉到这里的气候是有着火炉之称的武汉无法比拟的。所以，在她心中常常萦绕着一种莫名的幸福感。

杨秋萍和同学们一到广州，就投入紧张而严格的业务培训之中。内容包括待人礼节、仪容姿态、举止言谈等，比如倒水的动作、面部的表情、行走的姿势、站立的仪态都要进行规范而严格的培训。领导自豪地对大家说："我们是广交会的工作人员，广交会是中国唯一的外贸渠道，将要接待来自世界各国的客人甚至是外国元首等贵宾。所以，我们的一言一行、一举一动都代表着中国形象、中国精神。我们必须努力学习、刻苦训练，为祖国争光！"

杨秋萍听到领导的话，感到自己的工作是如此神圣而热血沸腾，于是铆足劲儿刻苦磨炼。下班之后回到宿舍，她继续进行模拟训练，一个简单的端茶倒水动作，她都要反复比画着训练无数遍。最终，她顺利地通过了初期的培训考核。

可是，当她第一次手端茶壶给外国客人倒水时，心情十分紧张。尽管后面有领导压阵，她依然感到心跳得慌、手脚颤抖。她努力地克制自己的怯懦心理，尽可能让自己从容地出现在外宾面前。经过第一次历练，杨秋萍渐渐地树立信心，久而久之习以为常，接待各种陌生的宾客都坦然自若了。

杨秋萍在与同事们的聊天中得知，周恩来总理是广交会上的常客，经常到广交会上来视察工作，很多接待人员都见过周总理。另一名服务武蓓蓓告诉杨秋萍说："周总理曾经来广交会视察，我给周总理倒过水，周总理还问过我叫什么名字呢。当时，我就笑着告诉他，我叫武蓓蓓。"

杨秋萍十分艳羡地说："蓓蓓，你真幸运，有机会给周总理倒水。周总理真是平易近人，还会主动跟你打招呼。"武蓓蓓自豪地说："是啊，周总理心里装着国家大事，还记得关心我这样的小老百姓。"

三次见到周总理，音容笑貌铭于心

杨秋萍心想，过去只是在报纸上看见周总理，却从来没有见过周总理本人。周总理常来广交会，我就有机会见到周总理。想着想着，杨秋萍暗自下决心，努力提高自己的业务水平，希望有朝一日也能像武蓓蓓那样给周总理倒一杯水，以此表达对周总理的敬意。

所以，每当上级下达有重要领导来视察的通知时，杨秋萍就盼着前来视察的会是周恩来总理。这一天，杨秋萍终于盼来了，20世纪60年代初的一次广交会上，杨秋萍与同事们列队站在会展厅的门口迎接领导时，几辆黑色的小轿车驶了过来，车门打开，只见周恩来总理走下车，神采奕奕地向欢迎的

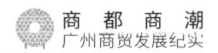

队伍挥着手并小跑着过来，杨秋萍顿时激动得热泪盈眶。

周恩来总理和陈毅元帅来到广交会展厅视察结束后，与现场列队欢送他们的接待人员亲切地挥手。杨秋萍回忆说："当时，有人上前和周总理握手，我和武蓓蓓站在一起，我想过去但又不敢去，因为我们接受培训时，就再三交代不要抢着去和领导握手。周总理可能看出了我们的敬畏心理，就向我们招手。我和武蓓蓓就走到周总理跟前。周总理和武蓓蓓握手时说'我想起来了，你是小武'，武蓓蓓连连点头说是；接着，周总理和我握手，我激动地说'周总理，您好'，周总理和蔼地回答说'你好，辛苦了'。"杨秋萍和武蓓蓓顿时眼里盈满了幸福的泪花。60年过去了，令杨秋萍难以忘怀的是，周总理身为6亿人民的总理，为社稷苍生日理万机，还记得曾经给他倒过水的接待员的名字。这不仅是惊人记忆力的体现，更深刻地表达了周总理平易近人、心怀大爱。

当天夜晚，宿舍里的姐妹们一直在重温见到周总理的难忘时刻。总理和蔼可亲的面容一直在杨秋萍脑海里浮现。在以后的岁月里，每当她在工作中遇到困难和挫折时，就会想起周总理和她握手时对她的问候和鼓励，就会以饱满的热情投入工作中。

在狂热的左派眼中，广交会展就是"崇洋媚外"的"封资修"行为。这让杨秋萍和姐妹们忧心忡忡，她盼望周总理能来广交会，给大家以支持和鼓励。

1966年秋天，我国已经进入"文化大革命"的特殊时期。

1967年春，第21届广交会即将举办时，"文革"造成的两派群众组织忙于内争，广交会情况紧急。毛泽东于4月13日亲自批发了中共中央、国务院、中央军委、中央"文革"小组《关于开好春季广州出口商品交易会的几项通知》以保广交会如常进行。4月14日晨，广交会开幕的前一天，周恩来带着毛泽东刚刚批发的"五项通知"飞抵广州，力劝红卫兵，保证了广交会的顺利进行。周总理一下飞机就直奔广交会现场与红卫兵的两派代表们会谈，杨秋萍站在会议室的门外，默默地看着一直关闭的会议室大门，为周总理的身体状况担忧。杨秋萍说，这是她第二次见到周总理。她看到周总理的脸色有些凝重。殊不知，前不久（1967年2月2日），周总理被诊断患有心脏病，医生建议周总理要注意休息保重身体。可是，全国的形势如此严峻，周总理马不停蹄。

通过与周总理会谈，狂热的红卫兵渐渐回归冷静，两派红卫兵不但改变了对广交会的看法，还积极帮助疏导广交会场地的交通，并提出要为前来广州参观游览的外国客人做向导。

杨秋萍说："我记得，会议室的门一开，周总理从里面走出来，我们看到他的面部表情比之前轻松多了。随后，围在展馆外面穿着绿军装、扎着武装带的红卫兵队伍就撤退了。我们广交会所有的工作人员都松了一口气。我们都为周总理的人格魅力所折服。"

身患心脏病的周总理为了广交会的成功召开，曾经连续工作84个小时未睡眠。从广州返回北京以后，周总理因为劳累过度，引发了严重的心绞痛与"频发室性早搏"，自此以后，周恩来总理每天晚上睡觉前都需要吸氧。

20世纪六七十年代，广交会成为"向资本主义国家展示社会主义成就"的窗口。

1970年4月26日晚，周恩来总理在广东省革委会副主任孔石泉等人的陪同下，再次来到了广交会展馆。这是杨秋萍第三次见到周总理。在她的眼里，周总理依然是风风火火地视察展厅，紧锣密鼓地和其他领导讨论国家大事。

这一夜，周总理一直在和孔石泉等人讨论、研究有关问题。周总理给大家的印象始终是运筹帷幄、不知疲惫的样子。杨秋萍和所有的工作人员一道，陪同周总理一行熬过了一个不眠之夜。杨秋萍回忆道："直到第二天凌晨4点，周总理才离开展厅。看到周总理有些憔悴的样子，我难过得流下了眼泪。这么多年来，每逢周总理诞辰和逝世纪念日，我都会想起那一刻的情景，想起周总理慈祥的面容。"

杨秋萍表示，她时刻牢记着周恩来总理的嘱托，在自己的工作岗位上不断地努力、默默地奉献。直到2000年，在广交会奋战了39年的杨秋萍才退休。杨秋萍说："我只有这样，才对得起周总理对我们的关怀、鼓励和期望。"

现年75岁的杨秋萍，依然精神矍铄，她和老伴居住在番禺，享受儿孙绕膝之乐、养怡之福。采访结束时，她感慨地说："我非常庆幸在广交会工作，有幸见到了周总理，他的奉献精神和人格魅力一直激励着我的人生。"

|第二章|

珠江潮涌

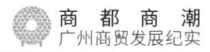

一 菜篮子改革先声

打响中国物价改革第一枪

改革开放以来,广州曾为我国创造了许许多多的第一。我国的农村改革是从安徽省凤阳县小岗村的土地改革开始的,而城市改革则是从广州的商品流通领域破局的。我国的物价改革就是从广州开放塘鱼价格开始的。

计划经济时代,我国物资十分匮乏,所有商品按国家计划供应,统购统销,不能自由买卖。买粮要凭粮票、买油要凭油票、买鱼要凭鱼票……广州市民为了买条鱼,凌晨3点就去排队,还买不到。有市民把无法买到鱼的5毛钱鱼票寄给时任广东省委第二书记的习仲勋。习仲勋在省委会议上说:"搞社会主义不是贫穷,要尽快提高群众生活水平。"于是,广州在全国率先放开塘鱼价格,打响全国价格改革第一枪。芳村河鲜货栈成为第一个可以自由议价、自由买卖的河鲜贸易货栈。由于价格放开,市场价格开始上浮,有市民写信告到中央。中央领导亲自打电话到广东省委询问情况,广州顶住了来自各方面的压力,经过一段时间适应,价值规律发生作用,市场供应增多,价格回落并稳定下来,广州成功实现了价格改革实验,为建立社会主义市场经济体制奠定了重要基础。

率先放开塘鱼价格

"放开塘鱼价格,是我们广州市水产局党委在广州市委市政府领导下做出的重大决策。不是任何个人的功劳,我当时只是个跑腿的。"广州市塘鱼食品公司经理白龙安如是说。

年过古稀的白龙安精神焕发,红光满面,谈及当年放开塘鱼价格的往事,百感交集。白龙安祖籍广西,出生在广州,60年代,他和千千万万的青年一样,下放到农村插队落户。"我初中毕业就响应毛主席的号召,下放到深圳光明农场,接受贫下中农再教育,做了13年知青,也当过生产队长。"用汗水、青春和激情浇灌水稻、耕种甘蔗、收获花生……1976年,白龙安回城在广州市水产局工作。他就是从一个"跑腿的"开始,扎根在水产公司,深入基层产区工作,熟悉水产公司产供销的运营机制和规律,了解产区塘鱼供应商的心声,掌握水产市场动态。"人家都怕出差,因为出差辛苦。而我就争着去出差。作为人,'生于忧患,死于安乐';作为水产公司,不走出去了解供求信息,那在运营过程中,必定会违背市场规律。"

据白龙安回忆,改革开放前夕,广州只有海珠鱼栏和东堤鱼栏两大水产市场。每天凌晨两三点,全市数百个肉菜市场的零售摊档经营者都云集于此进货,将买来的鱼用鱼篓装着放在三轮车上,颠簸几个小时回到菜场的档口,鱼都死了。所以,市民几乎很难吃到活鱼。

据白龙安介绍,20世纪80年代初,广州市水产局发现了市民吃鱼难的问题症结,就在于货源缺乏,供不应求,亟须引鱼进城。为了吸引产区鱼货大量进入广州,大力支持顺德、番禺、南海三地扩大养殖基地,在政策上、制度上、生产资料上大力支持三地发展塘鱼生产规模。很快就收到了良好的效果,大量的塘鱼进入广州市场,从以前的每天几十吨增加到几百吨,以确保广州市场的供应。

紧接着，广州市水产局集中力量抓好海珠鱼栏和东堤鱼栏两大水产贸易市场的管理，扩大、巩固、完善广州市水产市场，完善市场经营管理条例。由于当时有不少经济实体和个体户插手进来，所以，要严厉打击欺行霸市、哄抬鱼价等违法违规行为，防止不正当的交易。交易市场规定买卖双方直接交易，水产局收取管理费。再就是加强水产卫生安全管理，塘鱼生产基地和卫生防疫部门紧密联系，随时检查塘鱼的疫情，在提高塘鱼质量的基础上扩大生产规模，增加塘鱼的供应数量。只有在确保鱼的质量和数量的前提下才能谈控制鱼价。

当时广州市的水产供应，是采取两条腿走路的"双轨制"：一是广州市政府发的鱼票（计划经济时代的购鱼供应券）是按牌价购买；二是在牌价供应的基础上，放开一部分搞议价，就是随行就市，鱼多就价格低，鱼少就价格高。根据市场货源情况浮动。牌价和议价两种市价并存，慢慢地过渡到全部开放，鱼票取消以后市场上只有议价了，议价后来过渡到现在的市场价。

广州市率先放开塘鱼价格，由计划经济的牌价转为流通体制的市场价，使鱼价上涨了好几倍。比如：鲩鱼由原来的七八角钱一斤涨到3元一斤。不少市民对此抱有很大意见，向广州市政府、广东省政府甚至国务院投诉。中央领导亲自打电话到广东省委询问情况，广东省委决策者从发展市场经济大局出发，顶住了来自方方面面的压力，继续坚持符合市场经济规律的市场价。经过一段时间适应，价值规律发生作用，市场供应增多，价格渐渐回落并稳定下来。广州成功实现了价格改革实验，为建立社会主义市场经济体制奠定了重要基础。

"当时，改革不是人人都能接受，我们水产公司都收到了许多市民寄来的投诉信。我们的领导始终遵循上级领导的决策，坚持走市场经济的道路。"白龙安说，尽管当时是"文革"结束不久，人们对于"高帽子""打棍子"都余悸在心，但是，有市委市政府支持，水产公司的领导也无后顾之忧，放心大胆地坚持改革。再说，这种市场价是在广大市民都能接受的基础上。白龙安说："比如，当时上好的鲩鱼才3元一斤。我一个月的工资是50多元。市民基本上能消费得起。"

广州市水产市场完全开放之后，出现了物价平稳、数量多、品种多的局面。当时广州市水产市场80%以上是广州市水产局投放的鱼产品，个体户的投放量不到20%。"菜篮子"牢牢掌握在国营水产公司手中。白龙安感慨地说："随着改革开放不断深入，国营水产公司在市场的投放量渐渐减少，现在的水产市场完全在个体户手上。"

市场稳、民心稳、社会稳。长期以来，广州市委市政府高度重视"菜篮子工程"。白龙安说："广州市每一任分管领导都对菜篮子工作抓得很紧、很细、很全面。当时，群众投诉我们搞鱼价改革，我们也向市委市政府汇报改革情况，市领导不但不批评我们，反而支持我们继续实验下去。"

白龙安当时由一个跑腿的调到了供销处工作，该处主要负责全市的水产市场的供应和调拨。他说，水产公司得到上级政府的支持更加对改革充满信心，经常派人深入顺德、番禺、南海等主要产区进行调研，掌握生产与市场的产销动态，确保广州市的水产市场正常运营。

在供销处锻炼了2年之后，白龙安调任广州市塘鱼食品公司经理，他说："市场把我们推向了风口浪尖，这个时候全面实行改革开放，在由计划经济向市场经济过渡的过程中，由于向产区采购来的水产品费用比较高（水产损耗高），供应给市民的价格又便宜，市政府每年补贴给市民200万元，我们塘鱼食品公司向水产局每年上交10万元费用，等于政府每年补贴给市民的鱼价是210万元。"

广州市的水产市场零售档都建起了鱼池，鱼运到摊档后就放在池里养着待售。从此，广州市成为全国第一个成功解决吃鱼难题的大城市。

广州塘鱼价格改革实验的成功，成为全国学习的典范。1984年，国务院农林部在广州宾馆召开了研讨会，广州市水产总公司党委书记尹春宴向来自全国各地水产系统的领导介绍经验，如何迎着困难、顶住压力、闯出一条市

场改革新路子。

白龙安说,广州市率先放开塘鱼价格,打响全国价格改革第一枪,他是个见证人和执行者。"当时,我只是个跑腿的办事员。比如我们水产公司'引鱼进城',支持产区扩大塘鱼生产规模,我就下基层去落实。研讨会结束,我带领北京、天津、南京市委市政府领导去深圳特区参观。"白龙安说,"1987年,我担任广州市塘鱼食品公司经理,在这个岗位上工作了20年,2007年退休。"

广州市海珠区凤阳街叠彩园社区居民张宝生回忆:"我家住在鹭江村有好几代了,那时候我们吃鱼都是凭政府发的鱼票,一张鱼票只能买半斤,我记得鲮鱼才四五毛钱一斤。供销社门口每天都排着长龙买鱼,买的那些都是死鱼,有的甚至臭了、烂了。因为,那些鱼都是从海珠鱼栏运到供销社再卖给我们吃。哪像现在,菜场里都有水池养着活鱼,还打着氧气。比起那时候,我们现在不知道多好。"年近八旬的张宝生谈起当年放开鱼价的情景有些激动,"再不放开不行啊,你想想,老百姓连吃条鱼都那么难,怎么行呢!虽然凭鱼票买鱼,享受政府的牌价,便宜是便宜,可是吃不到好鱼啊。现在你走到菜市场,想买什么鱼都是给你活的。改革开放真的改善了我们老百姓的生活。"

广州市的塘鱼价格开放不仅影响了我国的物价改革,同时奠定了广州成为全国水产业的龙头老大地位。

二　首条个体服装街

中国第一条个体服装街

广州高第街的"骑楼",是一道独特的岭南民居风景。它发轫于2500年前的古希腊雅典卫城的帕特农神庙主体建筑。后来,欧洲殖民者在印度也建起了可以遮挡强烈日晒的骑楼。这种中西合璧的近代商住建筑设计在外地游客看来感到十分新鲜而别致。骑楼的一楼是临街而建的铺面,铺面与街道之间的公共人行走廊之顶,就是二楼的露台,可以为一楼的走廊遮风挡雨。其直观概念就是二楼"骑"在一楼上。

清代第一大盐商许拜庭,鲁迅先生的夫人许广平,红军将领、革命烈士许卓,中国国民党早期主要军事领导人之一、粤军总司令许崇智等杰出人士都是从高第街走出去的。

高第街不仅诞生过广州许氏家族的商业传奇,还开创了我国改革开放之初的服装个体集贸市场经营的先河。1980年,我国的改革浪潮从农产品扩展到工业品领域,高第街办起了全国第一个经营服装的个体户集贸市场,产生过全国第一批服装个体工商户、第一批个体户的万元户。高第街成了全国的服装批发零售集散地。

"我们是高第街第一批领牌照的服装个体户。"高第街第一批服装个体户张建国接受采访时回忆道,他祖籍福建,他的祖父来到广州经商。1969

年，他下放到海南五指山橡胶农场当知青。垦荒种橡胶、除草施肥、割胶熏胶，度过了10年青春岁月。1979年，张建国回城进了一家手套厂工作，由于经营不景气，一连4个月发不下工资，就辞了工自谋生路。当时他27岁，正是黄金年华，他在父亲的支持下在高第街摆起了服装摊。

"我是1980年初去高第街开服装档的，当时那里不完全是服装街，小百货、小五金、日用品都有。电子表、蛤蟆镜、打火机、计算器、卡式录音机等满街都是。"据张建国回忆，20世纪70年代末80年代初，高第街已经是商业繁荣的一条街。1980年国庆节那天，高第街工商所揭牌成立，并给在高第街经营的所有个体户颁发营业执照。"那时候，国家对我们个体户工商有政策扶持，不用缴纳税金，每天只给街道交一元钱就可以了。"张建国说，起初他经营童装，但是他发现他的邻铺经营的青年时装很畅销，其中以喇叭裤、紧身衣等潮流服装卖得最好，于是，他也赶紧转为经营时装。"那时候的年轻人，男的穿着上紧下松的喇叭裤、大尖领衬衫，戴着蛤蟆镜，女的穿着喇叭裤、紧身衣，时髦得不得了。我第一次见我岳父岳母的时候，就是穿着喇叭裤去的，被我岳父骂了个狗血喷头。因为那时候，人们都认为穿喇叭裤的年轻人都不正经。但是，喇叭裤依然卖得好，我们一天可以赚上百块，很快就成了万元户，当时还上了报纸，说是全国第一批个体服装万元户。"

全国第一批个体服装万元户

张建国说，1987年至1989年是高第街商业繁荣时期，成为全国的服装批发中心，全国各地包括港、澳客商都来高第街服装市场订货采购喇叭裤、T恤、泳衣、男女内衣裤、健美裤、童装、魔术胸罩等服装产品，每天客流量达20万人，一度有着"去广州必去高第街""不去高第街等于没到过广州"之美誉。

"那几年，高第街旺到一般人都无法想象，窄窄的街上密密麻麻的人就像蚂蚁窝里的蚂蚁一样，走路都走不动。我们补货的时候只能从居民家里借过才能最快把货送到档口。"张建国说，来高第街的人大都是广东省以外的人，以长江以北的居多。他们都是来采购一些新上市的最时髦、最流行的服装。比如，牛仔裤、尼龙衫、健美裤、T恤、泳衣、文胸等。多数是先买一些样品回去"投石问路"观察市场反响，往往一畅销，便回到高第街批量采购回去。那些令人耳目一新的流行服装，正迎合了改革开放之初的中国人民对美的需求，同时也展现了那段万象更新的时代特征。

20世纪90年代后，随着广州商业的飞速发展，全市各地开始学习和借鉴高第街服装市场经营模式，其他服装批发市场悄然兴起。高第街因此受到了很大的冲击，而给高第街造成最大冲击的是1993年开业的广州白马服装批发市场，因为受到还路于民等政策的影响，高第街那些具有商业眼光的服装个体户都纷纷转移阵地，到白马服装市场安营扎寨。随之而来的是积累了多年的高第街服装市场的采购商也跟着来到白马服装市场。

"当时，很多人都在白马市场开分档，主要原因是白马市场租金便宜，第一年是7折，第二年是8.5折。再说，白马市场靠近火车站，交通方便，北方来的客人买好了货马上就可以在旁边的火车站发货回家。但是，高第街的档铺还是开着，这样比较稳妥，我就是这样。后来高第街的服装档越来越少，变成了一个以内衣为主的市场，我的那个档口也转给别人了。"张建国说，高第街是他人生出现转机的一个平台，成就了像他一样的无数个体工商户。

高第街不仅给全国人民举起了服装流行色的旗帜，使人们穿得更漂亮，更重要的是，一种改革创新的经营模式影响了全国人民，给无数返城知青创造了新的创业机遇和实现人生价值的平台。人们从大江南北云集于广州高第街，批发服装回到家乡开店设档甩卖倾销，使服装个体户遍布中国城乡。

广州市中大布匹市场的个体工商户陈明德是湖南郴州市永兴县黄泥镇

人,在广州当了3年兵之后,1988年退伍回到自己的家乡务农。他经战友介绍来到广州高第街批发服装回到家乡销售。"那时候,高第街人拥挤得迈不开步。我是头一回见到这么多时髦的服装。我就是在高第街认识我老婆的,我岳父当时在高第街开服装店,我老婆在店里做帮手。"

陈明德起初将从高第街批发来的衣服运回家乡,在集上摆了个服装摊。他能说会道,人缘不错,每次进货都很快销售一空。第二年,挣得第一桶金的陈明德就和自己的妻子喜结良缘,并在县城开了一家服装店。为了方便到广州进货,陈明德就买了一辆二手小货车,他成了全村第一个拥有汽车的人,并扬名十里八乡。村里人看到陈明德做服装生意发了财,也跑到他的家里,央求着他带大家一块儿发财,而陈明德也确实需要人手帮着装卸货,所以,他就挑选了三个壮小伙前往广州。

1989年夏天,陈明德第一次开着自己的汽车,拉上村里的三名壮小伙,开车来到了高第街,他将汽车停在高第街外的一个停车场,带着他们步行走进高第街。那一次,他批发了4万多元的衣服。看到一起来的同村人对他很羡慕,陈明德的心里就有着莫名的满足感。"我就是那回在高第街上,第一次见到'大哥大'。我在想,那玩意儿真神奇,就一块砖头一样的东西,还能打电话。"陈明德说,他当时多么想拥有一台大哥大,可是一问价格要4万多元,他就不敢想了。但是他没死心,他花100元买了一台玩具大哥大带回家乡,这在那个封闭的村庄再一次引起轰动。陈明德有些羞愧地说:"那个大哥大也不完全是塑料玩具,里面还有好多首歌曲,一按键就会唱歌那种。我记得还有我最喜欢的《恋曲1990》和《我的未来不是梦》。"

1998年,陈明德来到白马服装市场开了一个服装批发档,2014年将服装档让给了女婿经营,自己在中大布匹市场做辅料生意。

家住广州市天河区骏景花园的何田贵是四川仪陇人,1988年他在广州高第街服装市场做搬运工,眼看着那些做服装生意的人一天的收入就胜过他一个月的工资,随着对服装档进货出货门道的了解,他决定自己开服装店。那年腊月回家过年的时候，就向亲戚朋友筹钱，承诺给大家股份，在高第街租了个档口办起了服装档。第二年，他就在家乡南充市买了一套商品房，并把亲友们邀请来庆贺一番。

看到何田贵南下广州发财后，乡亲们都眼热了，纷纷跟着他来到广州倒卖衣服。何田贵这个人很热心，就让亲戚们从高第街批发衣服运回家乡，就这样，亲戚们也跟着他发了财。1993年以后，受白马服装批发市场的冲击，很多同行朋友都去了白马市场开店。而何田贵却依然坚守在高第街，随着高第街市场定位变化，他将自己开的服装店改为内衣店，1999年他将内衣店转给了他人经营。

现年73岁的何田贵，感慨地说，当初他来广州高第街打工时40岁，正值壮年，转眼之间33年过去了，他热爱广州，离不开广州。"广州给我赚钱的机会，广州的气候好，冬天不冷、夏天不热。回到家乡还真过不习惯。"

何田贵在讲述当年高第街的辉煌时，眼里闪烁着按捺不住的感激、自豪与荣光。因为高第街给他的人生带来转机，给予他希望。

陈明德、何田贵的故事只是见证高第街昔年辉煌的一个缩影，广州高第街在改革开放之初，创造了无数普通百姓的人生传奇。

高第街服装市场开了中国个体户服装集贸市场的先河。此后，这种服装集贸市场的经营模式在全国各地蔚然兴起。北京动物园服装批发市场、武汉汉正街服装批发市场、上海七浦路服装批发市场、福建石狮服装批发市场、江苏常熟服装批发市场、杭州四季青服装批发市场、沈阳五爱服装批发市场、山东即墨服装批发市场、东莞虎门富民服装批发市场等全国各大中城市的服装批发市场如雨后春笋蓬勃发展。

三 开架售货第一家

敞开式顾客自选商场的神话

现在，人们经常去超市里买东西，这种自选式超市确实方便了人们的生活，可是，你在买东西时是否想过中国第一家开架销售的自选超市是哪家？我想您肯定没想过这个问题。其实，中国第一家超级商场就是广州友谊商店，广州友谊商店开业时，中央电视台以及《南方日报》等新闻媒体进行了专题报道。

1981年4月12日，全国第一家开架销售的自选超级商场——广州友谊商店正式对外营业。这是当时全国首家采用全敞开式无人销售、顾客推购物车自选商品、通过电子收款机一次性结账的购物商场，从此改变了一手交钱一手交货的传统购物方式；"不须凭票、不再限量"；货架上的商品，任由选择。从此，全国各地的自选超级市场蔚然兴起，广州友谊商店成了中国超市的开山鼻祖，也被誉为中国超市的"黄埔军校"。它标志着广州率先进入与国际接轨的时代，也标志着商业改革时代的到来。

在当时特定的历史条件下，广州友谊商店具有外交功能，曾经有一段时间，它只为外国人、港澳台同胞及这些同胞的亲属提供服务，你就是再有钱、购物票再多，也不能到友谊商店里买东西，因为友谊商店是中国对外的一个窗口。在改革开放以前，全国开办友谊商店的城市只有北京、上海和广州。这是由当时计划经济时代物资匮乏的先天条件所决定的，在那个物质并不富裕的时代，人们只有供销社这一个购物渠道，所采用的售货方式也是柜台销售，一个柜台隔开了客户与商品之间的距离，想要买东西，需要售货员的帮助。因为当时的物资极度紧缺，所以，想要买东西，就要跟售货员搞好关系，本该"笑迎顾客"的售货员，却变成了需要顾客巴结的对象，这种不正常的现象一直持续到改革开放，由计划经济时代过渡到市场经济时代，才得到彻底的改观。

尽管广州友谊商店是一家涉外商店，却善于主动改变。原广州友谊商店自选超级商场经理胡洁君说，如何更好地办好友谊商店？广州友谊商店的领导一直在思考这个问题，一直关注着外国商店的营业模式，在1977年广交会国际包装展览上，业务科的领导第一次从展览图片中得知国外有超级商场这种新颖的商店，这些广交会上展览出来的图片，让参加广交会的中国人开了眼界，成了中国开办自选超级商场的缘起。

可是，在当时物质条件并不富足的前提下，要想开办外国那种先进的自选超级商场，有很多的制约条件，首先就是货品不足，还有就是相关的配套设施也不具备，所以，尽管对开办外国那样的便捷商店很感兴趣，却也只能停留在想法上，并不具备真正的实施条件。尽管困难重重，广州友谊商店却一直为开办超级市场做着积极的准备。

广州毗邻香港，两地之间一直保持着密切的交流。1980年夏天，在改革开放的春风里，广州友谊商店的5名领导来到香港进行市场考察，这一次的考察，得到了香港裕华国货公司余国春总经理的热情接待。余国春全程陪同5位领导参观裕华国货公司，并热情地介绍裕华国货公司开放式的售货模式，使广州友谊商店的领导大开眼界，感受到了广州的商店与裕华国货公司之间存在的差距。

看着货架上的商品可以自由选择，友谊商店的领导就问余国春："顾客与这些商品这么近的距离，你们就不怕他们偷吗？"

余国春听完，就指着墙角的监控设备说："最开始设立这种商场的时候，也是有这样的顾虑。看那摄像镜头，这就是从国外进口的监控设备，可以全程监控。以前是加派人手看着，现在有了这些监控设备，顾客的一举一动都录了下来，没有人敢偷。"

裕华商场管理部经理余锡龄接着说，这就是科技的力量，有了科技做后盾，才有了这种开放式的销售方法，这种销售方式拉近了顾客与商品之间的距离，使顾客可以更好地选择商品，具有极高的工作效率。

这种先进的售货理念，广州友谊商店的5名领导被深深地折服，并提出了一系列的问题。余锡龄经理结合这些问题，将裕华国货公司的运作方式和商场装修改造的经验，向广州友谊商店的5位领导做了介绍。

5位领导看到新的电脑收银机、打价机等，都感到特别新奇，当着余国春的面，直接说出了想开办这种开放式商店的想法。

听到友谊商店的领导这么说，余国春笑着说："这种开放式的售货方式是国际的新潮流，现在内地正在进行改革开放，我想很快就会有这样的商店，我希望你们会是第一个'吃螃蟹'的商店。"

友谊商店的领导说："外国的东西确实先进，早在3年前的广交会上，我们就已经看到了外国商店开放式售货的图片，我们来你们这里取经，回到广州后，也要搞我们自己的自选超市。"

余国春点了点头，说："你们来了也不能白来，我们这里还有一些淘汰的二手收银电脑和打价机，如果你们不嫌弃，我们商场愿意将这些设备免费送给你们。"

尽管是裕华商场淘汰的设备，广州友谊商店的领导却也是求之不得，便笑着说："好，实在是太感谢余总了，等到我们回去以后，会马上准备筹办事宜，不过，像这些电脑打印机和监控设备，还需要请你们帮助我们从国外购买回来啊。"

余国春笑着说："好，我愿意帮助你们。"

就这样，广州友谊商店5位领导的香港之行，带回了5台淘汰的二手电脑收银机、10台商品打价机和一批消耗品，这是香港同行对广州友谊商店的支持。这些香港同行淘汰下来的设备，也使内地首次拥有了电脑收银机和打价机。

接下来，广州友谊商店就调动人力物力，全力投入创办内地首家自选商店的行动中。当时开办超市所需要的设备，国内根本无法生产。于是，广州友谊商店就委托香港同行进口了电子收银机、价格打码机、超市货架、全套的闭路电视监控设备等配套设施。这些设备的陆续到货，也为超级商场的开业做好了充分的准备。而为了配合自选超市的开办，在1980年12月，广州友谊商店率先敞开店门，全面开放给国内外的宾客，不论顾客身份一视同仁，这在全国友谊公司系统属于第一家。

友谊商店，神州第一家自选超市

广州友谊商店的领导当然也深知，我们已经落后国外很多年了，所以，开办这家自选超市必须争分夺秒。经过一系列的紧张筹备，内地第一家自选超市终于在1981年4月12日正式开业了。尽管这家自选超市的面积在今天看来并不算大，只有区区的270平方米和十来排货架，商品的种类也并不丰富，可是，这种自选商店的方式却是一次真正的变革，它标志着中国传统的售货模式从封闭式走向了敞开式与自选式。从此，中国商店渐渐地告别使用了千年之久的算盘、秤杆、标尺，售货员与顾客之间"一手交钱一手交货"的传统销售模式，开始向顾客从货架上自由挑选商品的先进模式转变。

广州友谊商店开办自选超市的消息一传出去，立即震撼了所有的广州市民，通过新闻媒体的报道以及人们的口口相传，迅速传遍了整个中国。近水楼台先得月的广州市民蜂拥而至，尽管购买货物依然需要外汇券，但是依然挡不住广州市民的购物热情，他们拿出自己仅有的外汇券前来抢购商品，在开业当天，就把友谊商店货柜上的商品抢购一空，火爆程度可见一斑。

在270平方米的自选商超里，人挤着人，以至于友谊商店从领导到职工所有人员一起出动维持秩序。在最初开业的那段时间里，不但广州市民来了，珠三角地区的人也赶来商场看热闹，甚至，港澳及海外同胞也闻讯而至。那场面可以用狂热来形容。最后，秩序实在是维持不过来了，无奈之下，广州友谊商店只得限制人流，否则无法维持商场秩序。

货架上的商品早就售光了，友谊商店的领导和职工们加班加点采购商品补货。这种销售方式开了先河，引爆了珠三角地区人民的热情，这种热度一直持续了好几个月才渐渐减退。具有超前意识的广州友谊商店领导也趁热打铁，在南方大厦办起了广州的第二家自选商场。接着，又在中山五路百货商店里办起了第三家自选商场……

广州开了自选商场的先河，在中央电视台等媒体的报道下，全国的同行都看到了开放式自选商场的好处。于是，各地的同行主动派人到广州友谊商店参观学习，并派来学员到广州友谊商店进行培训。广州友谊商店也希望这种自选商场能够改善和提高各地人民群众的生活水平，不但不将营业模式和管理经验藏着掖着，反而免费培训前来学习的学员，这些被广州友谊商店培训过的学员，也迅速成为各地自选商场的精英。因此，广州友谊商店就被人们誉为中国超市的"黄埔军校"。

任何一个新事物的诞生，都会直接或间接地推动行业改革，并产生连锁反应，达到促进社会文明和进步的作用。广州友谊商店自选超市开业也不例外，因为友谊商店开业时很多的设备都是进口的，而国内的超级商场又大量地开业，超市货架的需求量也在不断激增。于是，超市设备国产化就提上了日程，佛山一家机械厂看准了这一大块的市场需求，特地派人来到友谊商店，并"借"了正在使用的超市货架，带回厂内以后连夜进行技术攻关，并成功地仿制了这种先进的货架。从此以后，中国也能生产超市货架了。而北京一家军工产品公司也专程派人南下广州，对友谊商店正在使用的电脑收款机做了详细研究,并"借"走了几份电脑收银机说明书,通过这家军工公司的科研攻关,不久就生产出了国产的电脑收银机和打价机。

中国人不但具有较好的模仿能力,还具有超强的创新能力,广州开办友谊商店自选商场就是模仿与创新能力的集中体现。国外的自选商场到了中国以后,经过广州友谊商店这个"黄埔军校"的大力推广、培训、孵化,形成了具有中国特色的"超市"。正是广州友谊商店这第一家小型的超级商场,发展成今天遍布全国城乡的无数个超市和便利店,彻底改变了中国落后的传统零售业态势。

广州友谊商店通过积极的变革与创新,使"不需凭票、不再限量"的零售模式得到了强力推广,极大地方便了广州市民的生活,也影响了广州几代人的生活。在以后的很多年里,广州市民依恋着友谊商店自选商场,只要是过春节,广州市民便到友谊超级商店里置办年货,这几乎成为一种潮流和时尚。夏天里,有些市民即使没有购物的想法,也会到友谊商店里吹一吹凉风,感受一下中央空调的独特魅力。这里也成为很多人心中最美的商场,而这些服务是改革开放以前的供销社无法提供的。

当年火爆的广州友谊商店自选商场,是高端、时尚与大气的象征,甚至有人会因为去了一次友谊商店,成了跟身边的人炫耀的资本,一种见多识广的象征。转眼之间,整整40年过去了,尽管突飞猛进的广州已经拥有了更多更大型的购物中心,但广州友谊商店在人们心中的情怀是永远不变的,因为它已经成为广州开拓创新的历史标杆。

2019年10月18日,广州市国资委党委书记、主任陈浩钿在广州友谊商店60周年答谢会上的致辞称,由广百、友谊两大集团重组而成的广州商贸投资控股集团已成立。广百集团收购友谊集团100%股权,这意味着广州友谊商店与广百股份实现了强强联合。在这个商业市场风云变幻的时代里,广州友谊商店做出的资源整合的发展战略,再一次实现了全新跨越。而广州友谊商店开办自选商场,在广州人的心目中是个温馨的记忆,在中国永远是个传奇。

四 第一座精神粮库

神州第一书城

1994年11月，广州购书中心建成开业，开国内建设大型书城之先河，极大丰富了广大市民的精神文化生活，成为人们的精神粮库，为广州的精神文明建设和经济建设做出了重要的贡献。

广州购书中心总经理马小红接受采访时表示：作为"神州第一书城"的广州购书中心，正体现了广东人"敢为天下先"的精神特质，大胆创新，敢开先河，为中国书城竖起了一根标杆。

1991年9月上旬，全国第四届书市在广州召开。时任广东省委书记的谢非，来到流花路全国第四届书市视察，对书市人山人海的盛况有感而发，当即题词"建设购书中心，羊城日日书市"。广州市委、市政府经过反复讨论、论证，决定尽快建一座比广州百货公司还大的购书中心，使之成为国内最现代化的书城和海内外图书重要的集散地。兴建购书中心被列入当年为群众办好的10件大事之一，也列入市政建设重点规划和建设项目，并安排广州市新华书店（集团）负责筹建。

广州购书中心从策划到筹建很大程度上是一次"政府行为"而非"企业行为"。虽然多年来无数的事实和数字证明，政府在建设广州购书中心的方案上颇具发展眼光和战略眼光，但对于当时广州市新华书店而言，政府的这场"超前工程"却为其带来了严峻的挑战。譬如开业之初,广州购书中心面临经营品种不足、缺乏流动资金、没有足够的人才贮备、缺乏品牌效应、找不到适当的盈利模式等种种困境,使得广州购书中心的未来发展充满变数。

广州购书中心是中国内地第一家全开架式的大型图书商厦,它的困惑同样是整个中国图书零售业在新课题前所面临的困境。在没有任何历史参照物,没有任何成功的经营经验可供借鉴的情况下,中国的超级书店该如何经营与发展?它在经营上和传统中小型书店会有哪些异同?如何才能把大卖场的威力发挥到极致等等一系列严峻问题都摆在面前。

广州市新华书店领导经过反复思考,深深意识到,广州购书中心作为中国书业的一件"新事物",它本身就是一个"创新",需要大胆地探索和尝试。因此,广州购书中心必须摒弃传统的经营方式,只有采用新的体制、新的经营模式才能成长起来,只有"创新"才有生命力!在市场经济环境中创立的广州购书中心,必须以现代企业制度的模式组建,并且以一种全新的体制去运行。于是,广州购书中心诞生了全国新华书店系统第一家股份制有限责任公司,创造性地施行股份制和多元化经营,才得以立足市场,并逐渐成长为中国图书零售市场的品牌企业。

广州购书中心从开业起,由广州市新华书店集团有限公司按照《中华人民共和国公司法》建立起企业法人治理结构,在完善的公司股东会、董事会、监事会、经营层的组织结构下,实行董事会领导下的经理负责制,广州购书中心有限公司有效地体现了所有权与经营权有效分离,法人治理结构完善,股份结构多元化,既有广州新华书店持有占总股本50%以上的国有股本,也有集体股近10%,同时还有40%的员工股。尽管与标准的股份制企业相比,广州购书中心没有吸纳民营资本,但在当时,股份制的建立从根本上为购书中心带来了发展的原动力。

股份制的确立解决了广州购书中心的内部经营体制问题,为企业带来了无穷的生命力,但内部经营机制的理顺并不意味着所有问题都迎刃而解。

一方面，虽然1万多平方米的经营面积为购书中心提供了充足的图书销售空间，但如此巨大的面积也为购书中心带来了经营成本的重重压力；另一方面，图书零售属于微利行业，没有教材作为支撑的广州购书中心想靠零售来维持日常运作并实现盈利，几乎是"天方夜谭"。于是，购书中心创造性地提出"以楼养楼，以文养文，立足产业，多营并重"的多元化经营模式，放手拓展多种经营，通过向社会要效益，来把庞大的运营费用消化掉。而事实证明，多元化经营为购书中心提供了可持续发展的能量。

新书城、新体制、新模式，广州购书中心找准了发展方向，满足了读者日益个性化、差异化和一站式文化消费的需求。广州购书中心成立后中国书业发展历史也证明了：消费者对于超级书店的认同度以及超级书店在中国图书零售市场中举足轻重的地位。广州购书中心的创新是顺应潮流、顺应市场规律和经济规律的创新，这是广州购书中心发展壮大的关键所在。

当时，全广州的人都喜欢来广州购书中心，有些番禺、增城、从化、花都等地的热心读者要坐上好几个小时的公交车才能到天河书城，热情满满，路上花费的时间太多。于是，为了更好地服务全广州读者，广州购书中心开始设立分店。

被誉为"神州第一书城"的广州购书中心，其经营理念深刻地影响着全国各大城市的书城建设。继之而起的北京图书大厦、北京中关村图书大厦、天津图书大厦、哈尔滨新华书城、长春联合书城、沈阳北方图书城、上海书城、青岛书城、大众书局南京书城、博库书城浙江图书大厦、福州安泰新华书城、南昌广场购书中心、郑州购书中心、深圳书城中心城、南宁书城、湖南新华图书城、湖北崇文书城总店、重庆书城、成都购书中心、贵州新华书城、云南新华图书城、甘肃新华西北书城、新疆新华国际图书城、西安图书大厦等全国各大城市的书城纷纷开业。广州购书中心开创了中国图书发行业现代企业管理模式的新时代，具有里程碑式的意义。

进入新世纪以来，随着互联网的快速发展，人们获取知识的渠道得到很大的延伸，人们足不出户就可以得到自己想要的知识。所以，广州购书中心也受到了互联网和新媒体的冲击，而具有"神州第一书城"美誉的广州购书中心，不只是一座现代化的知识殿堂，还是一座具有创新意识的现代化书城。2014年9月，为了更好地服务读者，广州购书中心开始了全新的升级改造，在全国同行中率先实施升级转型，而这种勇于创新的魅力，又开创了全国书城的先河。2015年农历春节前，被誉为"神州第一书城"的广州购书中心天河路店，在人们期待的目光中，以全新的面貌重新打开了书店的大门，新开业的书城成为一个富有阅读生活情趣的文化综合体。

与传统的书店相比，广州购书中心的环境让人特别舒适。走进宽敞明亮的广州购书中心，不只有传统的图书服务，还有现代化的互联网体验服务。先进的电脑图书管理系统、中央空调、电动扶梯，都让人领略时尚与文明的魅力，写字楼、展览厅、多功能会议厅、快餐厅等配套服务设施，也让人感觉到休闲阅读生活的优雅与舒适。

通过创新书店与多元文化业态组合，让店商、电商和微商在这里形成智慧与市场的全新互动，成功打造了一个"以阅读、学习、交流、成长为核心精神符号的城市文化生活中心"，这是传统购书方式与自媒体服务所形成的幸福体验，是智能手机和电脑上网所不具备的。不但如此，广州购书中心还率先设立了广购书城网络销售平台，使市民足不出户便可以通过上网进行购书，并通过提升市民购书体验的幸福度来打造"互联网+"的购书新体验。

在互联网和自媒体的冲击下，纸质图书日渐式微，传统的实体书店举步维艰的情况下，广州购书中心是如何冲出重围开拓创新的呢？总经理马小红说，广州购书中心凭借华南地区最大的网上书店——广购书城的销售平台，满足人们多元化文化需求，实现稳中发展。加快信息化建设和大数据运用、以用户为核心，通过自有电商平台、第三方电商平台、小程序、微信社群等不同的线上渠道为用户提供优质的城市文化服务，同时注重线上线下融合，根据用户圈层从产品、服务、营销等方面对线上渠道进行差异化的垂直运

营,并对线上渠道的用户进行画像,利用大数据优化线下门店的品类搭建、场景设置和营销服务。

广州购书中心的电商平台包括自营网站、微信小程序、新华书店网上商城(强国app商城)和天猫等第三方平台。电商平台已上架70万种图书和几万种文创电教类商品;同步提供亲子话剧、脱口秀表演等文化类票务代售服务以及数字化党建、企业数字阅读馆等2B/G端文化活动订制服务。目前线上渠道经营范畴已经从图书延展到文创销售、票务代售、活动策划、空间服务等大文化类别,逐渐往综合型文化平台稳健发展。

广州购书中心这些"拥抱新时代、尝试新营销"的方式方法,取得了可喜的成效,"神州第一书城"的这些积极改变,也代表着广州人勇于创新的雄心。而不变的是,作为"精神粮库"的广州购书中心,将像当初开全国书城之先河一样,永远为读者们提供更加优质的服务!

改变命运的阶梯

"广州购书中心,是我们的福地。不少人从那里改变命运。"广州市天河区中学退休教师张芬说。广州购书中心开业的第一天,她就来到购书中心开眼界,宽大的营业场地摆满了琳琅满目的图书,密密麻麻的人群用饥渴的眼神搜寻图书,那气氛使她感到十分震撼。

从那以后,每到周末,张芬都会带着保姆王彩玲和孙子小宝到购书中心看书,这几乎成了张芬的休闲生活方式。

有一天,她带着保姆和孙子来到广州购书中心,一本历史类的书引起了张芬的兴趣,她就站在书架前认真地阅读起来。等到她阅读了一会儿后,休息一会儿眼睛的工夫,却发现孙子早已经不知去向了,而负责看管孙子的保姆却在不远处的书架前津津有味地看书。这可把张芬给急坏了,她赶紧跑到保姆面前，冲着保姆喊道："彩玲，小宝去哪里了？"

张芬的叫喊把沉浸在书本之中的王彩玲吓了一大跳，她着急地说："对不起，张老师，我刚才只顾着看书了，小宝去哪里了，我还真不知道。我这就去找，这就去找。"

说完，王彩玲迅速将书本放到书架上，与张芬分头去寻找小宝。可是，广州购书中心那么大，当天又是周末，人流量比平时增加许多，她们两人要想在人海茫茫之中寻找一个8岁的孩子，难度确实不小。张芬与王彩玲两个人找了半天，也没有找到小宝。

张芬急得满头大汗，跑到收银台向营业员求助，营业员一听说："以往也有家长说找不到孩子，大都是在看漫画书，赶紧去卖少儿书的地方找找看。"张芬和保姆便直奔少儿书摊，终于找到了正在看漫画书的小宝。张芬喜出望外地跑上前，一把就将小宝抱了起来，在他的小脸蛋上亲了几口："宝贝，你可把我吓死了。"

王彩玲上前，紧张而愧疚地对张芬说："张老师，对不起，是我没有尽到责任，我刚才只顾看书了，没注意小宝跑这里来了。我下次一定注意，请您原谅。"

王彩玲已经做好了被张芬炒鱿鱼的准备，却没有想到，张芬平和地对王彩玲说："孩子比较调皮，见了这么多的人和这么多的书，就到处乱跑，你下回注意就好了。"

王彩玲听到张芬的话，满是感激地说："张老师，您放心，这种事情以后肯定不会再出现了。"

张芬将小宝放下来，对着王彩玲问道："你今年有19了吧？"

王彩玲说："是的，张老师，我今年19岁，虚岁20了。"

张芬点了点头，说："彩玲啊，19岁，正是读大学的年龄，我刚才也看到了，你是一个爱学习的人。这样，你买一套书回去自学吧，两年下来考个大专文凭多好啊！"

已经做好了挨批评甚至被辞退准备的王彩玲，压根儿想不到张芬不但不埋怨她，反而关心她的未来，于是，有些愧疚地说："张老师，我是做保姆的，刚才工作没有尽到责任，都把小宝给看丢了。您不但不批评我，还鼓励我自学，这让我感到惭愧。"

"以后注意点就行了，小宝就是好动。"张芬说，"这里自学考试的书很多，文秘的、工商管理的都有，你选一个你喜欢的专业，买一套回去学习学习？"

王彩玲说："好呀，其实我一直想报名自考，可是我怕您说我不安心工作。"

张芬说："别这么想，一边工作，一边学习，这样的生活才充实。"

王彩玲感激地说："谢谢张老师，我不懂就请您教我，好吗？"

"没问题。我退休了，正闲着没事。再说，你好歹是个高中毕业生。"张芬欣然应允，"知识改变命运，有个大学文凭，你将会有不一样的人生。"

就这样，张芬帮助王彩玲选购了一套高等教育自学考试的教材，带着小宝回家了。张芬说到做到，从那天开始，只要是闲来无事，她便辅导王彩玲学习功课。王彩玲一边工作一边学习参加自学考试，两年下来就完成了各科考试，终于拿到了大专毕业证。不久，广州的一家公司聘请她去做文员。她常常周日来张芬家看望小宝，并和新来的保姆李月娥一起，陪着小宝到广州购书中心游玩。看到王彩玲的人生在一点点地改变，张芬满是欣慰，她对新来的保姆李月娥说："你看彩玲进步很快，我也希望你能像彩玲一样，通过知识来改变自己的命运。"

王彩玲说："张老师是我的恩人，我要继续努力，决不辜负您的期望。我现在正在自考本科。"

在培根"知识就是力量"这一名言的巨大感召下，广州购书中心成了求知若渴的年轻人的朝圣之地，天天都是门庭若市，也改变了许多人的命运。

在那个互联网尚未普及的年代,购书中心其实就是广州市的精神地标,引领着人们向智慧的殿堂迈进。

广州购书中心是广州的一张亮丽名片,不但广州市民喜欢来这里阅读学习,外地人只要到广州,也会到广州购书中心转一转,感受一下"神州第一书城"的风采。在广州市天河电脑城打工的农民工吴子强也是一个热爱阅读的人,他1996年从四川绵阳老家来到广州,只要是业余时间,便来到广州购书中心看书学习,他觉得,在这里能够感受到时尚和智慧的气息。每次利用休息日来到广州购书中心,他都会十分贪婪地阅读他所喜爱的书,站在来来往往的人群中阅读,站久了脚麻了,就选择一个偏僻的地方蹲一蹲、坐一坐,临走的时候将自己选购好的一两本书买下带回家阅读。有些工友看到他买了许多书,偶尔会冷嘲热讽拿他开涮。可是,吴子强却报以淡淡一笑,依然如故地爱读书爱学习,对知识的追求痴心不改。他觉得只有认真学习,不断提升自己,才有可能改变自己的生活处境,不能做一辈子搬砖的农民工。

每到休息时间,吴子强就来到购书中心看书、买书,后来报名参加了自考。经过他的努力,3年下来终于拿到了自考的大学专科毕业证书,真正实现了告别搬砖的梦想,成为一名公司的白领,后来和小学教师丁雪梅相爱并结婚生子。在广州成家立业的吴子强,每到周末就会带着妻子和孩子来到广州购书中心走一走,重温自己昔日的幸福时刻。

有一天,吴子强带着妻儿来到广州购书中心,对其儿子乐乐说:"这书城改变了爸爸的命运。没有它,我们也就不能成为一家人了,我早就该回到四川老家种地了。"

丁雪梅幸福地笑着说:"这里不只改变了你一个人,也改变了很多人的命运。"她对乐乐说:"我和你爸爸第一次见面,就在那个书架的后面。我和他同时拿起一本名叫《第一次的亲密接触》的书,因为只有一本了……"乐乐好奇地打岔问:"那是谁抢赢了?"吴子强说:"你猜猜!"乐乐说:"肯定是爸爸抢赢了!"丁雪梅抚摸着乐乐的头说:"乐乐,你爸爸没有跟我抢，你爸爸让给我了，还帮我出钱买了单。"乐乐似懂非懂地点着头。他哪里知道这本《第一次的亲密接触》就是他爸爸妈妈的定情信物，他来到这个婆娑世界的第一张门票。

其实，像王彩玲、吴子强这样的典型事例还有很多。广州购书中心是人们通往进步人生的阶梯，改写命运的福地，这里对所有爱书的人敞开怀抱，让大家充分感受知识的力量和文明的激励。

|第三章|

携手世界

一　可口可乐落户羊城

可口可乐与中国

作为可口可乐在中国第一大瓶装企业的广东太古可口可乐有限公司，前身为广州可口可乐装瓶厂。早在1981年落户广州时，时任广东省委第一书记的习仲勋参加了奠基仪式。1995年12月，由太古可口可乐香港有限公司、广东省食品进出口集团有限公司及太古饮料控股有限公司三方股东合资成立广东太古可口可乐有限公司，在广州黄埔、惠州和三水创办了生产基地，采用可口可乐全球统一的品质控制标准和现代化的生产线，每分钟能生产1700罐世界第一品牌汽水"可口可乐"系列产品。这是改革开放以来，广州规模较大的一个中外合资项目，也是广州引进外资，充分发挥外资企业对促进实体经济发展，带动全市经济发展的一个重要成果。

可口可乐是一个有着100多年历史的世界著名饮料品牌。最初发明可口可乐的是美国药剂师约翰·彭伯顿，他发现一种叫古柯的植物叶子里含有生物碱，对中枢神经有着兴奋作用。提取的古柯碱是重要的麻醉药，古柯叶是麻药可卡因的重要成分之一。1886年，约翰·彭伯顿在佐治亚州亚特兰大将古柯叶捣碎，过滤出汁液，调配出一种风味奇特的无酒精糖浆，他感觉美味可口，这种糖浆就是后来蜚声全球的可口可乐。它有着刺激神经、缓解轻微头痛的功效。

1891年，可口可乐公司在亚特兰大正式成立，其饮料产品3年内销遍全美。可口可乐的英文名是由约翰·彭伯顿的助手及合伙人会计员罗宾逊命名的。他们认为"两个大写C字会很好看"，于是用了"Coca-Cola"。

1927年，可口可乐公司在中国天津和上海设立瓶装厂，可口可乐开始与中国人结缘。1933年，上海可口可乐厂成为除美国之外最大的瓶装厂。1948年，随着时局的发展，可口可乐离开中国，而根据周恩来总理的指示，人们将可口可乐在上海的生产线拆下来运到北京，就成为北京著名的"北冰洋"汽水厂的第一条生产线。

1972年春，随着尼克松总统访问中国，中美两国的关系迅速改善，虽然当时两国依然没有建立外交关系。但是，两国很快就在北京和华盛顿互设了联络处，有着敏锐政治嗅觉的可口可乐公司，也迅速在北京王府井街口的北京饭店里设立了临时办事处。

1976年，当时的可口可乐总裁马丁找到中国驻美联络处商务秘书佟志广表达希望能向中国出口可口可乐，同时在中国建立可口可乐灌装厂的愿望。佟志广当即表示中美两国还没有建交，可口可乐进入中国市场为时尚早。

马丁耸了耸肩表示遗憾，毕竟中国曾经是除美国以外最大的可口可乐消费市场。中国是世界上人口最多的国家，马丁表示对中国市场充满信心。

佟志广告诉马丁，中国是发展中国家，就算是可口可乐获准重新进入中国市场，价格这么贵，中国百姓也普遍喝不起。

马丁的想法是可口可乐进入中国后，并不对中国人销售，只对在中国的外国人销售。同时会将价格调整到适合中国人的消费水平。

对于佟志广来说，他也特别想让可口可乐进入中国，因为他相信随着可口可乐进入中国市场，一定能够为中国经济的发展做出贡献，并表示就可口可乐进入中国市场的事宜，一定会向上级汇报，相信领导会认真考虑的。

马丁当然知道，这确实不是佟志广能够决定的。但是，马丁却对中国市场满怀信心。最终，在马丁与佟志广等人的共同努力下，可口可乐成功地重

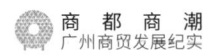

返中国市场，对中美两国的关系起到了重要的推动作用。

1978年12月13日，可口可乐与中国粮油食品进出口（集团）有限公司在北京饭店签订合作协议。可口可乐正式成为新中国成立后进入中国市场的第一家外资企业。17日，中美双方发表《中美建交联合公报》，宣布"自1979年1月1日起，建立大使级外交关系"。18日，党的十一届三中全会隆重召开，意味着中国进入到了改革开放的全新时代，而19日，可口可乐向全世界宣布正式进军中国市场。

中美两国建交后不交，中粮集团公司就在香港五丰行的协助下，于1979年1月，将3000箱可口可乐运抵北京和广州，可口可乐也成为改革开放后第一个重返中国大陆市场的外国消费品牌。但是当时的可口可乐，并不对普通的中国民众售卖，这些可口可乐全部进入北京和广州的友谊商店，凭外汇券购买。

在可口可乐获准进入中国市场后，中粮集团公司就与上海有关部门进行联系，试图在新中国成立以前的可口可乐厂原址上重新建工厂，却遭到了上海方面的拒绝，无奈之下，只好将第一家可口可乐的装瓶厂设在北京丰台五里店，1981年4月第一家可口可乐在中国的装瓶厂正式开业。

北京装瓶厂投产后，可口可乐又计划在中国开办更多的分厂，就把第二个分厂选在了深圳。后来，这个本应设在深圳的可口可乐厂，在广州市领导的努力争取下，最终落户到了广州，而深圳则争取到了百事可乐的灌装厂。

可口可乐装瓶厂扎营广州

1981年下半年，可口可乐在广州举行了隆重的奠基仪式，时任广东省委第一书记的习仲勋出席了奠基典礼，并鼓励广州可口可乐装瓶厂的工作人员把事业做好，习仲勋书记的嘱咐给予可口可乐的工作人员极大的鼓励和信心。

由于当时人们的思想还难以从旧观念中转变过来,全国各地对可口可乐这种资本主义象征的饮料并不包容,让可口可乐进入中国就是"卖国主义"和"打击民族工业",受这种思潮的影响,很多地方出现了"反可口可乐潮"。1982年"两会"期间,可口可乐副总裁、国际部总裁哈利准备来广州签署合作协议,却差点因为各地出现的"反可口可乐潮"而推迟签字。

当时,哈利特别紧张,当他乘坐的飞机来到北京以后,就已经得知情况可能会有变化的消息,当他见到前来接机的外经贸部部长代表王品清时,非常担心地问道:"王部长,我们这次广州签约,不会有变化吧?"

尽管王品清的心里也没底,但是他依然笑容满面地对哈利说,放心吧,我们对可口可乐重回中国充满信心,北京丰台五里店的厂子不是已经投产了吗?

哈利点了点头并表示想尽快飞往广州看一下装瓶厂建设的进程。

将哈利在北京安顿好后,王品清接到了国务院副总理谷牧"按原计划进行"的最新指示,王品清的心里非常激动,当他将谷牧副总理的指示打电话告诉哈利时,哈利开心地笑了。

第二天,王品清便陪同哈利飞到了广州,哈利一行也得到了广州市各有关部门的欢迎。在许多人看来,代表资本主义的可口可乐来到中国,会严重冲击民族工业。可是,对于改革开放前沿城市的广州来说,却特别欢迎可口可乐在广州建厂,具有市场意识的广州市领导已经充分认识到,通过可口可乐在广州建厂,可以吸引更多的外资进入广州,这对于推动广州的改革开放具有深远的意义。

签约成功的当天晚上,哈利在中方人员的陪同下沿着珠江散步。尽管此时广州还没有那么多的高楼大厦,大街上的汽车也不多,与美国的城市比较,广州还显得很落后。可是,哈利却对广州充满了信心,他对王品清说,广州是一座有着千年历史底蕴的商业城市,滚滚流淌的珠江水就是财富的象征，可口可乐在广州成立第二个装瓶厂，一定会使中国的改革开放一帆风顺。

王品清对哈利说，广州确实是中国对外贸易的窗口，长期以来，广交会作为中国对外贸易的唯一渠道，为中国的对外贸易事业做出了突出的贡献。在中国，广州是经济影响力最大的城市之一。

哈利点点头说："我很喜欢广州，你们决定把厂址由深圳改为广州是正确的。"

王品清说："中美两国真诚合作、共同努力，一定可以让世界变得更加美好。"

在王品清的陪同下，哈利一行实地参观了可口可乐广州装瓶厂，对于中方的建设效率，哈利非常满意，并留下一些代表团成员，负责与中方人员共同推进广州可口可乐装瓶厂的建设。

1983年，可口可乐广州装瓶厂正式投入生产，当年便为国家创造了大量外汇。

作为第一家进入中国的外资企业，可口可乐也遇到了很大的挑战，投产不久的可口可乐陷入"咖啡因风波"中。当时，有一个地方卫生部门以"可口可乐含有咖啡因，不符合卫生要求"为理由，不允许可口可乐在市场上销售。"咖啡因风波"也波及到了广州，面对着巨大的压力，可口可乐中国合作方中粮集团给出了自己的解释：茶叶是中国人的传统饮料，它所含的咖啡因超过可口可乐好几倍，可口可乐主要原料本身含有咖啡因，并不是人工添加的。

经过中粮集团的积极应对，北京、广州的可口可乐装瓶厂成功地走出危机并进入了快速发展的快车道。

1995年12月，太古可口可乐香港有限公司、广东省食品进出口集团有限公司及太古饮料控股有限公司三方股东合资成立了广东太古可口可乐有限公司，新公司分别在广州黄埔、惠州和三水创办了生产基地，采用可口可乐全球统一品质控制标准和现代化的7条生产线，主要生产可口可乐、雪碧、芬达等饮料，每分钟生产1700罐"可口可乐"系列产品的能力，使广东太古可口可乐有限公司成为可口可乐在中国的第一大装瓶厂。

现在，在中国所有的商场、超市、便利店、小卖部都能看到可口可乐，可口可乐成为中国普罗大众经常消费的饮料之一。然而，回顾当初那段可口可乐牵手广州的历史，我们会发现，过程充满了艰辛与周折，但其重返中国市场、落户广州的进程，就是中国改革开放"摸着石头过河"的历史缩影。

二 白天鹅的世界视野

首家合资五星级宾馆

为了真实地还原中国第一家合资的五星级宾馆、中国酒店业的奇迹——白天鹅宾馆创办时所发生的令人匪夷所思的故事,"白天鹅宾馆的成功是天时地利人和的集中体现。"原白天鹅宾馆常务副总经理彭树挺说。

改革开放之初,每年春秋两季广交会,使广州旅业一房难求。十一届三中全会召开,霍英东、李嘉诚等一批香港工商界的巨子应国务院主管侨务工作的廖承志同志的邀请,赴京参加了这一历史盛会。会议结束后,霍英东等人与国家旅游部门商定了一个在北京、上海、广州、南京等地兴建八大中外合资酒店的计划。

彭树挺说:"霍英东先生说他在香港从来没有想过要建宾馆。因为他曾经建过一个大厦,大厦里有个外籍住户经常向他写信投诉说他天天早上被邻居的一只公鸡啼叫给吵醒,让霍英东先生派人去找那个住户把公鸡杀了。霍英东说,对人的生意是最难赚钱的。他说开始没想到合资,捐钱算了。"

当时廖承志和广东省的领导动员霍英东,中国改革开放,需要引进外资,现在很多外商都处于观望状态,希望霍英东做个表率。1979年1月,霍英东与广东省和广州市有关部门商谈合作建白天鹅宾馆事宜。同年7月,白天鹅宾馆在广州沙面岛白鹅潭边动工了。当时,我国依然在实行计划经济制度，宾馆建设面临着物资短缺的严峻问题。建设这样一座五星级宾馆，需要近10万种装修材料和用品，绝大部分要靠进口。

彭树挺，当时是白天鹅宾馆的餐饮经理，那时候，我国百业待兴、物资极其匮乏，仅仅是开业典礼上需要的鲜花都无处购买。彭树挺来到芳村花农处采购鲜花，一看全是白菊花、黄菊花就犯难了，怎么全是白菊花、黄菊花？花农说他这是专为殡仪馆种的。彭树挺对花农说："我们是宾馆，不是殡仪馆。以后我们长期合作，给我们种花，但是确保给我们长期供应三种以上的颜色和品种的鲜花。"后来这家花农长期给白天鹅酒店种花，赚了大钱。当时，受极左主义思想的影响，鲜花属于封资修的余毒、资本主义尾巴，没人敢大规模地种鲜花。

"当时，西餐、日本餐的原材料在国内几乎是空白，一切都要进口，连牙签都要进口。进口任何一样东西，都要到十几个部门盖章。我们把西餐部需要采购的清单交给海关，海关说英文看不懂。我们翻译成中文，他们都说这些东西连见都没见过。"据彭树挺回忆，当时的关税是400%，进口食材和用品的成本昂贵，后来国家才调整过来。

在中国人传统的眼光中，伫立在广州珠江边上的白天鹅宾馆就是一面巨大的西洋镜，让国人趋之若鹜来看稀奇，闹出了许多笑话，引发了不少风波。殊不知，白天鹅宾馆为改革开放肩负着神圣的使命，见证了一个时代的变迁。

霍英东先生投资与广东省人民政府合作创办的白天鹅宾馆，为我国改革开放引进外资"雪中送炭"。1982年10月15日试业，当时适逢秋季广交会，霍英东先生催促着酒店高管必须在秋交会开业。当时全国上下遵照毛主席指示"备战、备荒、为人民"，凡是高层建筑顶上都要配备高射炮，白天鹅宾馆的楼顶也不例外。霍英东急了：楼顶有高射炮，谁还敢在这里住？因为，当时白天鹅宾馆住的主要是香港、澳门以及外国客人，让客人住在炮台里怎么行呢？

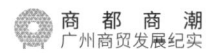

有一天，霍英东在白天鹅宾馆午休，突然咣的一声，28楼09房的一块大玻璃被一只大火腿砸烂了，原来是上面的"备战"人员在做饭时不小心让一只金华火腿掉了下来。霍英东感到难以招架，他的秘书柯小麒通过叶剑英的子女向叶剑英元帅转达了情况。在叶剑英的干预下，白天鹅宾馆的高射炮台阵地才被撤销。

"四门大开"引来的风波

任何新生事物的成长都有一个从被人们拒绝到逐渐认知和接纳的过程。1983年2月6日，"自行设计、自行建设、自行管理"的白天鹅宾馆正式开业。过去，中国的高级宾馆只对高层干部和外宾开放，平头百姓只能望而却步。而白天鹅宾馆却不然，开业时霍英东要求四门大开，任由老百姓自由进出，从而使白天鹅宾馆成为中国内地第一家对群众开放的高级宾馆。霍英东说："白天鹅宾馆必须四门大开，我在中国广州开酒店，就是让中国的老百姓知道，世界会变好的，改革开放能够给老百姓带来好日子。东西坏了可以修，修不好可以买新的，费用我给，不用你们花钱。如果我建一个宾馆，不让老百姓进来，我不干。"

关于"四门大开"的问题，霍英东先生和相关人员在白天鹅宾馆28楼总统套房的客厅召开讨论会，大家各执一词争执不下，最后要杨尚昆拍板才能定下来。当时柯小麒就给杨尚昆打电话，杨尚昆打回电话给柯小麒，要求他转告霍英东先生说，过去的宾馆酒店越盖越高级，越来越壁垒森严，不让老百姓进去。现在改革开放了，广州是个试点，应该让老百姓进来，四门大开！霍英东听到杨尚昆这番话，心中更有底气了。他说："让老百姓进来看看，什么是改革开放。改革开放是要让老百姓过上好日子。"

1983年2月7日，白天鹅宾馆正式向市民开放，一时间广州市万人空巷，市民们蜂拥而入，差点将白天鹅宾馆的大门挤倒了。到了晚上，市民散去，酒店员工打扫卫生，市民因拥挤而脱落的鞋子就有一大筐；卫生间的抽水马桶被游客打烂了好几个，卫生纸用去了400多卷，游客还把厕纸带回家。外国客人看见清平路那些市民挑着鸡鸭进酒店，霍英东的美国顾问拉着彭树挺说"ZooZoo（动物园）"，立即乘飞机到香港，将拍下的照片拿给霍英东看，说："你看白天鹅宾馆不像宾馆了，像动物园了。"霍英东先生看了高兴地说："好啊！我就是想让老百姓多进来。"霍英东先生希望建了宾馆让中国百姓进来看看。

由于四门大开，毫不设防，白天鹅宾馆江畔的游泳池附近成了一大看台，附近的农民工跑过来围观外国女旅客穿着三点式比基尼游泳。白天鹅宾馆的一些管理人员感觉这样"有伤风化"，就建议加一道门。霍英东风趣地说："他们没见过，见多了就见怪不怪了。你们多开几天，自然就没人看了。"果然如此，几周下来，起初围观的人山人海，渐渐就缓解下来了。

此后，全国各地的游客来到广州都会来白天鹅宾馆拍照留念，从这里了解什么是改革开放，什么是新生事物。

彭树挺说，白天鹅宾馆开业之初，他30岁，任餐饮部经理。有一天工作人员向他反映，进货不久的进口牙签没货了。"我当时一听，就感到不可思议，生意再火也不至于火到这个地步，结果我一了解，加上我自己细细观察，许多客人甚至有些员工都对这种单独包装的精美牙签感到新鲜、稀奇，于是带回家。"彭树挺就向酒店提议办了一个牙签厂，牙签厂接连好几年经营状况非常好。后来全国各地办的牙签厂多了，生意不如从前，就转给了民政局作为福利厂让残疾人员经营。

当时，人们流行在皮鞋的根部和鞋底上钉铁铛，走起路来叮当作响、威风八面。而白天鹅宾馆的地面铺的是意大利进口大理石。宾馆门口保安几乎是带着螺丝刀和老虎钳上班的，听见那些走路发出叮当叮当的声音的客人，就给他们把鞋铛卸掉。有些客人衣冠不整，酒店还备好衣服让客人穿上。

白天鹅的迎宾小姐统一身着旗袍、脚穿高跟鞋，从早到晚一天下来，迎宾小姐下班后常常抱着酸痛的双脚哭泣。"当时，许多人说迎宾小姐穿的旗袍开衩太高，是'封资修'。其实开衩并不高，齐膝盖的位置，后来我们不得不又缝低了10厘米。"

邓小平和广州人民共度春节

1984年1月31日上午，邓小平、杨尚昆、王震等中央领导一行31人来到白天鹅宾馆视察工作，受到了白天鹅宾馆所有工作人员的热情迎接。邓小平站在白天鹅宾馆28楼上眺望波光潋滟的珠江美景，赞叹道，"白天鹅"好！比美国的还要好！

接着，邓小平便与其他领导来到丝绸之路扒房，他与在场的工作人员热情握手。

宾馆服务员也热情地欢迎邓小平前来指导工作。

服务员伍德林征求邓小平要哪种面包时，小平选了正宗的法式硬面包。

很快，伍德林便将法式硬面包端到了邓小平面前，邓小平吃了一口，便连连称赞，随后，邓小平还花钱买了一些法式面包，打包带着去上海出席经济工作会议。

餐后，邓小平热情地招呼现场的服务员一起来合影。邓小平的和蔼慈祥、平易近人给白天鹅宾馆的工作人员留下了深刻的印象。"邓小平三次来白天鹅宾馆，都是我接待的。"彭树挺自豪地说。

接待过150多位元首和政要

白天鹅宾馆开业将近40年里，作为我国第一家中外合资的五星级宾馆，先后接待过40多个国家的150多位元首、政要、王室成员。白天鹅宾馆的服务质量和设施环境都给他们留下了深刻的印象。

1985年10月17日，白天鹅迎来了时任美国副总统乔治·布什夫妇，白天鹅宾馆工作人员与国际接轨的优质服务给乔治·布什夫妇留下了深刻的印象，他们对工作人员的服务给予较高的评价。乔治·布什夫妇回到美国后，乔治·布什夫人芭芭拉还特意亲手给白天鹅宾馆写来了一封感谢信，在信中她盛赞白天鹅宾馆是世界上最好的宾馆之一。

而在乔治·布什夫妇来访之前，1985年9月8日，美国总统尼克松下榻白天鹅宾馆。尼克松作为打开中美关系大门的关键人物，颇受中国人民欢迎。时任中共广东省委副书记、广东省省长的叶选平宴请了尼克松总统。

白天鹅宾馆"故乡水"的亭台楼阁、潺潺流水的优雅景致以及工作人员提供的一流服务，都让这位美国总统赞美不已。临走时，他还热情地给宾馆写下留言："我曾住过美国和全世界许多酒店的总统套房，我认为没有一间能与白天鹅宾馆相比。其精美的菜式、优质的服务和超水准的诚挚接待，给我们留下了深刻的印象。我认为白天鹅宾馆的特色是幽雅、舒适。"

8年后的1993年，尼克松再次来到广州，依然住在白天鹅宾馆。他先后两次下榻白天鹅宾馆，对宾馆的服务质量给予了高度的评价。

1986年10月18日，英国女王伊丽莎白二世访华最后一站是广州，她到达广州就下榻在白天鹅宾馆。在伊丽莎白二世到访前3个月，白天鹅宾馆餐饮部的工作人员就打电话给英国驻华使领馆和中国外交部，从这些部门了解女王的饮食习惯。

彭树挺找来了白天鹅宾馆行政总厨庄伟佳说："英国女王要来我们宾

馆，你有什么好的想法，说出来我们一起商量商量。"

庄伟佳说："我想英国女王访问中国，在别的地方肯定能吃到不少好的美味，她来到我们宾馆，最好让她吃些正宗的广东特色菜，这样既可以体现出广东特色，又可以让她感受中国传统文化的伟大。"

彭树挺赞许道："你的想法跟我不谋而合，就按照你的想法去准备吧。"

庄伟佳思忖了一下说："我想，'月映仙兔'和'金红化皮猪'一直是宾馆的招牌菜，这两道菜应该上，再加上双龙戏珍珠、燕乳入竹林、凤凰八宝鼎和锦绣石斑鱼，取六六大顺之意，您觉得如何？"

彭树挺伸出大拇指说："非常好，我想凭着你的手艺，英国女王肯定会吃上瘾的。"

庄伟佳说："美食是属于全世界的，相信女王一定会爱上粤菜。"庄伟佳对自己接待英国女王伊丽莎白二世计划充满信心。

庄伟佳是广州番禺人，生于1947年，17岁就在广州酒家从事烹饪工作，是我国第一批中央培训的烹调学员，师从粤菜名厨王瑞。作为白天鹅宾馆饮食部行政总厨，多次接待过党和国家领导人和外国元首，荣获过"全国烹饪技术大赛金牌奖""世界（中国）烹饪大师"等殊荣，其出色的烹饪技艺深受霍英东先生的信赖。

在迎接英国女王的过程中，还有其他随行领导和中方陪同人员，这些人如何接待，白天鹅宾馆都做了周密的安排。首先是主宾席的布置上，白天鹅宾馆根据外事部门指导，准备了一个可坐22人的巨型长方形桌子，白天鹅宾馆的工作人员还选用康乃馨和兰花两种花卉拼成中英国旗，国旗由两种花卉组成，象征着中英两国的友谊。

伊丽莎白二世访华前，接待她的车辆成了我国政府慎重考虑的一个难题，当时国内最好的车也只不过是1991年的第七代奔驰S级W140，俗名"虎头奔"。而伊丽莎白二世平时的座驾是劳斯莱斯。霍英东先生说，劳斯莱斯轿车他有两辆，但他认为这还"不够分量"，他从香港汽车收藏家手中购回了一辆限量版"皇家蓝"颜色的加长劳斯莱斯轿车，专门迎接英国女王伊丽莎白二世。

接待任务开始前，霍英东在全体工作人员会议上说："这次英国女王到访，是中英关系史上一件事要的事情，我们所有工作人员一定要打起精神来，一定要用我们热情的服务，让贵宾感受到中国人热情好客，展示我们中国人的风采。"

1986年10月18日，英国女王伊丽莎白二世乘坐加长版劳斯莱斯轿车连同两辆普通劳斯莱斯轿车和10多辆"奔4"轿车，组成一支豪华的车队，在数十万广州市民的欢迎下浩浩荡荡驶入白天鹅宾馆。

100多名白天鹅宾馆的工作人员在宾馆列队迎接英国女王伊丽莎白二世，欢迎之声此起彼伏。伊丽莎白二世在叶选平和霍英东等人的陪同下，微笑着向工作人员挥手致意。

伊丽莎白二世在主宾席前就座，她看到康乃馨和兰花组成的中英国旗格外高兴，即兴发表了热情洋溢的讲话，对中方人员的热情迎接深表谢意。

6道粤式佳肴色香味俱全，英国女王对东方的烹饪技术赞不绝口，连声称赞白天鹅的菜特别好吃……

霍英东先生给女王赠送了一件礼物——一个画有她本人肖像的鼻烟壶，女王甚是喜欢。

白天鹅宾馆还曾接待过许许多多国际名人。

1995年12月15日，世界首富比尔·盖茨应邀到白天鹅宾馆演讲，计划从香港乘船到广州南沙港，再经沙窖岛到白天鹅宾馆的后花园码头。为了节省比尔·盖茨的时间，香港微软公司向白天鹅宾馆提出请求，希望能调用直升机开辟从南沙到沙窖岛的特别航道。

白天鹅宾馆最高层领导立即与南航直升机公司联系，再根据民航要求，经广东省政府同意并出具介绍信；继而在公安部的协助下，到广州军区司令部作战处办理有关飞行图的审核手续；凭着这些批文到南航落实具体的方案。白天鹅宾馆方和南航有关工作人员一起，去南沙及沙窖岛踩点，选择停机的位置、清除地面沙子、沙井盖，并落实当地派出所负责安全保卫；由于那里建了别墅，选择一块合适的空地不容易，最后停机坪建造在鱼塘边一块开阔地上，用红布铺成停机标志，并用红地毯铺至离码头400米的路口，以便比尔·盖茨下机后用专车送到码头。

当时白天鹅宾馆准备了第二套、第三套预案。比尔·盖茨乘飞翔船抵达南沙，适逢天公不作美，在南沙待命的直升机不能起飞，使得原计划被取消，启动第二套方案：比尔·盖茨一行乘坐三辆奔驰，由警车开道驶往沙窖岛。接着，比尔·盖茨一行登上快艇向白天鹅宾馆驶去。15分钟后，比尔·盖茨在霍英东先生等人的迎接下，走上白天鹅会议中心的讲台。

以中国第一家敞开大门允许老百姓参观游览的白天鹅宾馆为开端，香港资本开始源源不断地进入内地，形成了境内外经济合作的崭新格局。它是我国改革开放地标之一，为当时的广州人，甚至是中国人打开了一个眺望世界的窗口，让中国人了解世界，让世界知道中国。

三 中国大酒店的创举

随着新人口红利、新城市化红利、新互联网红利、新国际化红利"新四大红利",逐步取代传统的"四大红利",国内酒店行业正迎来一个对比过去10年更加动荡而澎湃的时代。自2020年以来,5G等新基建的迅猛发展,加上疫情等外部因素催化,新经济领域高度数字化,中国旅游行业也迎来了数字化热潮,酒店行业更是走在转型前沿。

其中,一批伴随着国内酒店业发展初期成长起来的经典酒店,也抓住了数字化转型趋势,并开始掘金年轻消费群体。作为拥有37年经营历史的国企中国大酒店,从商务差旅到休闲度假,全方位满足消费者个性化、品质化需求,其"低调务实"与"在变化中突破自身",融合了经典酒店的"老派"与"新潮"。

在受到疫情催发后,中国大酒店数字化转型加速,线下全场景产品在线化并实现营销手段创新,推动智慧营销、智慧服务,降低酒店获客成本,打通酒店线上会员体系,实现更高效的会员触达和管理。在2020年,中国大酒店线上官微营收1500万元,环比增长63%,在数字化转型上获得极大成功。

"2015年,我们酒店就开始经营微商城,是广州第一家五星级酒店开设基于微信公众号的微商城。主要面对年轻消费群体。"广州中国大酒店公关部总监何舒然道出该酒店的微商平台如何年营收千万元,掘金年轻消费群体的秘密。

年收千万元,微商掘金年轻消费群体

2020年,受疫情影响,差旅行业发生诸多变化,商旅人士的需求、习惯和旅行动机发生了巨大的转变。尤其是在后疫情时代,市场竞争激烈,客户群体日渐年轻化,如何实现再次蜕变营销,如何实现营销手段创新,如何了解各会员年龄层的需求,如何吸引95后、00后的新群体显得尤为重要,也是中国大酒店着力的业务增长需求点。

江苏省消保委发布《新冠肺炎疫情对江苏省居民消费意愿的影响调查报告》:疫情后近9成人选择"补偿性消费",80后、90后仍是主力军……这些深耕互联网的新消费群体已成为后疫情时代提振经济复苏的主要驱动力。而对于这个庞大的消费群体,酒店人如何转型掘金,中国大酒店提供了答案。

2019年,中国大酒店将酒店数字化提到企业战略层面,接入了整套数字化营销工具,包括微信商城、储值卡、日历房、会员系统、全民营销,等等。全年累计官微销售额近千万元,数字化尝试颇有成效。

2020年,受疫情影响,会议客人剧减,消费者需求和关注点改变,酒店也在积极思变。针对新的消费群体,酒店拓展了相应的产品类型、拓宽了产品线。

首先,在产品设计上推出多种餐饮优惠,例如早茶点心套票、狂欢自助午餐等,充分利用自身餐饮的优势留住客户,继而大力发展客户,进行第二次转发流量。同时,利用周边的文化资源优势,如双层巴士全天观光、荔枝湾日游、珠江夜游等广州特色景点和住房进行打包,推出特色住房优惠。

其次,在线上运营上,酒店着力于大力发展客人成为酒店会员并关注酒店公众号,培养客人官微预订的习惯。在培训员工上,带动酒店员工实现全民营销,真正实施实践了"全员都是销售"并且销售从内到外,提升自有渠道的营销能力。

接着,酒店相继推出餐饮储值卡、健身卡、洗衣卡等,设置多重预售场景,为淡季的销售打好基础。在2020年6月,酒店推出的餐饮储值卡,10天累计销售270多万元;"双十一"的微信直销活动累计近400万元营收额。对比2019年,官微整体月均销售额上涨49万,其中预售营收增长421%。新消费群体的消费占比也在逐步上升。

以往,中国大酒店的会议客人及差旅客人超过50%,现在微信营销和Walk-in等散客比例已超过会议客人,年轻消费人群也在逐渐增加,数字化转型开始体现其意义。

创新化发展,离不开数字化转型,线上线下双管齐下才能既留住老客户也发展年轻客户。酒店引入专业合作伙伴直客通,对接团队的专业,为酒店的线上经营提供了很多帮助。完善酒店微商城的构建,为酒店客人开拓了更多样化的功能和体验,开通团队自助订房功能,不断利用数字技术助力酒店转型升级,拓宽线上渠道。

中国大酒店总经理陈瑞明表示,中国大酒店将一直致力于洞悉消费升级新趋势,深挖精准营销潜力,拥抱互联网,关注宾客体验和需求,充分利用各种资源和手段创新服务,提升产品品质。

随着互联网时代的年轻人正在成长为未来中国新经济、新消费、新文化的主导力量,数字化这一赛道必将前途无限,酒店行业也将前途不可限量。

一首歌和一个时代的印记

一首歌往往承载着一个时代的印记,它会引领你回到那个即逝的岁月。提及中国大酒店,有一定阅历的人都会联想起1989年风靡大江南北的电视连续剧《公关小姐》的主题歌《奉献》,"自从踏进茫茫人世间,穿过了春天到秋天……"当年第一代公关小姐、现任中国大酒店工会主席的梁玉洁回忆道,大众传播的影响力非常大,当年《公关小姐》热播后,许多人慕名而来参观中国大酒店,了解"公关小姐"。由于当时,我国的五星级大酒店不多,"公关小姐"还是个新鲜概念,让不少人为此感到好奇。那时候,中国大酒店公关部的接待工作十分繁忙,也给公关人员一定的压力和挑战。因为,为了准确地回答客人的问题,公关人员需要储备与酒店相关的知识。严格说来,酒店公关部就应该是酒店的百事通。

随着改革开放的不断深入、世界文化的交融以及对外来管理经验的吸收。中国大酒店公关部的工作就从公共关系(Public Relations)事务,提升为市场传讯(Market Communication)职能,成了一个具有综合实力的策划执行部门。现今的公关公司做的工作,就是当时的公关部所做的,公关人员每天面对的问题和处理的事务都不同,综合能力也得以全面提升。梁玉洁说:"有一次我们中国大酒店承办了一个珠宝展,活动地点分别是酒店的大堂和宴会厅。要承办这样的展览要办理相关手续,比如珠宝入境就涉及海关报批,还有相关政府部门的审批;当珠宝进场的时候要帮它们投保及请保安,还要帮主办方邀请嘉宾、策划开幕仪式,等等。总之,我们用自己的资源为客户做增值的服务。"

中国大酒店"公关小姐"的职能转变,由简单的公共关系科,发展成为无所不能的酒店活动策划运营部门,再到现在专注于市场推广、品牌维护和公共事务处理,见证了一个时代的发展与变化。

开创政企合作、穗港合作之先河

继白天鹅宾馆之后,广州中国大酒店、花园酒店两家中外合资五星级酒店也相继开业。目前,中国内地首批三家中外合资五星级酒店都因合作期满分别"回归"给广东省政府和广州市政府。在改革开放中,这三家中外合资酒店作为开路先锋,冲破僵化的计划经济模式,对整个中国解放思想走向开放起到过举足轻重的作用。这三家酒店见证了中国改革开放的发展历程,浓缩了整整一部中国改革开放史。

中国大酒店的创建,开创了改革开放后政商合作、穗港合作的先例。改革开放伊始,广州一位政府官员去香港,和一些广东籍的实业家会谈,邀请他们到内地投资。会谈中,爱国港商胡应湘提出要从兴建高级酒店开始的建议,并得到在场的李嘉诚、郭德胜、冯景禧、李兆基、郑裕彤的一致认同。之后,他们筹资10亿港元组建了新合成有限公司。

1980年4月,新合成公司与广州市政府签订了合作兴建中国大酒店的合同。双方约定,由甲方(广州)免费提供土地,乙方(新合成)筹集资金建设,并以20年为期,期内由乙方独立经营,期满后全部财产在正常营业情况下移交给甲方。由此,开创了BOT(建设—经营—转让)合作模式的先例。广州中国大酒店也因此成为中国第一家完全由外商投资和管理的企业。

1983年,中国大酒店奠基之时,作为地产商人和顶级建筑工程师,胡应湘出任中国大酒店建筑的设计师,为中国大酒店选址于象岗山。不料,建筑工人竟意外挖出了一座尘封2000多年的南越王古墓。而早在三国时期,孙权曾经出动数千兵甲掘地三尺寻找这座南越王陵,都无功北归。

中国大酒店建立在帝王陵墓之上,这也预示着这座五星级大酒店将开创一代传奇。

1984年,中国大酒店落成开业,成为中国内地第一家中外合资经营的酒店。胡应湘在中国大酒店的建造过程中使用了处于世界领先地位的"滑模"工程技术,让这座19层的建筑获得中国建设部最佳设计奖和国家建筑二等奖。1013间客房的数量一举刷新了东方宾馆与白云宾馆的纪录,成为广交会时期最高档、最抢手的酒店,海外客商对其有口皆碑。

中国大酒店自从开业起,紧跟着改革开放大潮,一直走在时代的最前

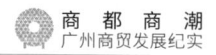

端，充当广州改革发展的中坚力量，体现着"帝王"风范。

1985年，时任广州市团市委宣传部科长的沈怡和干事安超，偶然看到香港"港姐"选美节目，开始尝试策划一次类似的选美活动。但是，当时没有人敢提"选美"这个词。因为中国自古以来倡导谦恭内敛、含蓄蕴藉、不事张扬、淡泊宁静的圆融文化，选美显然是与中国传统文化相悖的。"选美"二字在中国人眼里总是讳莫如深。

当时，沈怡、安超等人的想法很简单，只是想塑造青年人身边的榜样，纯属公益的活动，最后将其命名为"羊城青春美大赛"。比赛的流程和要求，在现在看来有些匪夷所思，与今天的选美截然不同。当年2月开始预赛，550多名青年男女参赛，首先进行一场严格的笔试，内容包括政治、文化、科学等多方面的知识；接着是才艺展示；选手的容貌只占总分的15%。不难看出，活动的初衷在刻意弱化选手的外表美，而突出内在美。

活动现场，中国新闻社广东分社摄影记者安哥用镜头记录了全过程，获得消息和照片刊出第二天，海外媒体争相转载并向他约稿。这一前卫的选美活动，成为加快中国改革开放进程的信号，见证了中国迈向文化开放的新一步。

当时，中国大酒店看到消息后，立即向广州市团委提出独家赞助决赛场地的要求，酒店公关部经理常玉萍专门从香港请来了美容师，免费为选手们化妆造型，从而使公关小姐、美容师、发型师等新兴行业首度在中国内地亮相。然而，媒体舆论一片哗然。一些思想保守的人士将这次活动斥为"资产阶级自由化"。"讲穿着打扮，不要艰苦奋斗"之类的指责非难从天而降，一度要将活动叫停。

后经主办单位的多方努力，3月6日元宵节，"羊城青春美大赛"决赛，终于在在广州中国大酒店拉开了帷幕。活动程序同样有答题环节，如改革开放以来，广州青年的生活有何变化？时任广州文化局团委干事的任小玲，作为进入决赛的选手，她的回答是"夜生活越来越丰富"。当被主持人追问

"什么是夜生活"的时候,她给出了一个富有时代气息的答案,"上夜校,去图书馆,进电影院"。最终,任小玲获得了决赛女子组的亚军;冠军是当时白天鹅宾馆的职员谢若绮;当时在广州铁路局工作的汪子健,获得男子组的冠军。

在党的改革开放政策的指引下,中国大酒店发挥对外交流窗口的作用,为商旅客人提供国际化、专业且贴心的服务。得益于良好口碑和高素质服务,中国大酒店不到10年就提前回本并连续7年获得"钻石五星奖"。同时,中国酒店勇于开拓,学习并引进了先进的现代饭店管理理念,为整个酒店行业培养了大批管理人才。

进入新世纪的第一个10年,广州飞速发展,市场环境瞬息万变,国内外高端酒店品牌进军广州市场,酒店所在商圈环境发生改变,对广州市的酒店业发展产生重大影响。同时,互联网经济和消费升级转型,旅游业发展进入新时代,中国大酒店根据自身的发展优势做出策略性的调整,在市场变幻无常的大潮中重新定位,顺应市场变化,开拓新机遇,以创新创值为动力,打造独具特色的发展之路。

重塑中国大酒店的文化品牌,把中国大酒店打造成为外地商旅客人体验地道广府美食、探索广州城市文化的出发地。这一战略定位的重塑,成功为中国大酒店重新应对激烈的市场竞争提供了明晰的方向。中国大酒店以开放的态度与众多中外合作伙伴开展了一系列的跨界品牌合作,担任中外文化的交流使者。如2005年至今,在德国商会、德国领事馆及广州文化、外事部门的大力支持下,举办的德国啤酒节,将热情洋溢的巴伐利亚文化带到广州,促进了中德文化的交融。在2016—2017年,丽晶殿全新升级改造完毕,中国大酒店举行了一场史无前例的黑领带晚宴(BlackTieDinner),邀请了超过200位媒体界、时尚界的名人盛装打扮出席,一时成为城中佳话。高雅的社交文化、精致的宴会体验让当晚每位宾客乐在其中,同时展现了中国大酒店举办高端宴会的专业能力和以人为本的服务理念。

2018年，博古斯世界烹饪大赛2018亚太区选拔赛在广州举办，活动庆功宴当晚中国大酒店行政总厨梁炳基、中餐行政总厨徐锦辉带领团队，为晚宴制作极具岭南特色的名菜，实现了中西方饮食文化的对话与融汇。

37年来，中国大酒店也紧跟时代步伐，与广州一同成长。它不仅是众多广州人的集体回忆，也是广东开放包容、敢为人先的精神缩影。在新的历史时期，它凭着优秀的服务商誉，带着一份本土历史的沉淀与文化的情怀投入市场竞争的洪流之中，再创辉煌。

四　花园酒店树立民族品牌

广州花园酒店是中国首批三家白金五星级酒店之一，是其中唯一的民族品牌酒店。由邓小平亲笔为"花园酒店"题写店名，由国际建筑设计大师贝聿铭先生为酒店设计蓝图。它承载了一代人的青春记忆，见证了一座城的沧桑变革。它执业界牛耳，带着历史的印记，流传经典，缔造辉煌。

可是，现在鲜有人知花园酒店一度停工，面临流产的局面。时任广东省委书记处书记兼广州市委第一书记、市长梁灵光回忆说："利铭泽先生是打开国门后首先到广州投资的香港知名人士，像他这样身份的人如果半途而废，势必影响其他财团投资的信心。"

曾遭停工，迎难而上铸造辉煌

故事还得回溯到改革开放之初。1978年底，主管港澳台和侨务工作的廖承志鼓励香港爱国商人利铭泽在内地投资。利铭泽愿意为国家发展做贡献，有心改善广州的投资环境。1980年3月28日，梁灵光与时任广州市副市长林西和利铭泽商谈并签订了《关于在广州合作创建与经营花园酒店协议书》。在广州市政府的推荐下，利铭泽选定了广州市环市东路"青菜岗"这块地。作为中国改革开放后第一批引进外资建设的高端商务酒店，花园酒店于当年的

12月26日就奠基立石，翌年3月正式动工。

然而，这一工程在开始不久便遭遇重重困难。1982年，正值中英就香港回归祖国谈判的重要关头，港澳商界人心浮动，投资内地的热情锐减，港方投资者无奈宣布停工。这时候，已经建了四层的花园酒店一下子面临夭折的困境。

当时的广州市政府认为，如果这个项目半途而废，肯定会影响外商投资内地的信心。市长梁灵光一面要求项目继续施工，一面想办法帮忙解决资金问题。经过几番周折，梁灵光最后以广州市市长名义写信给香港中国银行，以市政府名义做担保，争取到7亿港元贷款，解决了建设资金问题。

在酒店建设最困难的时候，时任国务院副总理的谷牧先后两次对花园酒店项目做了批示："这个项目不能停工缓建，那将造成很不好的影响。""这个酒店不但要建成，而且要办好，办成个与外商合作的样板。"谷牧还请国内银行在国内贷款5000万元，当时折合港币1.5亿元，帮助解决了部分不足资金，使得在建花园酒店项目得以重新上马。时任国家进出口委员会主任的江泽民，也亲自为花园酒店的设备进口做出批示。

政府的全力支持，使港方投资者大为感动。合作双方以现代化企业的经济运作模式进行，严格按照法律合同的约定。在改革开放初期，这种合作模式尤其珍贵。广州市政府重守合同的诚信合作精神和坚持改革开放的胆略，坚定了港方投资者继续合作经营的信心，为后来20年穗港双方诚信合作打下了坚实的基础。

1984年大年初一是花园酒店值得大书特书的好日子，邓小平为正在兴建的酒店挥毫题写了店名"花园酒店"四个大字。

花园酒店从1984年10月28日开始试营业，1985年8月28日全面开业。广州大型酒店业的建设历史翻开了新的一页，中国酒店业历史也从此走向辉煌。

贝聿铭对花园酒店双Y型结构的匠心独运设计，使得酒店具有"客房规模大，视野开阔，平面紧凑"的特点。酒店占地面积48 000平方米、建筑面积180 000多平方米，前后花园总面积达21 000多平方米，拥有828间客、套房以及800多间写字楼和公寓；12间各具特色的餐厅及酒吧以及1间大型无柱式国际会议厅和10间多功能宴会厅。

花园酒店以广州的市花——木棉花作为标志。当时，一朵10米见方、差不多三层楼高的巨大木棉刻在酒店高墙顶端，成为酒店的"迎宾花"。

花园酒店在当时创下一系列的全国之最和广州之最：全国规模最大的酒店、全国最大的酒店大堂、全国最大的酒店会议中心、全国最大的酒店大理石贴金壁画、广州最高的旋转餐厅、广州最高的酒店园林瀑布……也因此，花园酒店成了广州旅游业和高级商务、政务活动的品牌形象。

展示岭南文化的重要窗口

1986年入职花园酒店，曾任花园酒店客房服务部经理的陈锦标回忆道："那时，作为国内引入外资建设的第一批高端酒店，花园酒店已是不少来粤工作的外籍商务人士的首选。"随着改革开放的推进，越来越多商旅客人、外国友人涌入广州，花园酒店自然而然成为这座城市最具代表性的文化符号和对外窗口。

花园酒店开业以来曾先后接待英国前首相希斯、法国前总统德斯坦等外国政要，多次承接广州市驻穗领团活动，以及众多世界500强企业的中国区或全球年会。如今，花园酒店已成为国内乃至世界商贾政要在广州的政务、商务和文化活动中心之一，成为各国驻穗领事馆、世界500强企业在广州的重要展示窗口和交流平台。

花园酒店努力向国人和世界展示改革开放的新气象和优秀的岭南文化。作为广州对外重要的展示窗口，花园酒店还向全国甚至世界推广"广府味道"。通过在酒店举办的各种重要涉外政务商务活动和国际盛事，将岭南特

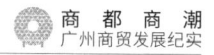

色广府味道元素植入环境装饰布置、手信、小礼品，以及餐饮菜式、菜单设计、器皿、故事卡之中，安排厨师、服务员席间讲解岭南美食故事，借助政府搭建的路演、展览、广府文化节、美食节等平台，在宣传推广酒店各类时令餐饮的同时，植入岭南美食故事，配合推介广州作为"美食之都"的城市名片。

无论是2017广州《财富》全球论坛上以"花开富贵·财富广州"为主题的酒会，还是2018年博鳌亚洲论坛"广州之夜"酒会，花园酒店都出色演绎地道的"广府味道"和展现深厚的岭南文化魅力。

曾任花园酒店副总经理的龙伟彦说："长久以来，花园酒店利用一切可以利用的机会，让地道的广府美食为宾客留下美好难忘的体验和回忆，务求全方位、多角度向全国甚至世界宣传广州和岭南文化，更好地讲好广州故事，传播广州声音，将岭南的美食文化与待客之道传承致远。"

2007年，花园酒店被评为中国旅游饭店最高等级的白金五星级饭店，这也是国内首批三家白金五星级饭店中唯一的民族品牌饭店；2015年，被国家旅游局评定为2015年度全国五星级饭店二十强第6位，全国星级饭店利税贡献二十强第9位。截至2017年，花园酒店累计总收入约135亿元，已发展成为华南地区最具规模和影响力、国际知名的民族品牌酒店，确立了花园酒店在国内酒店行业的标杆地位。

打造世界知名的中国民族酒店品牌标杆

随着改革开放的深入，创新与发展成为时代主题，在竞争尤为激烈的酒店行业，紧跟时代步伐、坚持创新、树立品牌价值，无疑成为制胜的关键。

在创新路上，花园酒店团队不遗余力开拓创新。2013年7月1日，作为岭南花园酒店品牌旗舰店，广州花园酒店全新VI正式发布并全面导入岭南花园酒店品牌系列酒店，标志着岭南花园品牌正式进入集团化发展轨道，并成功实现商标注册，同步实现对品牌logo的法律专属保护，此举极大地提升了花园酒店在市场上的品牌影响力。

从2014年起，花园酒店全面启动"花园之春"品牌提升计划，以花园酒店深厚的文化底蕴，着力打造"城央休闲空间"：全面打造和谐舒适的花园休闲环境，一流的客房旅居体验与会展会议空间，以及具有浓郁岭南文化风情的特色水榭餐厅等；从软件上，打造网络和管理系统升级，增强大数据运用能力；从服务产品上，在前台实行一对一尊贵服务；以"中国文化+国际视野"策划主题宴会，打造移动宴会的品牌模式等。

凭借着深厚的历史文化沉淀和影响力，花园酒店已经成为代表广州的文化符号和对外窗口。与五羊雕塑、广州新电视塔一样，花园酒店承载着人们对广州最美好的记忆。在不断传承中创新和发展，努力巩固白金五星级"城央商务休闲"奢华酒店的市场定位，提升客户消费体验，努力做好深受客户喜爱的民族品牌奢华酒店。

作为岭南花园酒店品牌的旗舰酒店，广州花园酒店在岭南酒店的平台上已实现品牌化发展。2018年开业的南沙花园酒店依然成为湾区核心地带的璀璨明珠。在新时代改革开放的大潮中，花园酒店将紧紧把握历史机遇，主动融入国家粤港澳大湾区战略，始终坚守"创民族品牌，与世界同步"的愿景，怀着光荣而神圣的使命感和责任感，永葆初心，砥砺前行，为打造世界知名的中国民族酒店品牌而努力。

|第四章|

激情岁月

一 灯光夜市点亮星空

西湖路中国第一个灯光夜市

1984年5月,广州市越秀区西湖路的灯光市场正式开业,成为中国第一个灯光夜市。西湖路灯光夜市的兴旺,是改革开放后广州人民智慧的结晶。夜晚的广州西湖路,本来是一片寂静,却因为那一盏盏青春和激情的火光、希望的明灯,使整个广州都变得灿烂、蠢动、新潮、时尚起来。这种夜市经济犹如冬夜的火炬,点亮了神州大地的黑夜,各大城市的灯光夜市雨后春笋般地诞生。中国的夜经济开始繁荣起来。

当太阳最后的一抹余晖,消失于大海的尽头之前,广州西湖路马路两旁,无数"街边仔"忙着搭夜市摊档,将琳琅满目的时髦商品摆上,在千百盏灯光的照耀下,整个西湖路成了一个瑰丽无比的"万花筒",被媒体誉为"中国时装的橱窗"。

接着,广州又兴起了区庄、黄花、珠光、沙园、晓港、芳村等十多个灯光夜市。一时间,喇叭裤、蝙蝠衫、连衣裙、蛤蟆镜等时尚服饰,风靡中国各大城市,成了那个时代特有的风景。广州的灯光夜市迅速点亮了中国城市的夜空,点燃了中国百姓的生活激情。灯光夜市解决了广州以至全国千百万返城知青的就业问题。那些在灿烂灯光照耀下的"街边仔",虽然没有"铁饭碗",但赶上了这第一次流通领域的改革,成就了无数的梦想和财富传奇。

每到黄昏降临,西湖路灯光璀璨、人潮汹涌。不宽敞的马路两旁数百个摊档,每一个摊档拉一根电线亮起一盏电灯,简易的木板上摆着琳琅满目的新潮商品:香港流行的喇叭裤、牛仔裤、蛤蟆镜等时尚服饰。卡式录音机里播放着港台流行歌曲,令人蠢动的音乐和灯光下的时尚元素传递着一种令人无法抗拒的诱惑,吸引了全国各地及港澳地区无数顾客前来购物观光。

广州国际轻纺城档主吴穗生回忆过往:"实际上,最早的灯光夜市是在观绿路,那时候我在观绿路服装街开了一个裁缝铺。起初,街上有一两家店在深圳沙头角中英街买回来一些'港货',晚上就在店门口架起木板摆卖,这些时髦货很抢手。后来我们也跟着摆起了夜市。不久,政府要建人民路高架桥,听说是全国第一条高架桥,我们都迁走了,灯光夜市也没做了。我印象中,观绿路的灯光夜市比西湖路的要早一些。"

20世纪70年代初,初中毕业的吴穗生响应党的号召下放到湛江雷州半岛农场做知青,1980年回城,跟着母亲学习裁缝手艺,在观绿路租用临街的一个楼梯间开了一爿小小的裁缝铺。那时候人们的生活水平普遍比较低,购买布料做新衣服,需要布票。人们做新衣服的时间基本上集中在腊月,一年到头忙活下来,就希望能穿上一套新衣服过年,人前人后都显得光鲜有面子。尽管吴穗生的母亲裁缝手艺不错,但是小小的一条街上有好多家裁缝铺,基本上属于僧多粥少的生存状态。

"观绿路最早摆灯光夜市的是两连襟。起初,我们都不知道他们是从哪里进的货,后来,有人跟着他们去了沙头角中英街才知道进货的路子。"吴穗生说,那时候沙头角的"港货"价格便宜、款式新潮,喇叭裤批发3元左右一条,拿到灯光夜市上卖十来元一条。当时观绿路的经营商户,每到黄昏就在自己的店铺前摆起了夜市。许多和吴穗生一样的返城知青,都采购一些时尚商品拿到灯光夜市摆卖。"有时,一个晚上能挣一两百元,相当于机关干部一两个月的工资。"吴穗生说,"可是好景不长,这个做得非常火旺的灯光夜市,因为政府规划修建高架桥而不让搞了。"1984年5月,中国第一条城市高架桥——广州市人民路高架开始修建。观绿路服装街被拆迁,所有的商户被市政府安置在广州市青年文化宫,后迁往西湖路。广州市政府为了安置区内二级马路边被扩建拆除的商铺个体户,创办了西湖路灯光夜市。由起初的几十个摊档慢慢发展成几百个摊档。每逢夜晚,只要是不下雨,整条西湖路灯光齐明、灿若银河,几乎成了不夜天。五湖四海的人们会聚于此,如过江之鲫沉浸在青春、激情和欲望的渊薮之中。

继观绿路和西湖路灯光夜市之后,又兴起了区庄灯光夜市。区庄立交于1983年12月3日建成并通车。这座位于广州市环市东路与先烈中、先烈南路交会处的四层双环式的立交桥,北侧开始有商贩在公路两旁摆灯光夜市,最初由几十个摊档迅速增至两百多个,最后多达六七百个摊档,主要经营流行服饰、日用百货、时尚礼品等。每当黄昏时分,区庄立交北端千灯辉映,车水马龙。前来逛灯光夜市的年轻人居多,首先是凑热闹,其次是购物。徜徉在华灯闪烁、春潮涌动的人海里,感受时代脉搏的律动,以及改革大潮对心灵的冲击;流连忘返于五彩缤纷的商品里,让人大开眼界,领略时尚和美的魅力。喇叭裤、蝙蝠衫、波波鞋……物美价廉,款式新潮,工艺精良。当时最流行的花衬衫或喇叭裤、牛仔裤,都只需要十余元一件。灯光夜市,开始打破传统的"一口价"买卖模式,买方和卖方可以讨价还价。

广州灯光夜市,点亮华夏之夜

广州的灯光夜市,点亮了沉寂千年的华夏之夜,璀璨的灯光,闪耀着开放创新与发展繁荣的光芒,为改革开放初和中期的广州带来了生机,为广大市民休闲、购物提供了便利,增添了人们对生活的美好向往与憧憬。

曾经在西湖路灯光夜市摆过摊的于建华,谈起以前,眼里闪烁着幸福的光芒。他说,尽管在灯光夜市摆摊的日子很苦很累,但是感觉很有意义,生活有了希望和奔头。通过摆灯光夜市,他不但挣了些钱,还认识了很多朋友。西湖路灯光夜市不只是他发财的地方,更是他与妻子缘分开始的地方。

1982年夏天,到海南插队的于建华终于返回了广州市,工作折腾了好几年都没有得到落实。在那段日子里,父母为他发愁,他自己也对未来悲观失望。有一次,他把自己的苦恼一股脑地说给一同回城的知青何亮听,何亮听过后,笑着说:"建华,我说你怎么死脑筋啊,现在都已经改革开放了,很多人都出去做小买卖了,难道你永远找不到工作,就永远在家里待着?"

于建华叹了口气,说:"说句心里话,像我这么倒霉的人不多啊。工作一直没安排好,一直吃父母的,这日子怎么过啊!"

何亮说:"西湖路灯光夜市卖衣服去!那夜市真漂亮,一边散心,一边挣钱。"

于建华摇了摇头说:"说实话吧,我总担心熟人看见了会笑话我。"

何亮笑着说:"笑啥啊?挣不了钱才被人笑话。"

听到何亮这么一说,于建华深受触动,是啊,总不能一直待在家里,还是要努力地生活。于是,于建华便来到高第街购买了一些衣服,等到夜幕降临后,他就骑上自行车,载着一个编织袋的衣服赶到西湖路。由于是第一次来,没有做任何准备,提着编织袋到夜市一看,发现这里的人很多,他们用竹竿沿着马路两边搭建成一个个档口,每个档口都悬挂着一盏电灯,人流从中间经过,这一盏盏电灯把整个西湖路照得通明。

于建华心想,坏了,我没有摊档也没有灯怎么做生意?所以,在当天晚上,于建华就借着别人的灯光,打开编织袋手拿着衣服,学着别人吆喝着、叫卖着,勉强卖出去好几件衣服,尽管卖出去的不多,但是给了他很大的信心。他在与借给他灯光的商贩聊天中,得知有很多像他一样回城的知青,还有一些成分不好的人,再有就是国营或集体单位混得不好的人,都来到这条西湖路上卖衣服。看到这么多人都没有放弃对生活的希望,于建华也想开

了,别人能干的,我为什么不能干?被熟人看到也不丢人,赚不到钱吃不上饭,那才丢人。

于建华调整了心态,开始像别的商贩那样努力挣钱。第二天,他就找来了竹竿、铁丝、木板、三个手电筒和几对电池,便加入西湖路灯光夜市的商贩大军中。因为有了自己的档口"门面",当天晚上,他卖出去二十几件衣服,最后他带来的三个手电筒都没电了,他不得不提前离开西湖路灯光夜市。尽管如此,他算了一下,赚了100多元钱,这可比那些上班的人一个月的工资还多。他心想,要不是没电池了,准能挣得更多,因为那天晚上人特别多,足有好几万人。

于建华赚到钱以后,心中有了自信,脸上便有了笑容。每当有熟人从他的面前经过,大多也是对他给予鼓励,偶尔有熟人面露不屑时,他也不气不恼。自己的努力付出得到了回报,他心里十分慰藉。

为了能够像别人一样,长时间在西湖路售卖衣服,第二天,于建华就将手电筒换成了电灯,踏踏实实地在西湖路上做起了买卖,一做就是一年多,成为夜市的老商贩。

1985年深秋的一个夜晚,于建华正在摆摊卖衣服,一位操着四川口音的女孩走了过来,看了看摊上的衣服,笑着问道:"这件多少钱?"

于建华仔细一看,这个女孩长相漂亮,就笑着说:"15,如果你想要,可以给你便宜一些。"

女孩笑了笑说:"10块钱卖不卖?"

于建华笑着说:"别人我不卖,对你,亏本我也卖,10块钱卖了。"

就这样,女孩从包里掏出10块钱递给了于建华,从货架上拿走了那件衣服。于建华说:"这件衣服今年时兴,卖得很火,相信你穿上,会显得更加漂亮!"

于建华话刚说完,就觉得有雨星飘落,女孩也说了一句:"哎哟,下雨了。同志,你知道这儿附近哪里有卖雨伞的吗?"

于建华顺手从编织袋里抽出一把雨伞，递给女孩说："我这儿有，你先拿去用吧。"

女孩有些不好意思地说："哎哟，那你怎么办啊？"

于建华说："我没事，你别管，我马上骑单车回家。你改天再来，还给我就好了，你快走吧，我赶紧收摊。"

说完，于建华便将雨伞递给了女孩，然后便迅速将卖剩的服装收拾到编织袋里。女孩看到于建华忙了起来，就说："这雨眼看就要下来了，我帮你一起收拾吧。"

于建华担心大雨马上就来，如果衣服来不及收拾，就会被雨淋湿了。于是，他也不跟女孩客气，就与女孩一起收拾摊档。然后，将编织袋绑在自行车后架上，骑上单车就跑。雨开始下起来了，女孩撑着雨伞久久目送着于建华远去的背影……

第二天晚上，女孩又来到了西湖路灯光夜市，站在于建华的摊档旁边，默默观察着一直忙活的于建华。她走到于建华跟前将雨伞递上去说："老板，还你雨伞。昨天真是谢谢你啊，要不是你这雨伞，我肯定会被雨淋成落汤鸡。"

于建华一看女孩来还伞了，心里有说不出的高兴："谢谢你昨晚帮我收摊，要不然我也给雨淋成泡水鸭。"女孩被于建华的机智幽默逗笑了，咯咯的笑声如银铃一般清脆。

就这样，于建华和女孩你一句我一句地聊了起来，越聊越投入，越聊越倾情。"那个女孩，就是我孙子的奶奶。"于建华怀着几分得意告诉笔者，那天晚上，女孩和于建华聊天时，向于建华介绍说，她名叫王蜀梅，来自四川仪陇县二道乡。"仪陇知道吗？我想你可能不知道。"王蜀梅说，"我说朱德、张思德，你肯定知道。这两个名人都是我们仪陇人。"王蜀梅因兄弟姊妹多，家庭生活困难，高中还没毕业，就跟着姊姊来到中山大学饭堂打工。在西湖路灯光夜市上，与于建华巧遇，以伞为媒两人私订终身。

"我老伴,年轻的时候很文艺,还写过诗。"于建华说,"她给女儿取的乳名叫'西湖',给儿子取的乳名叫'灯光'。起初叫'夜市',后来我坚决不同意,就改为'灯光',说是给人光明和希望。"

话本里杭州西湖断桥上,书生许仙与佳人白素贞相遇,演绎了一段荡人心魄的爱情故事,最后落得一个永世不能相见的结局;而改革开放后的1985年,在广州的西湖路灯光夜市,"街边仔"于建华和打工妹王蜀梅喜结良缘却是个白头偕老的喜剧。西湖路在于建华的心里是他的福地,他对这里有着说不清道不明的特殊情感,特别怀念西湖路灯光夜市的生活,就像依恋自己的妻子王蜀梅那样。

和于建华一样返城的上山下乡知识青年李家杰,1983年从清远回到广州。与于建华不同的是,他一回城就被安置在广州市越秀区五金杂件三厂做供销员。尽管每月工资只有48元,但解决了温饱问题。1984年5月,西湖路办起了灯光夜市,李家杰就在灯光夜市租下一个摊位,每月租金98元,做起了服装买卖,一做就是将近20年。

据李家杰回忆:"那时候,西湖路的夜市轰动了全国,来夜市采购的客户,很多是'北方客'。他们做的单都比较大,一做就是几万上十万元的单。我们赚的都是北方客的钱。广州附近的客人大多数是来看看热闹,要买货也是一件两件。"

在那个没有银行卡更没有微信支付和支付宝的时代,南下广州的北方客商都是将一沓沓当时最高面值10元的人民币绑在身上,来到灯光夜市交易时,从身上取下一沓沓带着体温的钱币进行现场交易。当时也没有点钞机,都是靠人工一张一张地清点,有时遇到大单生意,数钱都要数上许久。

西湖路灯光夜市由最初的那些政府安置户,渐渐吸引了周边其他的个体工商户加盟。眼看着,灯光夜市成全了一个个财富梦想,一些企事业单位工作人员都前来"炒更",由于场地和摊位有限,一个摊档由原始租金百元左右,疯长到数千元,位置好的甚至达到上万元一月租金。摊位最多的时候高达1000多个，整个西湖路和教育路成了一个"十"字形流金溢彩的精美货品的河流。

西湖路灯光夜市上，长期拥有固定的室内外大小百货900多家，超过1万人在这里参与经营和配套服务。每年吸引千百万海内外顾客，高峰时年营业额达8000万元，年上缴税收600多万元。2001年12月，保持了近20年繁荣局面的西湖路灯光夜市，由于广州市的城市发展需要而功成身退。尽管西湖路灯光市场成了历史，但是，直到今天，它依然会唤起那特定人群的集体回忆，依然是许多人心中最为美好的记忆。因为它点燃了千万人的希望火焰，孕育了无数的青春梦想。比如李家杰，就是由西湖路灯光夜市的"街边仔"成长起来的私营企业家，当选为广州市越秀区西湖个体劳协分会的副会长。灯光夜市里涌现了无数像李家杰、于建华、吴穗生这样的时代弄潮儿，他们在那个特定的时代，创造了自己的人生传奇，他们的故事就像夜市里的一盏盏灯光，照亮、温暖和激励着无数的人走出人生的黑夜，迎接希望的黎明。

二 白马服装缤纷神州

来到广州火车站对面的白马服装批发市场，首先映入眼帘的是白马大厦上由原全国政协副主席叶选平题写的"白马大厦，服装天下"八个大字。"服装天下"，广州白马公司做到了，无论是过去还是现在。经历了28年行业竞争，当互联网对传统行业进行了颠覆性的碾压之后，白马服装批发市场依然长盛不衰。这里面到底有什么秘密呢？

与时俱进，品质为王

"与时俱进，品质为王。"广州白马商业经营管理有限公司总经理陈宝洪认为，对于具有28年历史的白马而言，清晰的市场定位和高性价比的产品是最重要的两个堡垒，即坚持"批发中的品牌，品牌中的批发"的发展路线，鼓励商家用品牌化的管理和品质做批发，以批发的高性价比打造好口碑品牌。

首先，品质为王。服装批发本质上还是商品质量作为最大的核心载体，所以坚持原创设计、一手货源、薄利多销、高性价比，才是服装批发真正的王道。如果追求一时之快，仅仅进行组合式的炒货，在信息高度发达的今天，肯定是缺乏长期发展可能性的，这也是白马必须杜绝的，产品导向应该成为白马选商留商的最主要标准。

其次，定位为本。每个商家品牌必须根据自身的情况确定，品牌发展的路线从年龄段而言，无非老、中、青；从档次而言，无非高、中、低；从渠道形式而言，批发、零售、电商，加入风格区分，基本可以形成自己的品牌定位。就白马而言，白马在中高端品牌品质方面具有独一无二的优势，因此白马高举品牌孵化旗帜，让行业进一步形成共识：找品牌，做品牌，到白马。

服装是不按照国家颁布的统一行业标准和规格制造的"非标"产品，而是根据顾客的不同喜好和需求进行个性化、风格化设计制造，需要线下空间进行体验；而其高频更新的特点，也会让采购商保持一定的频率到店；加上批发作为大宗交易，大家的决策会非常慎重，当面洽谈沟通很有必要性。总之，服装批发既看产品还看人品最后还谈政策。因此，专业市场的集聚效应和价值就产生了。专业市场作为同类商品高度集合的场合，让大家货比千家，其效率远高于其他商业业态，具有很强的生命力。即使放眼国际，巴黎作为时尚之都，零售和品牌高度发达，但在巴黎2区和93省，依然存在大量的服装批发，这有它内在的商业逻辑。

电商没有改变批发领域，但技术改变了批发模式。从电商角度而言，目前中国也没有任何一个电商B2B（企业与企业之间的交易）平台，哪怕强如阿里巴巴，也没有在服装B2B这块业务取得突破，真正取代线下实体批发市场的作用。这也从另外一个侧面说明了服装实体批发市场的价值所在。

虽然目前没有B2B平台取代线下实体，但很多即时通信工具尤其是微信和移动支付以及小件物流的应用，让客人不再需要每个月或每周都亲自到市场进行选款或交易，在某种程度上降低了批发市场的客流。因此，实体门店更加需要每时每刻打起十二分精神，珍惜每一个到店的客户，抓住每一个销售的机会，同时白马团队需要制订一系列的社群打法，赋能商家让客户保持线上与采购商的互动。

"2021年，我们吹响了冲锋号。"陈宝洪说。2020年对于所有人来说，都是非常特殊的一年，疫情改变了我们的生活方式，改变了我们的商业模式，改变了运营思维，全体白马人在广州越秀商业地产投资管理有限公司的指导下，敢想敢干、艰苦奋斗、砥砺前行，确保了白马大厦和中港皮具城的稳定运营。

陈宝洪从广州越秀怡城商业运营管理有限公司的管培生到白马商业服务公司总经理，经历了15年的历练。他希望通过他们白马团队的努力，让更多的人树立对专业市场的信心，对广州发展时尚产业的信心，对白马和中港皮具城未来发展的信心。

因新冠疫情影响和全国产业格局、渠道模式发生重大变化，在实体市场供应仍持续增加的情况下，各项目空置压力和租金压力空前增大。作为各自行业领头的市场，白马服装市场和中港皮具城的优质客户资源不可避免地成为竞争对手的挖墙脚对象。因此，扎实做好客户关系管理，安商稳商是保持项目稳定经营的首要任务；此外，为保持项目的产品力提升，白马公司需要进一步优化招商能力，目前招商队伍存在的个体能力偏弱、激励不足等问题均需要快速解决，从而形成低固定工资高奖励提成的新模式。

搭建全面的线上线下流量体系意义重大。对于实体专业市场而言，其价值在于拥有更多的线下流量，后疫情时代，采购商不可避免地将减少到场采购交易的频次，如不能形成新的流量管理体系，市场价值将可能下降。

2020年，白马公司根据疫情的变化，快速调整原有营销体系，组建新营销中心加强线上营销力度，引进新媒体精英人才提升内容生产，打造社群加直播全新运营方式服务因疫情未能到店的采购商，通过会员运营，线上流量辅助线下经营的效果日益显现。

2021年公众号、抖音号、社群、直播推广新媒体将进一步优化形成矩阵并统一纳入会员管理，结合线下新品订货会、品牌招商会等活动开展，打造"原创设计""连锁品牌""外贸优品""直播严选"四大系列，形成服务全渠道运营模式。

陈宝洪表示,"白马"作为一匹进击的骏马,穿过28年的时空隧道,站在了新的历史起点上,正努力地打造品牌孵化器和品牌加速器,为千亿商投贡献力量,这是"白马"一往无前的新的使命。

白马大厦,服装天下

白马公司第一任总经理胡铁山难忘白马公司的传奇故事。

古稀之年的胡铁山,依然保持着军人特有的气质与风范,铁塔一般坐在笔者面前,身子挺拔,声如洪钟。1991年,时任广州军区军械部上校团长的胡铁山,转业到广州市城市建设开发总公司工作,半年后安排到广州市白马商业服务公司担任总经理。

"白马服装市场,原来是乌龟王八市场。"胡铁山说。白马服装市场的土地原是广州市荔湾区西郊村的白马山,过去是摆卖乌龟王八、土产家禽的农贸市场。

相传白马山曾是南越王赵佗的后宫苑囿,粉黛声色、佳丽云集之地。1983年广州市城市建设开发总公司向西郊村征下白马山的土地建设白马大厦,当时西郊村的村支书刘其满,在征地时提出了三个要求:一是负责解决村民"农转非"问题;二是负责解决村民就业问题;三是大厦建成之后以成本价回购一层的要求。1990年土建完成,西郊村以成本价回购了一层(半层在地下、半层在地上)作为自营物业,即现在的西郊商场。同时,给村民解决农转非指标,并将原在农贸市场的个体户全部安置在白马大厦经营。

白马大厦建成了,但是用来经营什么?怎么招商?广州市城市建设开发总公司并没有一个清晰的定位。当时广州市城市建设开发总公司总经理战玉田提出,把全国13个兄弟城市(当时全国13个城市设开发总公司结为兄弟单位）土特产汇集在这里，成立一个土特产品专营市场。也有人建议开一个像广州百货公司这样的大型商场，因为当时的广州百货大楼开张一年，生意十分火爆。可是，时任白马商业服务公司的书记金朱连认为这都不是白马大厦的最佳选择。

当时的广州西湖路灯光夜市、高第街的服装批发市场已经是闻名全国，各地的客商都来到这些市场批发服装。"服装批发"成了白马大厦经营定位最初灵感。然而，如何经营服装？这成了一个十分现实的问题。"不会就学吧。"胡铁山等几位负责人下了班就去逛灯光夜市，西湖路两个灯光夜市、观绿路灯光夜市、黄花灯光夜市……一个夜市接着一个夜市地走访、调查，了解市场经营方式和消费者的需求心理和动态。一个周末的晚上，胡铁山来到西湖路两个灯光夜市，只见人们在通明如昼的夜市里选购喇叭裤、紧身衣、花衬衫、蛤蟆镜等时尚服饰。突然，下起一场雨，人们落荒而逃，作鸟兽散。胡铁山当时就想，如果是室内的市场多好啊。我们的白马大厦发展服装批发市场将会给客户一个全新的购物体验。

胡铁山除了晚上去广州那些灯光夜市调研外，白天利用下班和休息时间去高第街服装批发市场考察，每一次去都能遇到宾客如云、人头攒动的盛况，窄窄的高第街上的人群就像是过江之鲫，水泄不通。有一次，胡铁山在人群中行走，就像蚂蚁迁窝一般走了将近一个小时，都没有走完那条全长只有551米的老街。这给了他一个深刻的启示：服装批发市场如此火爆，要是有一个环境条件更好、高档的服装专业批发市场，一定会有强大的行业竞争力。

胡铁山根据白马大厦位于广州火车站附近的地理优势以及广州市服装行业发展正如火如荼的现状，以及大量的市场调查和分析研究，最后决定以发展服装批发作为白马大厦的经营方向，并形成报告提交给广州市城市建设开发总公司。

当时，广州市人大九届五次会议上提出了要将广州市建设成国际化大都市的规划。广州市正计划整顿占道经营的混乱现状,将路边摆卖、占道经营统一变成室内市场规范经营。这与广州市城市建设开发总公司开发白马大厦的决策相吻合。广州火车站附近占道经营的现象十分严重,这些摆地摊的经营者绝大多数是荔湾区和越秀区的居民,相当一部分是西郊村的村民。广州市工商局市场管理分局联合荔湾区工商局、越秀区工商局,将他们安置到白马大厦二楼的200多个商铺里经营,所有入市名单由工商局确认,由商户拿着工商局的确认书到白马商业服务公司签约,继而工商局给他们办理工商经营许可证。

1992年12月28日,白马大厦试业一周,经过试业检验物业硬件设施运营情况良好。1993年1月8日正式开业,当时一楼和二楼作为商场,尽管人气不错,但前来光顾的大多数是广州以及周边地区的客户。"酒香也怕巷子深",胡铁山认为还需要向社会广而告之。于是,他带领大家利用休息时间向高第街服装、各大灯光市场等服装集市以及火车站、汽车站的旅客出口散发白马服装大厦的宣传单。在广州市所有的公交车上喷上"白马服装市场"的广告。在所有进入广州火车站的火车上的广播里投入"白马服装市场"的广告,使得从五湖四海来到广州本来打算去高第街、各大灯光市场批发服装的商客,近水楼台先得月,一下火车就去白马大厦采购服装,购完货打好包就近上火车回家。

胡铁山说,他们都是从部队转业的军人,从来没有商业经营和企业管理经验。不懂就学,人非生而知之。开业后,他们深入武汉的汉正街、成都的荷花池、杭州的四季青、沈阳的五爱市场、北京的动物园等全国各大专业服装市场进行考察学习,借鉴别人的经营管理经验,结合高第街、灯光夜市等服装集市的优劣情况,最后把白马市场定位为:建设成全广州乃至全国最大的室内服装专业批发市场。

胡铁山通过对前期招商的广告投入与回报情况分析,深切体会到大众传媒广告效应的力量,于是决定向中央电视台当时最火爆的《正大综艺》栏目投放广告，广告费大部分由白马商业服务公司支付，小部分动员白马大厦的商户筹集。第一次尝到了服装生意甜头的商户，也十分拥护白马公司的广告投放决策，很快就凑齐了几十万元，加上白马公司的资金一共200万元投放到中央电视台，在《正大综艺》栏目做了半年广告。白马服装市场的经营越来越火旺，全国各地包括台湾、香港、澳门的客商都纷纷前来批发采购服装。

这样一来，那些起初进入白马大厦的非服装行业的商户，比如经营箱包、水果等个体户，越来越感觉白马市场对自己的经营发展没有优势，就要求退出商铺。当时的白马大厦一铺难求，许多优质的服装商户甚至是品牌公司要求进来，可是苦于没有商铺。那些需要出让商铺的商户会自己或通过中介将商铺转让出去，从中赚取手续费。但是，白马公司已经定下了专营服装批发的经营方向，不是经营服装的个体户不得进入白马市场经营。每个将商铺转让出去的原始商户必须到工商局签名。就这样，白马公司一步步探索着向高规格的专业服装批发市场迈进。

然而，如何对服装市场进行规范化管理，成了一个难题。起初是模仿广州百货公司，早上9点开门，晚上9点关门。公司的领导轮流值班，要在每一个上场巡场，晚上8点半要配合保安人员清场，确保白马大厦的安全。

当时，就有商户提出来：晚上连人影都没有，就应该早点关门，别浪费人力和电费资源。起初白马公司的领导对此意见不但不采纳，反而对商户说：不能提前关门，必须按规定时间进场、离场，你们要是不想干就交回商铺。商户感到无奈，只好每天都跟着耗到晚上8点多离开白马大厦。

胡铁山认为商户的诉求是有道理的，每到晚上没有客户进来商场，安静得能听到自己的脚步声。他开始寻思白马大厦到底应该什么时间开门和关门。于是他深入高第街等服装批发市场进行探访调查，发现这些专业批发市场都是早上8点开门，下午6点关门。于是，白马公司立即将白马大厦营业时间改过来。没到早上8点之前白马大厦附近都挤满了人，等着白马服装市场开门。

　　由于白马服装市场都是现货贸易，附近到处都是服装加工厂和仓库。每天早上白马大厦开业，那些运服装的三轮车、小货车、摩托车、自行车形成车水马龙，交通警车在现场指挥交通，否则就会导致塞车。而商场里8米宽的通道几乎被挤得水泄不通。

　　胡铁山考察了北京、武汉、沈阳、杭州、成都等各大城市的服装批发市场，目睹了一些管理混乱的现状，对白马市场的货物摆放、人行道秩序等等进行严格的规范化管理，并形成了科学的市场管理规章制度，后来被各地服装市场作为学习借鉴的范本。

　　白马服装市场为了打造国内一流的室内服装专业批发市场，实行了优胜劣汰的流转机制，优质商户、品牌商户不断地进入白马大厦，差的商户渐渐被淘汰，孵化了一大批服装品牌。

　　鉴于当时的治安形势十分严峻，白马公司发起了军警民共建白马大厦文明市场的活动，广州市委宣传部精神文明办大力支持，广州警备区、广州市消防局，广州市工商局越秀分局、荔湾分局、越秀区公安分局、越秀区税务局、流花街办事处等单位纷纷响应并于1996年2月2日上午，在白马大厦首层举行了"军警民共建白马大厦文明市场"签字仪式。白马公司与广州警备区警备连、越秀区公安分局等8个单位签署了《军警民共建白马大厦文明市场协议书》。白马大厦安排了一个"军警民共建"办公室，工商、税务、公安、消防等单位在这里常年现场办公，大大方便了商户办理相关手续，尤其是3年一次合同重签大行动，不出大厦就把一切工商、税务等手续办理了。

　　军警民共建活动为白马大厦注入了强大的正能量，广州警备区那些戴着钢盔、红袖章的解放军战士巡逻完火车站接着巡逻白马服装市场，使得过去那些在白马大厦出没的偷盗坑骗的带黑性质的不法分子就不敢造次了。

　　1995年，白马服装市场参加国家工商行政管理局举办的1993—1995年度全国文明市场评比，获得"全国文明市场"光荣称号。这一至高无上的荣誉

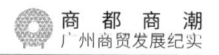

激励着白马人不断开拓创新,砥砺前行,再创辉煌。

胡铁山是一个追求高度的人,而服装代表着新潮,更代表着时尚,需要一个展示的舞台,围绕着"时装、时尚与舞台",每一名白马市场的工作人员都在思考,如何迅速地提升白马市场的市场美誉度和知名度。在胡铁山的统筹安排下,1998年11月18日,白马市场承办了广州(流花)服装节,这次服装节也拉开了广州市举办服装节的序幕。而在当年12月,白马市场赞助并主办了"白马杯"首届广东模特明星大赛,令人意想不到的是,艺人蒋怡就是从这次模特大赛走上成功之路的,这次模特大赛正式拉开了广东省正规专业化模特大赛的序幕,成为广东省模特行业步入专业化的一个重要里程碑。

据曾经到白马市场批发过衣服的福建漳州商人蔡广元回忆,在白马市场最红火的90年代中期,很多人上午找人设计服装,然后就直奔中大市场采购布匹,通过当晚的通宵制作,第二天早上就能卖掉几千件,那个时候,只要你来到白马市场,只要敢想敢干,发财致富真的不是梦。

白马市场最火的时候,购进来的新衣服刚从市场门口卸货,便会被客户雇的搬运工将衣服转运到其他车上,马上发往目的地,根本就进不了白马大厦。走进白马服装市场,里面的人群拥挤得水泄不通。那个盛况可以用爆棚来形容。

2003年,白马市场深化机构改革,设立"客户服务中心"为业户提供一站式服务。2005年,为引导白马市场业户诚信经营,在工商管理部门的配合下,经白马市场和市场业户以及广大顾客认真评选,选出56名"白马市场诚信商户"进行表彰。

一个个闪光的奋进足迹,昭示着永远行走在改革之路上的白马人的雄心壮志,而永远不变的,则是白马服装市场"经营放心、服务贴心、环境舒心、不断创新"的服务质量方针和"一切为业户做好生意"的经营理念。

开创了无数辉煌的白马市场,是绝对不甘心落后于这个时代的,2009年底,以"服中国,服世界"为主题的影响力工程在白马市场正式启动,正式实施"上半年走出去,下半年请进来"的发展策略,全面加强白马市场的品牌影响力。2010年,白马市场花巨资开始建设白马服装网,用网络的力量来提升品牌的知名度,并用网络的力量来提升白马的人气,取得了可喜的成果。到2012年4月,白马E城改版上线,正式实现网上交易功能。现在,不管你是谁,也不管你来自哪里,只要打开这些网站就如同亲身来到了白马大厦,琳琅满目的衣服在网上随意挑选,在方便千家万户的同时,也正式地向全世界的客户宣告,传统白马服装市场也能在互联网时代实现壮大和发展。

28年的光阴走过,白马市场收获了一系列的荣誉:中国十大服装专业市场、全国文明市场、中国最具商业影响力专业市场、广东省流通龙头企业、首批"中国服装品牌孵化基地"、全国纺织工业先进集体等,这些荣誉是白马市场过去辉煌的见证,也给白马市场开创美好未来带来了信心。

在互联网经济的推动下,白马服装批发市场将整合线上与线下功能,为国内外客户提供更加优质的服务。对此,白马市场所有的工作人员都豪情满怀,白马市场要做"敢为天下先"的领跑者和奇迹的开创者!

三 海印专业市场先导

天时、地利、人和成就的传奇

古代珠江里的海印石，留下了许多美丽的传说。改革开放后的海印电器城，成了中国最早的电器专业市场，并缔造了5000元起家总营收达20多亿元的海印商圈的商业传奇。

传奇的创始人广州海印实业集团有限公司董事长邵建明称这一切都归结于"天时、地利、人和"。

邵建明1963年出生于广东南海，1990年大学毕业后，他并没有接受当时的双向选择去就业，而是选择了自主创业。尽管，曾经有朋友对他好心相劝，不要贸然创业，投资有风险，可是，邵建明面对朋友的善意淡然一笑。如果他听信朋友的建议，循规蹈矩地去一个单位上班，广州的商界就缺少了一个传奇。

邵建明注定要成为这个时代传奇中的骄子。他揣着5000元钱来到了海印大桥一带。当时海印大桥建成通车才一年多，这里有大量破旧的仓库和车辆维修车间，邵建明看到破败落后的景象与改革开放前沿的省城广州有些格格不入，站在这些仓库、车间前，年轻的邵建明陷入了沉思。他在想，如果能把这里都廉价地租下来统一规划，按主题进行招商，再将这些店铺分租出去，进行区域性的集中批发贸易和零售经营，这个地方就将会成为一块风水宝地，赋予了人气和商机很快就会火旺起来。

观察和思考，这是成功者必备的神器。邵建明通过仔细观察发现，改革开放后，广州的富人越来越多了，原来的单车、手表、缝纫机"老三件"，已经向音响、冰箱、电视机的"新三件"转变。可是，放眼整个广州，却没有一处上规模的电器集散地。如果在广州成立一个电器集散中心，满足广大市民从"老三件"向"新三件"过渡的需求，经济效益一定可观。

可是，邵建明心里十分清楚，他手里只有5000元钱。当时，家用电器价格都比较贵，尤其是进口电器。比如进口电视机，一台14英寸日本东芝电视机需要几千元才能买到。

如果把邵建明想象成要干传统的买货卖货交易，那就大错特错了。干大事的人注定起心动念就与常人截然不同。在那个安装一部固定电话就需要花费1000多元的时代，他在刚刚租来的办公室里，一口气申报安装了两部固定电话，还买了两张办公桌。这样，5000元钱就已经花得差不多了。

5000元撬动20多亿元的神话

一次，邵建明在报纸上看到了香港的"卖楼花"模式，即在建筑开工以前，就向卖家出售店铺收取一部分定金，尾款用分期付款的方式缴清。这种经营模式在香港很火，但在内地还是个从来没有先例的新鲜事儿。"卖楼花"这个模式激发了邵建明的灵感。

邵建明找到了那些废旧仓库的老板说："我愿意出钱租下这些仓库，不过钱要迟一点给你们，不知道你们愿不愿意？"

仓库的老板们听邵建明这么一说，心想这些旧仓库反正也没有人要，卖也卖不出去，与其闲着，还不如租出去，给钱晚就晚一点。反正签好合同，租金是少不了的。于是，仓库的老板们就爽快地对邵建明表态："可以租给

你,晚些给钱没有关系,但是说清楚晚多久才给钱。"

邵建明与仓库的老板们谈妥了租让条件后,回到办公室就投入旧仓库的规划设计中。经过几天通宵达旦的忙碌,他把这些旧仓库规划成400个商铺位,每个铺位计划先收取2000块钱的订金。此后,邵建明紧锣密鼓地展开了招商推广工作。很快,商家就纷纷找到邵建明预订商铺。就这样,邵建明成功地收到了80万元订金,作为创业的第一桶金。

邵建明用这笔订金缴清了旧仓库的租金,并且初步把电器城建了起来,看到邵建明的工作效率如此之高,商家便将承租商铺的后续款项也陆续支付。这些尾款成了及时雨,使邵建明顺利地完成建设工程,一座全广州乃至全中国最早的电器商城建立起来了。

面对拔地而起的崭新的海印电器城,邵建明感到十分慰藉。他挑选了1991年8月8日这个黄道吉日,到工商局正式注册成立了广州市海印电器总汇有限公司。在珠江北岸海印桥脚,广州市第一家电器专业市场——海印电器总汇隆重开业。规模如此之大的电器商城在全国还是首开先河。所以,海印电器城一开业,在新闻媒体的宣传报道下,迅速在全国引起了轰动。

海印电器城的经营策略是把商场的部分楼层和周边商铺统一租下来,按照主题进行招商,再将这些店铺分租出去。最终,在同一区域实现集中的批发贸易和零售经营等商业业态。这种低成本高利润的模式,使广州市海印电器总汇有限公司迅速壮大、扩张并催生海印商圈而缔造商业传奇。

现在看来,海印电器总汇的主题经营,有点像高第街的服装主题街道。不过,与高第街不同的是,海印电器城有个总舵主邵建明。

海印电器总汇汇集了当时最齐全的国内外电器名牌,洗衣机、电视机、电冰箱、收音机……应有尽有,是当时全广州最具科技感的地方。这里不只有中外的名牌电器,还有当时最先进的学习机。作为电脑的雏形,当时的学习机算得上是新鲜玩意。海印电器总汇开业不久,便有商家开始售卖"中华学习机"等高端品牌。由于互联网还没有在中国普及,当时的学习机还不能上网，只能打字或者是运算一些基本数据。尽管如此，在当时许多商场还在用算盘的情况下，学习机已经是先进的高科技产品了。

当时，只有在北京、上海、广州这些大城市才能见到"中华学习机"，因为在中国的大多数城乡百姓生活还不富裕，即使商场有了高端电器，真正消费得起的人还是很有限的。但是，作为改革开放前沿省会城市的广州不同，它是一座具有深厚的商业传统的城市，这里的市民要比其他城市百姓先富裕起来，当时广州的GDP在全国排名第三。一些具有前瞻目光的市民，开始跟上时代发展的快车道，不但将电视机与洗衣机这些先进的电器买回家，有些家长还给孩子购买了学习机。

时间尽管已经过去了30年，但65岁的张金凤却依然记得到海印电器城给女儿买学习机的场景。当时，她的女儿小梅13岁，正上小学五年级。班上一位同学带着"中华学习机"去上课，整个班级的师生都感到新奇。小梅也特别想拥有一台学习机，放学回到家后便缠着妈妈要买。本来，张金凤并不想给孩子买学习机，觉得孩子上小学买学习机没用，可是却经不起小梅的软磨硬泡。于是，张金凤就带着女儿小梅走进了海印电器城。

张金凤带着小梅走进宽敞的海印电器城后，看到各种时尚的音响，各种品牌的电视机、电冰箱、洗衣机……一切都让她感到新鲜。她给小梅买了一台学习机回家。正是这台学习机让小梅的学习成绩有了很大进步。

20世纪90年代初，广州作为国内一线大城市，市民家的电视机开始由黑白向彩色过渡，彩色电视机正在逐渐普及。当时的彩电论品质和性能还是进口的品牌比较好，比较有名的是日本的东芝、索尼等品牌，而海印电器城各商家为了满足市民的需要，也加大力气引进国外的名牌电器。当时，年轻人结婚流行的三大件是彩电、空调和录像机（影碟机）。这三大件在海印电器城都能买到，通过年轻人的口口相传，海印电器城火了起来，"买电器去海印"的口号也流传得越来越广。

在那个时代，广州人的家用电器基本上都是从海印电器城购买的，而海印电器城也一举成为华南地区最大的电器产品交易中心,广州市民到海印电器城买电器也成为一种潮流。而这种潮流就是具有逆向思维的邵建明发起的,他也成为"广州最成功的二房东"。

烈士陵园,老防空洞,相信谁也不会把这两个词跟商业旺铺联系起来,但是具有超前慧眼和卓越经商头脑的邵建明,不但将这两个词联系起来,而且建成了年轻人的时尚潮流商店——流行前线名店城。

1998年,受亚洲金融危机的影响,商业大环境不太景气,很多企业家都在观望、踌躇不前。邵建明也在仔细地观察。通过实地走访以后,他就想改造广州烈士陵园附近的老防空洞,当他将想法跟海印高管们提出来后,立即引起了一片反对之声。但是,觉得那老防空洞里大有商机的邵建明却不肯放弃。为此,他请来专家评估这个项目的商业价值和风险。

专家直言不讳地对邵建明说:"防空洞口上方正对着烈士陵园,这里平时人也特别少,只有清明节扫墓时才有人来。所以,改造这样一个阴气很重的地方,经营的要素是不存在的,就算建好了,也不会有人来。没有人气,哪儿来的财气?"

邵建明却并不认同专家的说法,他觉得这里地处广州市中心,是中山三路与较场西路交会的地带。等到地铁一号线正式开通,很快就会像海印大桥通车旺了海印地区一样,客流量一定会猛增。特别相信地铁优势的邵建明坚持认为这里可以进行开发。在邵建明的坚持下,由海印实业有限公司投资开发的流行前线名店城经过一年的施工建设,于1999年6月28日隆重开业了。这也是全广州市首家与地铁直接连通的地下商场。

营业面积达15 000平方米的流行前线名店城是一座大气、时尚的商城,把时装、饰物、美食、手机、美容美甲等汇聚一堂,将欧美日韩等新潮的流行产品汇集到商场里。开业当天,便使全广州产生了轰动效应,几十万人涌进了流行前线名店城,年轻人看到这么新潮流行的产品应接不暇,直呼过瘾。现在,尽管距离开业已经过去了22年,可是,流行前线却从未落伍,日均10万的客流量也让人们赞叹：邵建明真是一个具有先见之明的经商奇才。

善于观察，勤于思考，定能发现商机。立足潮头，勇于创新，必然走向辉煌。

从开始经商起，邵建明先后创造了海印布料市场、东川名店运动城、海印缤缤广场、少年坊等多个商业奇迹。尤其是2011年10月9日，海印集团旗下的广州海印汇商贸有限公司用9亿多元的租金，租下了花城汇三区，将其打造成花城汇海印都荟城，再一次让全广州的市民为邵建明的魄力而叹服。

经过邵建明投资的项目，做一个成功一个，邵建明不败的商业传奇不但传遍了整个广州，也引起了全国很多生意人瞩目。曾经就有外地朋友劝邵建明外出发展，并且开出了极为优越的条件。但是，深爱着广州的邵建明却并不动摇，深爱着广州的他坚决不去外地。他曾经深情地说过这样一段话："我是广州土生土长的商人，我将通过创新，去满足更多广州市民的要求，我也将用更多的努力，来让广州变得更加美好。"

随着互联网和新技术的发展，邵建明也十分注重互联网经济，探索适应海印集团的发展新路子。他最大的想法就是使传统企业真正地适应时代潮流，通过科技手段，使传统企业焕发青春。转型并不转行，相信在互联网等新技术的带动下，传统的线下企业也可以焕发青春。

邵建明认为，在互联网时代，只有通过业态引领和商品引领，才能形成自身特色。他不但积极探索为传统商业插上互联网的翅膀，还努力通过线上与线下经济的整合，来推动海印集团的发展。2020年，新冠疫情对各行各业造成了很大冲击，海印集团虽然也不例外地受到了一定的影响，但是邵建明却逆势而上，在海印旗下天河新天地、缤缤广场、都荟城、流行前线等多家商场，推出了"海印生活融合精彩"的打卡活动，用直播的方式进行宣传推广和直播销售。这个立足于新媒体的活动，为进驻商户提供了多元化的经营平台，取得了可观的经济效益。

通过30年的蓬勃发展，海印集团已经跻身中国500强民营企业。邵建明也获得了2015年广东省劳动模范和2016年全国五一劳动奖章等一系列殊荣，并成功当选为广东省第十三届人大代表、广东省工商联副主席、广东民营企业商会会长等社会职务。面对着未来激烈的市场竞争，海印集团也将在邵建明的带领下，砥砺奋进，为广大客户创造更大的价值，为社会主义建设做出更大的贡献。

四　黄沙市场生猛海鲜

走进广州荔湾区黄沙码头附近的黄沙水产交易市场，一股浓浓的海鲜味扑鼻而来。大龙虾、帝王蟹、老虎斑、多宝鱼……全球200余种海鲜产品汇聚于此，在一个个水池里生龙活虎地游弋着，千姿百态，令人眼花缭乱。这里是华南地区最大的中高端活鲜水产综合市场，早已成为全国最大的水产交易集散地，市场覆盖华南地区并辐射海内外多个地区。

"黄沙水产市场，从1994年7月16日正式开业起，27年里每天都是这么火旺，24小时不打烊。"原广州港务局集团有限公司新风港务分公司总经理、黄沙市场建场负责人李锦和说，无论是春夏秋冬还是逢年过节，这里的档主们每天都是那么忙碌。来自世界各国和各省市的海鲜汇集到这里，又从这里批发零售出去，走进酒楼食肆和平民百姓家，黄沙水产市场是名副其实的"水晶宫"，承载着广州人独有的开拓创新精神。

黄沙水产市场神话的诞生

20世纪80年代末，我国走上了改革开放、开拓发展的道路。以经济建设为中心，一方面积极引进外资，另一方面积极改革国营企业。国家提出实行"产权清晰、权责明确、政企分开管理科学的现代企业制度改革"，加速了一些企业的改革发展,也淘汰了一大批破产企业。1994年,市政府将广州作为"全国优化资本结构试点城市",下决心在增资、兼并、破产工作中先行一步,加快"两个转变"步伐,加大企业尤其是工业企业的改革力度,经济增长由粗放型转变为集约型,依靠科技进步推动经济发展。

20世纪90年代初期,农业部在全国选了大连和上海两个国家级水产交易市场之后,也希望在广东选一个国家级水产交易市场。农业部派出工作人员来到广州,踩点海印桥、大沙头、一德路和海珠市场后,最终将市场定在了黄沙码头,经国家发计委立项后,作为主办方的广州港务局新风港务分公司就立即行动起来。把原黄沙装卸站的码头仓库进行了改造,开发建设成了符合市场要求的黄沙海鲜水产批发市场。建成当年,市场就出租档铺位218间,从业人员达到了1000多人,年成交量超过20万吨,营业额与成交量均为全国水产市场第一名。

黄沙水产市场作为国家级活鲜水产品中心批发市场,是广州改革开放后开创的又一个全国第一,而这个第一是在破旧的码头仓库上建立起来的。可能对于很多人来说,只记住了这个全国第一,却难以想象这个第一是什么概念。其实,黄沙水产海鲜交易市场占地面积不足3万平方米,室外可同时停靠300多辆汽车,码头可同时停泊数十艘船,海鲜水产每天打包运往全国各地,每天来到市场的转运车辆达到3000多辆,24小时不间断地营业,也让黄沙水产市场成了标准的水产"不夜城"。

李锦和说,在建设黄沙水产市场之前,新风公司经营困难、举步维艰。1993年,公司在职员工有一千六七百人,还有1000左右退休工人,而整个公司仅依靠单一的装卸业务收入支撑所有开支。随着港窄水浅,机械落后,内河运输衰退,货源日减,包袱沉重,新风公司在日益激烈的市场竞争中难以为继。1993年新风公司的利润更是从1992年的224万元降到了19万元,一下子滑到了亏损边缘。

1993年初,李锦和同志任新风公司总经理。恰逢此时新风公司的上级单位广州港务局发来文件，要求补发职工半年套改工资，补发金额合计100多万。在同期召开的职工代表和工会代表大会上，有职工提出能否保证员工年均收入达6200元。但是当时新风公司经济异常困难。公司最拮据的时候，银行现金存款只有30多元。

一方面是企业经济困难，另一方面是上级文件精神必须贯彻执行，职工诉求也必须考虑。无奈之下，李锦和带领劳资科和财务科负责人一起到广州港务局财务处反映情况，请求借调资金。

新风公司尝到了穷的滋味，特别是调资过程给李锦和带来了巨大的思想冲击。回到公司后，李锦和马上组织召开党员干部大会，把公司的情况向党员干部说明清楚，分析公司自身条件和社会经济发展形势，做党员干部的思想动员工作，要求党员干部带领广大员工发挥自强不息的精神，奋力拼搏，转变经营观念，依靠双手，开拓经营，创造经济收益，改变企业困境。李锦和从此经常用一句口头禅激励员工，"从来就没有救世主，一定要靠自己"。

1993年，新风公司树立"开拓再开拓、发展再发展"的经营目标，新风公司班子在李锦和的带领下团结公司全体职员，寻求开拓发展的新路子。同年3月4日，新风公司成立黄沙码头开发领导小组，探索黄沙码头空闲场地业务开拓方案。该公司机械队也积极响应公司改革开拓号召，从二季度起，从领导到员工，积极利用个人下班时间和节假日时间广泛开展社会调研，谋求经营开拓思路。

有一天，机械队党支部书记张伙源和正在新风公司开展土建工程的一个施工队负责人曾楚增，从海印桥脚的西贡渔港调研回来后向公司汇报情况，初步提出了搞水产市场的构思和建议。随后，李锦和和公司骨干对开设水产市场做进一步调研。

20世纪80年代中期，广州市取消最后一张鱼票，水产市场全面开放，全国各地的水产品开始聚集广州。90年代初期，广州市主要的水产品流通市场是位于沿江路一带自发聚集的水产品"天光墟",还没有形成真正意义上的水产交易市场。水产品占道经营问题经常遭到市民投诉。当时新风公司附近的如意坊汽车站附近早上也有自发聚集的鱼货交易,但还属于小打小闹。新风人洞察到这里面隐藏的发展机遇,决定建设水产批发市场。围绕市场选址展开讨论,有人提议将水产交易引进新风港码头进港通道,也有人提出设立在新风港码头堆场。但考虑到设立在进港大道会对周边市民生活造成影响,设立在堆场会影响码头的进出交通,考虑再三后,李锦和拍板利用黄沙码头部分空闲场地做尝试。

在国务院《全民所有制工业企业转换经营机制条例》和广州港务局《关于进一步改革开放搞好港口生产建设的若干决定》等文件精神指导下,新风公司着手利用黄沙码头空闲场地筹建水产市场。

广州市商业委员会内部文件《广州商业》中曾有表述:"为配合市政府清理'天光墟'水产占道经营而筹建的黄沙水产海鲜交易市场。"可见,建立水产批发市场,引导水产品入室经营,还路于民,是当时水产流通业发展的一种趋势。1993年9月13日,广州市工商行政管理局《关于对开办黄沙塘鱼海鲜综合经营批发市场请示的批复》中,同意新风公司开办"黄沙塘鱼、海鲜综合经营批发市场"。同年10月23日,广州港务局批复原则同意新风公司开办市场。

新风公司将物业划分为一格一格并在报纸上刊登广告招商。同时,广州市工商局通过工商渠道,帮助发布招商信息。工商局市场处将黄沙码头筹建水产批发市场,正在招商的信息发布到胜记酒楼。胜记酒楼的老板梁锦华知道后,将信息告知多位来酒楼吃饭的、做海鲜经营生意的顾客。其中有潘景珠、杨奕勇两位老板当时已在海珠区南洲路投资20多万元搞水产商铺,正拿着图纸装修档铺。听到梁锦华说黄沙码头招商的信息后,他们立即赶到黄沙码头现场考察。当时新风公司安排了机械队车间工会主席陈盛松负责接待工作。这两个老板听完陈盛松对市场的规划建设介绍后,表示按这规划无法经营水产，要打开仓库的围墙，扩大经营规模才会有市场前景。陈盛松对两个老板的要求无法拍板，于是马上带两个老板到新风港码头找总经理李锦和。李锦和对潘景珠、杨奕勇两人的意见和建议表示认同和支持，同意将黄沙码头部分仓场进行改造，打开围墙，扩大经营规模。后来使经营范围增至半个黄沙码头，共计1万多平方米。

综合分析公司自身有土地、有劳力、没资金、没经验，而潘老板等人有资金、有客源、有水产经营经验等情况，新风公司召开会议，确立了"自主经营"（"借鸡生蛋"）的经营思路，即由新风公司提供经营场地和现场管理，几个老板负责经营投资和引进客户资源，承租商户自行完成档内配套设施，共同建设水产市场。

随后，新风公司将黄沙码头3仓、4仓整体出租给潘景珠、杨奕勇和陈海光三位个体老板，投资改造成一个个档铺出租。3仓、4仓以外的档铺仍然由新风公司招租。以潘景珠、杨奕勇等为代表的有实力的老板拉起一支队伍到黄沙码头与新风人一起并肩创业。

后来，一位名叫英展良的老板又将3仓旁边的9仓整栋租下，并将原来的2层楼改建为4层楼，整栋楼起名香港仔。英展良开了一间叫香港仔的酒楼，同时引进了德胜行、海景天、海港湾等共五六家酒楼，配套水产市场经营餐饮，生意十分火爆。黄沙水产市场楼下买海鲜、楼上海鲜深加工的配套业态自此形成。黄沙水产市场这种以海鲜为特色的饮食文化也逐渐发展为"食在广州"的城市名片之一。

从1993年第四季度决定筹建黄沙水产市场，到1994年1月18日成立"黄沙水产市场筹备小组"，新风人用他们的自强不息、顽强拼搏，仅用大半年便完成了市场的筹建。1994年7月16日上午10:40，黄沙水产市场在黄沙码头内举办了开业剪彩仪式。

在改革开放后，市民消费水平不断提升，过去视为奢侈品的高档海鲜成了消费的热门，黄沙水产市场的业务越来越兴旺。1995年11月10日，广州市商业委员会内部文件《广州商业》第46期发表文章《黄沙海鲜水产交易市场越办越好》，反映黄沙水产市场业务蒸蒸日上，日交易量达250吨，成交额上千万元，平均每天进场汽车达800台，业务拓展至全国各地，辐射至港澳、东南亚、美国、加拿大等地区和国家。特别是中秋、春节等重要节日，市场经营火热，排队等候进入黄沙水产市场进行交易的送货车和购货车从黄沙水产市场排队一直排到珠江大桥脚，长达几公里。很多经营户怕抢不到货，直接在黄沙水产市场外围爬上送货车并跟随货车进入市场卸货，通过这种方式来避免货物被同行抢先买走。当时，在水产行业中流传着一句话：在黄沙水产市场没有卖不出的货。即便是经挑选后品质不算上乘的水产品，也往往适销对路，足见黄沙水产市场的经营火爆程度。

黄沙水产市场完成改造正式营业后，成为全国城市农贸中心联合会和中国水产流通与加工协会成员，并多渠道争取各级政府部门的支持，积极推动市场建设。至1995年，申报国家级水产市场已经提到了新风公司和广州港务局乃至市政府的议事日程。国家部委和省市区领导多次到黄沙水产市场视察调研指导工作。在各级领导的关心和支持下，黄沙水产市场不断提升发展。1995年，国家农业部在给广州市政府的《关于广州市建立水产品批发市场的复函》中表示：根据《中国水产品批发市场发展规划》的布局……在广州市建立水产品中心批发市场，符合全国水产品中心批发市场总体布局的要求。黄沙水产市场获准立项建设国家级水产市场。

1995年至1999年，黄沙水产市场先后被国家农业部定点为全国水产品中心批发市场、"菜篮子"重点项目；2000年，经国家发计委立项，黄沙水产市场升级建设一期工程纳入广州市重点工程建设项目；2009年7月29日，广州黄沙水产交易市场有限公司注册成立，黄沙水产市场实现公司制管理。凭借国企严明的管理和良好的社会形象，黄沙水产市场先后被中共广州市委、广州市人民政府评为广州市先进集体，被广东省工商监督管理局认定为全省文明市场，被全国城市农贸中心联合会评为中国农产品流通改革开放40周年十佳市场，被中华人民共和国农业农村部认定为农业农村部定点市场，被广东省农业农村厅认定为广东省重点农业龙头企业。

2020年3月26日，荔湾区举办重点工程项目集中动工仪式，黄沙水产新市场进入建设阶段。未来的黄沙水产新市场总建筑面积超18万平方米，总投资逾27亿元。市场立足《广州市"菜篮子"产品批发市场布局专项规划（2017—2020年）》关于建设东洛围水产高质发展区的要求，继续以做大做强"黄沙水产"品牌为目标，通过借助现代信息科学技术，扩大土地资源效用，实现传统批发市场向现代化市场的转型升级，全新打造一个以水产品集中交易、展贸、电商、物流配送、拍卖为主业的水产产业综合体，营造一个具有生活气息和吸引力的活力城市空间，为服务市民菜篮子做更大的贡献，成为不落幕的"食在广州"的城市名片。

黄沙市场月圆之战

广州取消鱼票以后，海鲜销售一度爆发热潮。黄沙水产市场抓住了时代的机遇，发展成为驰名中外的中高端海鲜集散地、"永不落幕的海鲜盛宴"。秋风起、蟹脚痒，每逢中秋等重大节日，黄沙水产市场人流、车流、货流即成倍上涨，紧张、繁忙的交易氛围弥漫。节日的黄沙水产市场是一道亮丽的风景线，一场场没有硝烟的战役在这里打响。

"不打无准备之仗"，每年中秋节节前一周，黄沙水产市场就会连同属地交警和港公安局等政府职能部门以及周边市场主体召开"战前会"，充分考虑各方面的突发状况，制订、部署详细的执行方案和应急预案，保证节假日期间市场畅旺有序。尽管20多年过去，黄沙人已积累了丰富的应战经验，但交易形势不断变化，每场战役都是新的挑战，黄沙市场始终坚持"每战都应力求有准备"。

会后，各单位立即对消防安全隐患开展地毯式排查，确保节日平安，联系供水、供电部门确保节日期间水电正常供应，同时准备好充足的水泥墩按组织方案划分好车道。"黄沙市场是我家，安全文明靠大家。"要打胜仗，少不了各个档户的支持和配合。节前，市场方会召开档主会议，增强主人翁意识，各档户在环境卫生、用电安全、诚信经营等方面做出承诺，共同净化节日期间市场经营环境。

战役打响之时，黄沙水产市场经营异常火爆，场面蔚为壮观。2018年中秋，市场外围等候的车队东至人民桥，西达珠江大桥。长达10公里的路面上，不乏等候四五个小时的购货车、重车，有不耐烦催促的，有就地做起买卖的，也有选择停靠在3公里以外的鱼市场，用三轮车接驳运输的。四周充斥着喧闹，打破了深夜的静谧。早些年，捕捞的海鲜供不应求，一些客户甚至在场外等候虾车、蟹车，伺机攀附车尾、随车进场，争先恐后地抢购"香饽饽"的鱼货。

为确保节日期间黄沙水产市场畅旺有序，重车能进、空车能出，档主有货卖、客户有货买，每逢中秋节，属地交警和港公安局等都会调派大量的警力物力，同市场方密切配合，重点管好市场出入口，按组织方案做好交通疏导，维护好场内外交通治安秩序，上下联动、环环紧扣，保证黄沙大道主干道畅通、井然有序。为提高入场效率、加快市场周转率，在距市场入口300米外，市场方对送货重车和购货车进行甄别、分道，确保重车车道畅通无阻。场内线岗则密切留意车辆流动情况，一旦有空位立即通知安排车辆入场。

中秋时分，气温仍炙，白天头顶烈日，夜间吴牛喘月，水鞋里包裹的热气不散变成了水。不少管理人员在持续高强度的疏导交通后声音已然沙哑，有的因为长时间走动巡场，大腿内侧皮肤摩擦破损，闷热的裤筒里汗如雨下，伤口犹如在灼烧，但大家仍咬牙坚持直到交班的最后一刻。广州长夏漫漫，上晒下蒸，久而久之，许多现场管理人员也因此落下了风湿、关节痛等毛病。

叫卖声、吆喝声、打氧声、封箱胶的撕拉声……犹如奏响了黄沙交响乐，商户们都忙着装箱打包，市民也如逛花街似的走走看看挑选自己中意的海鲜，场内热闹非凡。中秋节的平均交易量可达日常的三倍以上，随之而来的便是更大的保洁压力。即便出动铲车来回铲平一个又一个由打包杂物堆砌的小山丘，转眼便又恢复原状。

天色渐亮，交易场依旧畅旺。车流不息、人流不止，黄沙水产市场保供之战仍在继续。为保障广州市民"菜篮子"供应，市场上下团结一心，携手商户同舟共济，共保民生。不仅中秋，天天如是。

|第五章|

繁荣季节

一　上下九的岭南风情

千年古街的人文佳话

每座城市都有自己的步行街，那是让心灵憩息的地方。譬如北京的王府井步行街、上海的南京路步行街、南京的新街口步行街、武汉的江汉路步行街……开全国先河的步行街，却是广州的上下九步行街。它于1995年9月30日正式开通，引领全国各个城市纷纷开设具有自己独特主题风格的步行街。

广州上下九步行街，具有1000多年的历史。相传，南朝梁武帝普通七年（526年），佛教禅宗第二十八代祖师菩提达摩高僧，从天竺国出发东渡中国弘传禅法，在海上漂泊了3年之后到达南海在广州绣衣坊码头（今下九路北侧西来正街附近）登陆上岸，这里被称为"西来初地"，并在此建造西来庵〔清朝顺治十二年（1655年）重修改名为华林寺〕传教弘法。

上下九步行街镌刻着千年商都的繁华与梦想，以及老广州的岭南风情。在这条全长1218米的步行街上，西关大屋、骑楼、竹筒屋等传统西关建筑相映成辉，形成了独具魅力的岭南风情文化街，美食华居，声名远播，使她不但成为广州三大传统商业中心之一，更成为国内外游客来到广州必到打卡的古迹名胜。

2021年春天的一个晌午，来自陕西西安曲江新区的赵国庆父子俩来到这里。

赵国庆领着儿子赵天昊来广州是一次寻梦之旅。父子俩来到了上下九步行街，看着遍地的骑楼建筑，赵国庆的眼睛湿润了，赵天昊知道父亲想起了当年的往事，就对父亲说："爸爸，别伤感了，这条步行街很有意思，咱们好好去看看。"

赵国庆激动地说："天昊，爸爸年轻时来广州打工，常常来这里看西关大屋，这里的建筑也很漂亮，转眼快25年了，你也长大了。"

赵天昊笑了笑说："爸爸，这些建筑叫骑楼。"

赵国庆说："对，骑楼。你是学历史的大学生，说来听听，什么叫骑楼。"

赵天昊说："骑楼最早可追溯到2500年前希腊的帕特农神庙，印度沦为英国殖民地后，殖民者就在印度建造了那种神庙风格的'廊房'。广州的这些骑楼都起源于印度的廊房。100多年前，两广总督张之洞借鉴香港的骑楼格局在广州兴建了骑楼。"

赵国庆说："我只知道这些骑楼就是漂亮，可是在你的嘴里，却说出了这么多的历史，连张之洞都给扯上了。嗯，有文化就是好啊。"

赵天昊说："爸爸，我听奶奶说过，您上学的天分很好，只是那时家里穷，念不起书，才来广州打工。"

赵国庆抬头看了看马路边的一间"西关小屋"说："天昊，其实爸爸是一个很传统的人，跟这些骑楼相比，我更喜欢那个具有咱们中国特色的小屋。"

赵天昊说："走，咱们去小屋看看。"

赵国庆道："天昊，这些小屋是做什么的啊？我当年在广州打工时，没有见过呀。"

赵天昊说："爸爸，您看到的骑楼，那是'西关大屋'，这些'西关小屋'，是志愿者服务站。10年前，广州为了举办亚运会，就设立了这些志愿者服务站，这里的工作人员可以为需要帮助的人提供免费的志愿服务。"

赵国庆说:"已经离开广州20多年了,真的想不到,这里变得这么漂亮,当时,我跟工友们还到陈添记吃过鱼皮,这家店现在还有吗?"

赵天昊说:"爸爸,我知道,我考研您让我考广州的学校,那说明您怀旧呀。我是第一次来广州,有没有陈添记我不知道,我用手机百度一下。"

赵天昊用手机搜索了一下说:"爸爸,那家店还有,走,我现在就陪您去吃鱼皮。"

听到儿子说那家陈添记鱼皮店还有,赵国庆十分欣喜,便和儿子向着陈添记鱼皮店走去。赵国庆一边往前走一边想,一定要陪着儿子去华林禅寺、五眼井、文塔、陈家祠、仁威庙和沙面街走走,还要带儿子到广州酒家、陶陶居和莲香楼,品尝一下正宗的广州美食。

俗话说"食在广州,穿在苏州,玩在杭州"。广州是闻名全国的美食天堂,作为八大菜系之一的粤菜,非常好吃,有很多游客之所以对广州流连忘返,除了广州的美景以外,更重要的是美食给人们留下的味蕾记忆。而闻名遐迩的上下九步街,则有三大必吃美食,分别是:陈添记鱼皮、顺记冰室和宝华面店。

作为上下九步行街代表美食的陈记添鱼皮,其创始人是顺德陈程添,也就是"鱼皮西施"陈映华的爷爷。当年,还在顺德的陈程添看到做鱼滑无须用到鱼皮,浪费的鱼皮很是可惜,就把这些丢弃的鱼皮捡了回来,经过特殊技术改良以后,不仅保留了鱼的鲜味,还不带丝毫鱼腥,吃起来鲜爽可口。在陈程添的努力下,鱼皮成了顺德当地有名的小吃。1958年,怀着到广州闯荡一番实现人生梦想的陈程添,就来到广州宝华路开了陈添记鱼皮店。从此以后,陈添记鱼皮便成了这条街上的标志性美食。

后来,陈添记鱼皮店便传到了明叔这一辈,在明叔的手里,顾客也是越来越多,每天都有很多的食客来这里排队买鱼皮。随着岁月的流逝,陈添记鱼皮店的名气越来越大,不只是广州本地人爱吃,外地人和外国人都来到上下九步行街,吃一份纯正的陈添记鱼皮。可以说,陈添记鱼皮为上下九步行街的岭南美食风情增添了一道小小的风景。

2015年12月下旬，无数的老主顾纷纷来到宝华路十五甫三巷陈添记的店面前，排起了长长的队伍，想要最后再吃一碗陈添记鱼皮，因为已经60岁的当家人明叔就要退休了，看着这么多人喜欢店里的鱼皮，明叔也不想关门，可是，他却没有办法，因为他的岁数大了，总有干不动的时候。他本来想让侄子来传承自己的手艺，可是，在这个人心浮躁什么事情都讲究速成的年代，侄子根本就吃不了这份苦，无奈之下，明叔才有了退休歇业的想法。

因为陈添记鱼皮店是上下九的标志性美食，影响力不小，《南方都市报》为此专门派出记者前来采访明叔，经过媒体报道后，明叔准备歇业退休的消息，不仅让许多老食客知道了，明叔在银行上班的女儿陈映华也知道了。陈映华下了班便跟父亲明叔说，她准备辞职来传承这家老店铺。

听到女儿这么说，明叔语重心长地说："阿华，我知道陈添记鱼皮在很多街坊的心里有着特殊的位置，我也不想关门退休。可是，我总有干不动的那一天，这也是不得已才做出的决定，而你在银行的工作那么好，辞了职来做鱼皮，我怕你吃不了这份苦，坚持不下去啊。"

陈映华笑道："爸，放心吧，我既然做出了决定，就有了心理准备。"

明叔继续问道："你辞了职，工作没了。万一你也坚持不下去，那怎么办？这也是我首先找到侄子而没有找你的原因。"

陈映华说："爸，请相信您的女儿，您能吃得了这份苦，我们年轻人也照样能吃苦！"

看到女儿诚心实意地想要传续陈添记鱼皮店的生意，一直愁眉不展的明叔脸上露出了久违的笑容，"好，既然你有这个决心，我就不拦着你了，我也希望这家店能在你的手上传下去。但是在你开始做鱼皮之前，我要告诉你，做人做事都一样，诚信是最重要的，一定记在心上！"

陈映华知道，这不只是父亲对她这个接班人的谆谆教诲，更是父亲对女儿的深切期望。陈映华使劲地点了点头，说："放心吧，爸，我要继承您的

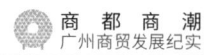

手艺,让咱们陈添记鱼皮店做得越来越好。"

从那天以后,女儿陈映华便开始跟着父亲学习做鱼皮,一晃又好几年过去了,当赵国庆带着赵天昊来到陈添记鱼皮店的时候,"鱼皮西施"陈映华正在给顾客上做好的鱼皮、艇仔粥和肠粉。

"鸡公榄"——一个时代的集体记忆

赵国庆看到这家陈添记鱼皮店还在,心里很是感动,他坐在多年前坐过的位置上告诉儿子赵天昊,当年,有一个头戴尖头竹扁帽、两颊涂红胭脂、身上背着"五彩大公鸡"的人,是他多年前最深刻的记忆,不知道现在还有没有。

对于生活在网络时代里的赵天昊来说,尽管是第一次到广州,但是,因为有了智能手机,他能讲出来的故事比父亲要多得多,他告诉父亲赵国庆,这个背着"五彩大公鸡"的人叫鸡公榄,而关于鸡公榄,其实也有很多的岭南旧事。

伴随着嘀嘀嗒、嘀嘀嗒的唢呐声,传来了叫卖声:"鸡公榄,有辣有唔辣!"那位在大街上卖鸡公榄的阿叔名叫黄志敏,他是上下九当之无愧的明星,也是"鸡公榄"的形象代言人。

鸡公赐福,唢呐斗笠鸡公装,两腮涂红,西关风情卖橄榄。每天,黄志敏都会穿上这样的衣服在上下九街道上转悠,每天商业街上数十万的游客,都把目光投到了他的身上。

提起鸡公榄,老广州人就感觉特别亲切,在20世纪六七十年代的广州,卖鸡公榄的人随处可见,每条巷子都能见到鸡公榄的身影。不过,那时的鸡公榄并不穿公鸡装,而是骑着自行车到巷子里叫卖,因为上下九街道附近有很多橄榄树,人们当天摘下橄榄,晚上进行腌制,隔天就可以将橄榄拿到街头去卖。后来到了六七十年代，鸡公榄也渐渐销声匿迹了。

20世纪90年代，因为下岗加上经济环境不景气，黄志敏偶尔也会出来卖一下橄榄，还兼职做一些批发衣服的小买卖，用以养家糊口。自从1995年上下九步行街开通以后，黄志敏就加入了荔枝湾文化交流协会，做起了鸡公榄宣传员的工作。"鸡公榄，一元一包，一包三粒"，这么多年来价格仍保持不变。其实，对于黄志敏来说，他卖的并不是鸡公榄，而是一种老西关的情怀。

随着中国改革开放的不断深入，"民族的就是世界的"理念也不断地深入人心，鸡公榄不再是要打砸掉的四旧，而是广州非物质文化的优秀代表。2000年，荔枝湾文化交流协会大力弘扬老西关文化和岭南风情，西关小姐、鸡公榄、茶居讲古等西关传统民俗又重新出现了，而黄志敏则化身成"鸡公福"，用自己的努力来传承老西关文化。他是老西关风情的代表，他也在用自己的坚守，向中国和世界传送着"老西关"人的祝福。

赵天昊与父亲赵国庆品尝过陈添记的鱼皮，正在上下九步行街上游玩，看到迎面走来的"鸡公榄"黄志敏，便走上前邀请，"大伯，您好，咱们一起合张影吧"。

黄志敏当然是来者不拒，他摆好了姿势，刻意地吹响了喇叭，赵天昊则与父亲一左一右地站到了黄志敏两边，为了照这张合影，赵天昊叫住了一位游客，让游客帮助他们父子二人与黄志敏合影。

合完了影，赵国庆笑着对黄志敏说："25年前，我见过您。"

听到赵国庆这么说，黄志敏笑了笑，说："25年前，您看到的不一定是我，因为鸡公榄的穿着打扮都是一样的。"

听黄志敏这么说，赵国庆点了点头，他伸出手来与黄志敏握了握，说："谢谢您跟我们合影，我和我儿子都很喜欢您。"

说完，赵国庆便和赵天昊迈步向前走去。看着父子二人的背影，黄志敏的心里有些感动，20多年来做"鸡公福"的坚守，每当有人提出要跟他合影时，黄志敏就很高兴，每每此时，他都觉得自己的坚守很有意义，因为这代表着各地游客对老西关的热爱，更代表着人们对传统岭南文化的关注和喜欢。

岭南文化，世界瞩目。上下九步行街因为长期以来弘扬岭南文化，也获得了很多荣誉，1992年，被广州市政府命名为"没有假冒伪劣商品一条街"；1998年，被评为全国十五条"百城万店无假货"活动示范街。这些荣誉的获得，让上下九步行街更有底气向全世界发出邀请：欢迎五湖四海的朋友们都来上下九，一起来领略魅力无限的岭南文化！

二 天河城的购物天堂

天河城,中国第一商城

1996年8月18日,中国第一家现代购物中心在广州天河开业,它被誉为中国第一商城,素有"商业地产的黄埔军校"之称。提起这座声名鹊起的天河城,还得从刘春亭这个人说起。刘春亭在60岁那年毅然从官场转战商场,一手创建了中国第一家现代购物中心。从此,这位来自哈尔滨市的东北大汉被誉为"天河城之父""中国购物中心之父"。

广州天河城购物中心是在1996年开业的。但创建一座现代化购物中心的想法,早在1987年就在刘春亭的脑海中产生了。当年,作为广东省工商行政管理局局长的刘春亭前往香港考察工作,在新华社香港分社朋友的陪同下,来到了铜锣湾附近刚开业不久的太古城中心参观,在太古城看到的一切,让刘春亭羡慕不已。四家现代化的百货公司,还有餐厅、溜冰场、电影院等,这些都让刘春亭大开眼界。面对这个时尚大气的购物城,刘春亭不无感慨地对同行的朋友说:"我真的想不到,太古城竟然比广州的南方大厦大10倍还不止,香港作为国际化大都市,确实是名不虚传。"

朋友说:"咱们内地通过改革开放,这几年进步也很大,相信以后,我们也会有一些新鲜东西让香港人羡慕的。"

听到朋友这么说,刘春亭当即表示:"我们广州也建一座这样的太古城，不，要建一座比这里还大的现代购物中心。"

刘春亭说干就干，回到广州以后，他立即将建设大型购物中心的想法跟省领导做了汇报，并引起了省领导的高度重视。

1991年6月，时任广东省省长的叶选平提出要重新组建符合现代化市场经济要求的商业企业集团，按照叶选平省长的指示，刘维明副省长就与刘春亭商议如何更好地落实叶省长的指示，刘维明说："这个项目是新中国成立以来，全省最大的商业服务项目，我初步估算了一下，至少需要3亿元投资，我们还是要多想办法。"

听到刘维明副省长这么说，刘春亭点了点头，说："刘省长，我觉得白天鹅宾馆、中国大酒店还有花园酒店引进外资的办法，值得我们借鉴。我想，只要我们多动脑筋，办法总比困难多。"

身为广东省财贸办公室主任的刘春亭心里十分清楚，3亿元可不是一个小数目，这些钱到底从哪里筹集呢？这使他陷入困惑之中。刘春亭想，能否向全社会来筹集这笔资金，组建一家股份制企业呢？于是，刘春亭就让助手杨军艇翻译相关外文资料，把国外一些股份制公司的章程照搬过来，开始寻找投资者，并按照股份制模式组建了天贸集团（天河城集团的前身），这也成为广东省属企业中第一个尝试股份制的企业。

引领全国购物中心新潮流

刘春亭这一创新之举，顺利地筹集到了建设天河城购物中心急需的资金。天河城购物中心还未动工，刘春亭就主动上门拜访世界500强之一的吉之岛大型超市的负责人，同时还拜访了其他企业主，邀请他们在购物中心建成以后进驻经营，共谋发展。

为了选好天河城购物中心的建设地址，刘维明陪着刘春亭在天河地区转了好几天。最后，将天河城选在了一块名为"苗圃"的荒芜之地上，这个地方后来成为广州新中轴线上的黄金地带，地铁1号线和3号线都在这里设站。

当初购物中心的动工方案拿出来后，很多人都不赞成公共区域和通道太大太宽，让人觉得浪费面积。但是，刘春亭却早就看到了未来的发展趋势，他苦口婆心地说："以后商场里面的人肯定很多，通道等公共空间一定要足够大，这样一来，别人才愿意到咱们这里来休闲购物。"

正是刘春亭的坚持，宽敞明亮、高端大气、名牌荟萃的天河城购物中心才在后来引领了广州乃至全国的购物中心新潮流。

1992年11月，天河城举行了奠基仪式，看到广州版的"太古城"终于破土动工，刘春亭的心里感慨万千。这一年，不但对于刘春亭来说是意义非凡的一年，对于广东和整个中国来说，都是具有重要意义的一年。因为在这一年，改革开放的总设计师邓小平发表视察南方谈话，扬起了中国腾飞奋进的风帆。而这一年，刘春亭已经年满花甲，干了一辈子革命工作的他光荣退休了。尽管已经退休，但对于一位有着高度社会责任感和担当精神的人来说，是永远不会退休的。为了广州的经济发展，身为天河城集团董事长的刘春亭，决心继续奉献热血和激情。

为了天河城购物中心的长远发展，土建工程开始以后，刘春亭就陆续洽谈了家乐福、八佰伴、香港永安、先施等境外的知名商店，他还热情地邀请包括广州友谊商场在内的国内名品商店也到天河城共谋发展。

只要一有时间，刘春亭就戴上安全帽、拿上手电筒往工地上跑，并通过实地考察提出合理化的建设意见。他实在是太忙碌了，这对于一个60多岁的人来说，体力是一个挑战。当手下人劝他休息一下时，他说："做事情一定要争分夺秒，广州发展得实在是太快了，我们必须让天河城尽快开业。"

刘春亭很重视科学技术，他也是天河城里最早使用电脑的人，他不但自己上网查阅资料，看到一些好的思路，他还经常将资料打印出来分享给同事们看。同时，刘春亭也是一位注重人才的领导，原来在中山大学团委工作的欧小卫、黄启宁等人，也是被刘春亭引进天河城的，他们以天河城为起点，开创了属于自己的商界传奇。

1996年8月18日，经过近6年紧锣密鼓的施工建设和近半年的试营业，总投资12亿元、占地面积4.1万平方米、总建筑面积16万平方米的天河城购物中心，终于在世人的千呼万唤中开业了，这是当年中国最豪华、最先进、最时尚的购物中心，一开业便受到了全广州老百姓的追捧，迅速闻名全国。

天河城是一座规模宏大、功能齐全的现代型综合购物中心，刚一开业，便立即引爆了全广州人的热情，就连名人明星也来到天河城购物游玩。很快，天河城就赢得了"中国第一商城"的美誉，天河城的成功也带来了"天河城效应"，有关部门和新闻媒体的竞相研究和跟进采访，使天河城成为同行们学习和仿效的标杆，不服输的国内各大城市也立即行动起来，准备推出各自城市的"天河城"。

1997年5月，香港回归前夕，香港电视广播有限公司制作的时装电视剧《香港人在广州》隆重推出，里面有不少镜头就是在天河城里拍摄的，以至于当时前来拍摄的男女主角，都在赞叹天河城的奢华与时尚。

看到自己亲手创建的天河城购物中心这么成功，刘春亭董事长格外欣慰。他是一个善解人意的人，在当初他拉投资的时候，吉之岛是最早答应进驻天河城的企业，可是，在吉之岛最开始进驻到天河城的那几年里，并不像后来那样风光，甚至还出现了亏损等情况，当刘春亭了解到吉之岛为了继续在天河城经营，连商场冷柜货架都抵押出去的时候，刘春亭出手了，他找到在天河城的吉之岛负责人说："吉之岛的情况，公司的人全都告诉我了，请你们相信，天河城具有这么高的人气，在这里做生意是不会赔钱的，你们一定要坚持下去。"

吉之岛负责人无奈地说："刘董，尽管天河城购物中心具有很高的人气，人流量也很大，可是，吉之岛在天河城遇冷也是实情，如果再这样下去，总部恐怕会让我们撤出天河城。"

刘春亭当然知道负责人的苦衷，就说："任何事情都不是一帆风顺的，这样吧，天河城先给你们减免一些租金。你们也拿出一些整顿经营的措施，从管理和提升服务等方面入手，争取早日扭转这个局面。"

就这样，在刘春亭的鼓励和支持下，吉之岛渡过了难关，成为天河城里最耀眼的企业之一。

2000年9月，刘春亭董事长从天河城集团"再次退休"。尽管，他已经退休，但每周都会回到天河城的楼顶与同事们打网球，和员工们打招呼，员工们看到刘春亭也备感亲切。

天河城在广州开创了一种全新的消费理念，把广州的商业提高到一个新的水平。市民都把这里当成了打卡胜地，是全广州年轻人最喜欢去的地方，许多年轻人下了班，甚至什么东西也不买，也要到天河城里去感受一下时尚的氛围，到天河城里闲逛和购物就成了一种潮流。甚至，很多外地人来到广州，也争相到天河城里游玩购物，天河城成为全广州甚至整个珠三角地区的标志性购物中心，平均每天的客流量达到了30万人次，逢年节时的客流量更多，最高一天竟然达到了创纪录的81万人次。

原先荒芜的天河地带，变成了时尚高端的天河城购物中心，而随后，不甘落后的同行们，也纷纷开始发力追赶，紧挨着天河城购物中心不远，正佳广场、太古汇等不输天河城的现代化购物中心也先后拔地而起。这一系列的现代化购物中心，共同组成了广州市的核心现代化商圈，更成为整个华南甚至整个中国最具规模的高端商贸集聚区之一，天河商圈获得"华南第一黄金商业带"的美誉。

随着时代的发展，现在的大型购物中心越来越多、越来越奢华、越来越时尚，天河城购物中心也不再像刚开业时那般万众瞩目。但是，作为国内最早建成并成功营运的大型现代化购物中心，它的经营业绩在各大购物中心里仍然是名列前茅，它在人们心目中的位置依然是无可替代，它依然是年轻人最喜欢的网红打卡地带。

更为重要的是，天河城作为中国第一家真正意义上的现代化购物中心，它是广东经济领改革开放风气之先的历史见证，也是一个时代的标杆和记忆，它在广州大都市建设和发展进程中所表现出来的创新勇气和进取精神，也一直被全广州人民深情地铭记着，而这些曾经的辉煌，必将激励和引领着天河城迎接更加璀璨的未来。

三　北京路的文化积淀

北京路，"岭南第一街"的历史见证

六国被统一之后，秦始皇令屠睢率军平定岭南百越之乱，结果败北而归损兵折将，主帅屠睢战死沙场，秦始皇派任嚣接替屠睢和赵佗一起率军再次出兵岭南。秦始皇三十三年（公元前214年）百越归顺岭南统一，任嚣为首任南海郡尉，并节制岭南南海、象郡、桂林三郡，故称"东南一尉"。以番禺（今广东广州）为郡治，在番山、禺山上（今仓边路、北京路附近）修筑了番禺城（史称任嚣城，广州城之始）。

北京路上的一砖一瓦，都见证着广州城悠远的历史和深厚的人文渊源。2000多年风雨沧桑，无数历史名人从北京路上走过，演绎出无数精彩纷呈的传奇故事。

"下一站，北京路，去往北京路文化旅游区、天字码头、粤海仰忠汇的乘客，请准备——"随着地铁列车上的三语（粤语、汉语、英语）广播响起，来自河南周口的迟春晓兴奋地站了起来，女儿何小芸搀扶着母亲的胳膊说："妈，北京路快到了，春节人多，我们都要戴好口罩，准备下车吧。"

迟春晓用手按了按口罩说："这要是你爸也一起来，该有多好啊。当年，我跟你爸就是……"何小芸打岔道："就是在北京路上相识的。"母女俩一对视心照不宣地笑了起来。

30年前，迟春晓从内蒙古南下探望在广州打工的大哥，当她来到北京路逛街时，因渴得不行便向来自河南周口的打工青年何志刚探问哪里有水卖。何志刚一听迟春晓一口地道的北方口音，立时感到莫名的亲切。此刻，他手里正好拿着一瓶矿泉水，于是递给迟春晓："你要是不嫌弃，就先喝着吧。我也只喝过两口，我没毛病，你放心。"迟春晓不明就里地接过矿泉水，看着何志刚那副憨实而又清秀的脸庞，心里漫过一道暖流，说了声"谢谢"就喝了起来。在缘分的天空里，一切的浪漫故事都是那么自然天成地发生。后来，迟春晓不顾大哥反对，毅然跟着何志刚回了河南老家。

迟春晓在女儿何小芸的陪伴下，行走在北京路上，努力地寻找当年和何志刚相逢时那温馨的一隅。

迟春晓只上过初中，而女儿何小芸是大学毕业生。"小芸，你读的书比妈多，告诉妈，这条路为什么叫北京路啊？"

何小芸说："妈，来广州之前，我了解过，北京路是广州最早的城市中心，有2000多年的历史了。被称为岭南第一街。清朝的时候，这里叫双门底大街，后来，又叫过永汉路和汉民路，新中国成立后才叫北京路。"

何小芸陪着母亲走进了繁华的北京路，鳞次栉比的高楼大厦、高端大气的商业店铺以及巨幅LED电子广告屏，都让迟春晓赞叹和感慨。

母女俩慢慢地往前走着，远远地就看到了青砖方拱门的"北京路"三个大红字，4米高的铜壶滴漏让两人感到很新奇，尤其是栩栩如生的十二生肖造型，更让何小芸发出由衷的赞美。

一位年逾古稀的老先生正站在生肖虎的雕塑前，指着铜壶滴漏对身边人说，广州的铜壶滴漏是我国现存最大、最完整的古代计时器。最初于1316年由广州工匠冼运行等人铸造，自从元代到清末一直珍藏在广州拱北楼，用来报时。在我们广州有了机械钟表之前，都是依靠它来计时，安排红白喜事和祭祀活动。这铜壶里的水长流不息，象征着天长地久、财源滚滚。清朝咸丰七年（1857），英法联军炮击广州城时，因为拱北楼起火，藏在楼上的铜壶滴漏也失踪了。后来，两广总督劳崇光不惜重金悬赏招领失物，终于在3年以后，找回了这件珍贵无比的铜壶滴漏。现在我们看到的铜壶滴漏是仿造元代的。

听着这位老先生侃侃而谈，何小芸知道他应该知道北京路的历史，就笑着说："大爷，听您说起铜壶滴漏的历史，我也是学到了很多知识，我想请教您，北京路为什么又叫双门底呢？"

老先生笑了笑："'双门底'这个名字，最早来源于清朝，因为在清兵接管广州时，同时有两位级别一样的官员来治理广州，按照当时的习惯，一个官员只能从一道城门过。开了两道城门，就叫双门底了。"

听到老先生这么说，何小芸好奇地问道："那天字码头这名字，是怎么来的呢？"

老先生继续说道，天字码头是广州使用历史最久的码头，也叫作广州第一码头。清朝雍正七年（1729），布政使王士俊在天字码头建设日近亭，供迎接官员之用。而清朝官员卸任离开广州的时候，也在日近亭里恭请圣安，然后才下船起航离开。当年，码头只供官员使用，由于它具有显赫的地位，所以就叫作天字码头。林则徐虎门销烟就是在这里登船的，孙中山北伐也是在这儿出发的……

听到老先生说到雍正皇帝、林则徐和孙中山，迟春晓笑着说："你讲得真好啊，使我长知识长见识了，谢谢您！"

老先生呵呵地笑着："不用客气，朋友，北京路是广州2000年从来没有改变过的市中心。这在全世界只有意大利的罗马、埃及的亚历山大和中国的广州3个城市，历经2000多年历史且城市中心从没有移动过。这里是千年古道，一条路就连起了3座王府。"

何小芸好奇地问道："请问是哪3座王府？"

老先生笑道："南越王府、南汉王府还有平南王府，这3座王府都在这条街附近，在前面还有一个千年古道遗址。这么跟你们说吧，《爱莲说》的

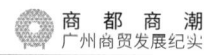

作者周敦颐、大文豪苏东坡、北宋名臣余靖、南宋丞相崔与之……来过这里的历史名人数都数不清。"

老先生所说的这些，使何小芸感到新鲜，她继续道："大爷，请您给我们推荐一个好玩的景点吧。"

老先生说："北京路作为广州2000多年的市中心，要看的景点很多，秦番禺城遗址、秦汉造船工场遗址、西汉南越国宫署遗址、唐清海军楼遗址、南汉御花园、明大佛寺、明城隍庙、广州起义纪念馆，全都在这条路附近，你让我推荐，我还真说不好。不过，前面不远就是大佛寺，你们可以去感受一下佛禅的虚静。"

在老先生的推荐下，何小芸牵起母亲的手向前走着，在古色古香的大佛寺门前，何小芸打开手机搜索了大佛寺的来历，这座大佛寺建于1000多年前的南汉时期，是南汉王刘龑按照天上的二十八星宿修建的，而佛寺的梁柱框架则是安南王捐赠的木材，它作为广府五大丛林之一，不但具有很高的艺术价值，也坐拥繁华之处，延续着虔诚的佛韵。

北京路实在是太繁华了，沿街的骑楼商铺，还有街两边的苍翠古榕，以及榕树上的大红灯笼，都让迟春晓母女俩沉浸在岭南文化的神韵中。她们踏着千年古道向前走着，远远地看到了楼上的红色"北京路"招牌，旁边则挂着"千年宫署南越王宫署""千年水闸西汉水闸""千年古道北京路""千年古楼遗址拱北楼""千年古寺大佛寺""千年园林古药洲"六块招牌，这对母女连声赞叹：北京路确实很精彩，不愧为岭南第一街。

穿越时空的古今对话

更让母女稀奇的是"千年古道遗址"，何小芸透过钢化玻璃，看到里面的砖石被岁月风华侵蚀得斑驳不堪，仿佛在向游人诉说着2000多年的历史风云。骨子里充满文艺情怀的何小芸，情不自禁地闭上眼睛，畅想着与南越王赵佗跨越2000多年时空的对话：

赵佗：番禺城，后来怎样了？

何小芸：回大王，番禺后来叫广州，这里出现了一条繁华的北京路，这条路成了世界优秀旅游目的地和国家级文化产业示范园区。

赵佗：你说的话，孤王怎么听不懂呢？

何小芸：这是2000多年以后的事情，您当然听不懂。这条路上有很多好吃的，可以让您吃到撑。

赵佗：年轻人就知道吃。孤王坐拥岭南，还缺吃的吗？

何小芸：年代不同，风味也不一样。北京路上的美食多得让人眼花缭乱，有牛杂、冰奶脆、盒乳鸽、煲仔饭、寿司、咖喱……准让大王舌底生津，食欲大振。

赵佗好奇地问道：寿司？什么寿司？吃了可以让本王长寿的吗？

何小芸：回大王，这可不是长生不老的仙丹，是日本的传统美食。

赵佗：什么日本？

何小芸：大王，我还是给你说点别的吧？

赵佗：好，说来听听。

何小芸：北京路是百年老店和广州老字号商铺集中的地方，有超过500家商铺，还有新大新百货公司、广州百货公司、银座、五月花商业广场等大商店。

赵佗：商店里人多吗？

何小芸：可多呢！每天都有40万人，节假日有60万人，高峰期时能达到100万人。

赵佗脸色大变：这么多人？比始皇帝的甲士还多，你该不会是吓唬本王吧？

何小芸：当然不是啦，我们这个时代人多。

赵佗：这么多人，都是带甲之士吗？

何小芸：哎呀，我的大王，那是游客不是战士。有老有少，有男有女。全都是来观光旅游的人。

赵佗：这么多男人和女人在一起，那还不乱了章法？这可不行！

正在何小芸对着"千年古道遗址"发愣时，迟春晓拉了一把何小芸："小芸，你想什么呢？灵魂出窍啊？"

何小芸回过神来，笑道："没想啥，走，我现在就带你去广百转转。"

迟春晓点点头："刚才在大佛寺前，我就说先去广百，可是你说先不要逛店，这才来到这里。我告诉你，30年前，就是在刚开业不久的广百里，你爸给我买了一条裙子。"

何小芸笑着拉起妈妈的手，便向着广州百货商场走去，这一路之上，迟春晓不停地感慨："变了变了，北京路变得认不出来了！"

等到陪着妈妈逛完广州百货商场，何小芸带着妈妈来到了天字码头，迟春晓站在珠江岸边，看着眼前波涛滚滚的珠江，深吸了一口气说："珠江好美，你看那些游船，真漂亮！"迟春晓顿了顿接着说："30年前，我跟你爸来过这里。"

何小芸笑着说："妈，我带您乘船游珠江吧？"

迟春晓摇摇头，说："小芸，别去乘船了，走了这么多地方，也累了。你带我去吃点东西吧，我有些饿了。"

听妈妈这么说，何小芸立即拦下一辆的士，向着百年老字号太平馆驶去。

到了太平馆西餐厅，迟春晓就看到墙上挂着周恩来与邓颖超的相片，就好奇地跟服务员问道："你们店里怎么还有周总理的画像呢？难道周总理也来过你们店？"

服务员自豪地说："是的，阿姨，您猜对了。我们店创建于1885年，是中国人开的第一家西餐馆，蒋介石、李宗仁、宋子文、鲁迅等名人都来过这里呢。1925年8月8日,周总理和邓颖超在广州结婚后,曾和朋友在这里吃过饭,现在我们还保留着总理套餐和总理夫人套餐,这是我们店的招牌菜,怎么样?尝一尝?"

迟春晓由衷敬仰周总理,她笑道:"小芸,咱们也来份总理套餐吧。"

于是,何小芸就点了总理套餐,与妈妈边吃边聊,吃过饭,夜幕已经降临。何小芸牵着妈妈的手走出太平馆时,看到北京路的霓灯闪烁,较之白天的光景增添了几分童话般的瑰丽与妩媚。

北京路上各个大厦的LED显示屏,以及马路上五颜六色的灯光,把北京路装扮成神话般的天地,真是流光溢彩、美轮美奂,迟春晓被眼前宛如仙境的北京路深深地震撼了。她对何小芸说,30年前的北京路夜晚,尽管也是灯火通明,却没有这么美丽妖娆,那时的灯光是单调的,而现在的北京路多了些繁华与璀璨,特别让人喜欢。

千年佛光千盏灯,岭南禅韵传千秋。夜晚的北京路大佛寺,因为有了灯光的照耀,比白天更显宁谧、清净与殊胜,包括迟春晓母女在内的所有游客,都情不自禁地赞美起大佛寺的灯光辉煌。那独具岭南特色的大佛寺,也仿佛在向所有的游客讲述着北京路2000多年的岁月烟云,这个繁华闹市里的心灵净地,晨钟暮鼓、悠悠禅韵、琅琅经声、袅袅香烟,无时不在向禅院外婆婆世界的滚滚红尘、茫茫欲海昭示着有关善恶因果的浮生真谛。

走出大佛寺,迟春晓拉着女儿的手说:"小芸,你知道妈刚才许的是什么愿吗?"

何小芸脱口回答:"一定是求菩萨保佑我和一个如意郎君结婚,早生贵子……"

迟春晓被女儿逗笑了,何小芸自己也笑了。迟春晓突然止住了笑,深情地对女儿说:"闺女,别烦妈唠叨。人生易老啊!30年前,我和你爸也在这个庙里烧过香。那时候的我,比你还年轻呢!"迟春晓说着,流下了眼泪。

此时此刻的何小芸,当然无法理解母亲的心境。她对母亲说:"妈,不早了,回宾馆去吧?明天还要爬越秀山呢!"

"好好好,回宾馆去。今天来了北京路,总算了了心中的一件大事。"迟春晓说着和女儿坐上了出租车。

四　广汽本田汽车神话

1法郎到4000亿元的飞跃

改革开放，使中国发展成为世界上第二大经济体，世界经济发展动力的引擎。广州这座改革开放的前沿城市，诞生出许多的大型现代化企业。美国《财富》杂志发布2019年世界500强名单，广州的南方电网、广汽集团和雪松控股3家企业位列其中。

广汽集团作为民族工业的骄傲，生产的雅阁、广汽传祺等汽车品牌，都深得消费者喜爱。然而，有谁知道广汽集团起步之时，广汽人只用1法郎创造了一个汽车工业传奇呢？

说起广汽的发展史，就不得不提具有"汽车大王"美誉的广汽首任掌舵人张房有。回忆起最初创建广汽集团时的往事，张房有深情地说过这么一段话："我小时候的梦想是，将来有一天，我能够拥有一辆自行车，这是我一个农村孩子最早的关于车的梦想。后来，我当了增城市委书记，就想建设一个汽车城。但是很可惜，我这个梦想还没有实现。一直等到广州汽车工业重组的时候，我的梦想就是要振兴广州的汽车工业。今天，我又有了一个新的梦想，就是广汽集团要做自己品牌的汽车。"

1985年10月1日，新中国36岁生日这天，由中法合作的广州标致汽车有限公司正式成立。尽管在中方的努力之下，产品的销量很好，可是因为法方迟迟不同意将零部件国产化,致使产品价格失去了优势,销量一路下跌。

1996年4月,刚刚上任广州市政府副秘书长兼市汽车工业办公室主任的张房有,看到中法合作的标致汽车越来越不景气,便与法方展开了谈判,张房有提出必须实现汽车零部件国产化,可是,法方却傲慢地不想将技术转让给中国。

别人不转让技术,我们就自己干,张房有不信早在1956年就能生产汽车的中国,发展不好自己的汽车工业。于是,在1997年6月,张房有就创建了广州汽车集团有限公司,并出任集团董事长。

在与广州合资之前的法国标致汽车公司,仅在1980年到1984年期间,就已亏损15亿美元,濒临破产。就在法国标致急于甩锅之际,经香港方介绍与广州合资。此后,广州标致每况愈下,到1997年亏损29.6亿元,每天仅利息就高达120万元。广州的纳税人陷入一个亏损的无底洞。

1996年4月27日,广州市委召开会议,通过了由市汽车办提出的《关于调整广州轿车工业发展战略的意见》,这个《意见》的核心是"更换合作伙伴,让法国标致退出广州"。

在中法两国有关单位的斡旋下,双方各退一步,广州方面为了早日与法国标致断绝合作关系、填平那个亏损黑洞,愿意补给法国标致一笔钱,法国标致才同意以"1法郎"退出其在广州标致的所持股权,1997年10月31日,法国标致的代表与广州市正式签署了退股协议。因为标致汽车的失败,当时很多人都觉得广州并不适合发展汽车工业。可是,张房有却有着做"汽车大王"的雄心,在解除与法国人的合作后,张房有立即与宝马、奔驰在内的12家汽车厂商展开谈判,他非常希望能尽快达成合作,因为广汽人太需要国外的资金和技术了。

广汽焕发出民族工业活力

广汽、本田与东风三家企业，在广州、武汉、东京三座城市展开了反复的谈判，最后，经由邹家华副总理召开会议拍板，广汽、本田与东风三家企业终于达成了全面合作协议。

1998年5月7日，是广汽人永远铭记的一天，在时任国务院总理李鹏的热烈鼓掌下，张房有董事长代表中国广汽集团与日本本田株式会社达成了全面战略合作协议。

1999年3月26日，广汽本田合作生产的第一辆雅阁汽车在生产线上成功下线。当天，张房有的心里特别激动，他不停地抚摸着豪华的车身，动情地说："你可终于下线了，我希望你和你的兄弟们迅速走进中国的千家万户，为中国人的便捷出行服务。"

就在雅阁正式下线那一年，澳门回归祖国。而半年前广汽本田下线第一辆雅阁汽车，算是为澳门回归献礼。张房有和所有广汽人都非常高兴。尽管雅阁是中外合资生产的产品，那是为了学习外国的先进技术，所有广汽人都憋着一口气：我们一定要生产出自主的汽车品牌。

尽管当时广州的GDP在全国位列三甲，但是，当时的老百姓收入并不高，能够买得起汽车的，也只有那些先富裕起来的人，大街上跑着的汽车品牌，也多是桑塔纳、捷达和富康，这些车的定价普遍在30万元以上，这对于当时人均工资仅有1000多元的中国人来说，确实是一个天文数字。当时拥有汽车是真正的财富和地位的象征。

而广汽集团向市场推出的这款雅阁汽车，在国内第一次将价格降到了30万元以下，29.8万元的起售价尽管对于普通老百姓来说依然很高，对于有些私企小老板来说，已经达到可以接受的地步了。广汽集团生产的第一辆雅阁车是本田第六代雅阁车。它一推向市场，便以"车型最新、技术最先进"等特点引领了时尚。自然,这款雅阁车的销售也超出了预期目标。

广汽与本田合作生产的雅阁,也成为中国第一个与世界同步引进的最新车型。以后,广汽又开创了无数个第一:第一个在合资企业中发展自主品牌,第一个导入国际标准的4S专卖店模式,第一个启动售后服务技术技能竞赛,第一个举行大规模试乘试驾活动,第一个为轿车挑选专门的形象使者,第一个主动实施召回的国内汽车品牌,全球第一个废水零排放的绿色工厂,第一个提出"3年或10万公里保修"的服务政策……

澳门回归举国同庆的那天,在广州天河客运站开餐馆的潮州人庄建强,趁着澳门回归的幸福劲,就跟妻子商量,想要买一辆广汽集团出产的雅阁汽车,当他将想法告诉妻子后,妻子有些不敢相信地说:"好呀,我们家终于要买车了!"

庄建强笑着说:"现在澳门回归了,中国的国力越来越强了。以后,不止咱们家有汽车,很多老百姓都会有汽车,很快,汽车就会挤满大街。"

妻子有些不敢相信地说:"汽车那么贵,老百姓才挣一两千元的工资,怎么可能买得起车?根本就不现实。"

庄建强觉得妻子没有眼光,就说:"我觉得你说得不对,你看看刚刚改革开放的时候,老百姓的工资也就是百来块钱,现在起码涨了10倍!你看香港、澳门都已经回归祖国了,我觉得以后咱们国家肯定会发展得越来越好,不出20年,买车在老百姓看来,肯定是很平常的事了。"

妻子依然摇着头说:"我还是觉得不太可能,毕竟工资涨物价也在涨,工资涨高了,汽车的价格也会涨高的。"

庄建强哈哈大笑着说:"放心吧,汽车就是个消耗品,像电视一样,大家的工资涨了,电视机的价格不是也没涨吗?"

庄建强从桌上拿过报纸来,指着上面的雅阁汽车图片说:"看看这款车,漂亮不漂亮?咱们广汽集团生产的,引进了日本最先进的本田技术,一点也不输进口货。"

妻子接过报纸来，看着报纸上的汽车图片，高兴地说："这款车确实漂亮。"

庄建强说："明天，我就把车买回来。开回老家去，一定威水！"

就这样，庄建强带着妻子来到了广汽售车处，买下了人生中的第一辆汽车。然后，开着回潮州饶平老家。当汽车开到家乡这个小渔村村口时，村里的孩子们都跑过来看热闹，一直跟着汽车跑到了庄建强的家门口。庄建强家买了轿车的消息，也迅速在村子里传开，像当年村里第一台彩电引起的轰动一样，这辆车也轰动了整个村庄，乡亲们也纷纷向庄建强伸出大拇指，称赞他在广州混得不错，而庄建强全家人也都觉得很有面子。

广汽集团生产的雅阁汽车迅速地占领了市场，30万元以下的销售价格，更是让所有汽车同行感受到压力。于是，同行也纷纷调整战略，积极应对广汽的挑战。正是因为广汽的出现，才使汽车的价格下降很多，而汽车市场的竞争也变得激烈起来。

勇立市场潮头，引领汽车潮流，这是广汽人的光荣和梦想。雅阁汽车大获成功后，广汽集团迅速建起黄埔和增城两个厂区，为了提升汽车质量并为以后的自主品牌铺路，还专门建立了研究开发公司，面对研究开发公司拥有许多高端专业人才，张房有特别高兴，他对全体研发人员说："研究开发公司的建立，使广汽将来有了自主发展的勇气，我始终认为，发展自主品牌才是广汽的最终出路。合资合作的经验也告诉我们，自主品牌是汽车集团做大做强的必然选择。无论对外合资合作的程度多深，和外方的关系有多么好，我们的话语权都强不起来，唯有自主，才能彻底地掌握自己的命运。"

在全体广汽人的共同努力下，从1999年3月第一辆雅阁轿车下线，到2007年2月实现100万辆新车下线，广本用了不到8年的时间，而从第100万辆到第150万辆，广汽仅用了2年8个月的时间，而在全体广州市民看来，广汽集团就是广州汽车工业的一张"金名片"，是令全体广州人都感到自豪的现代化企业。

而为了拥有广汽人自己的自主品牌，全体广汽人一直在努力着。2010年9月3日，在广州亚运会召开前夕，从广汽集团传来好消息，广汽集团首款自主乘用车"传祺"汽车成功下线，这成为中国自主汽车史上的一个标志性事件，"传祺"汽车的诞生也正式宣告，广汽自主品牌的新时代来到了。当时，时任广州市委书记的张广宁在"传祺"汽车下线仪式上激动地说："今天，传祺汽车的正式下线，标志着广州汽车业终于告别了受制于人的日子，在这里，我要向我们的自主品牌汽车致以最崇高的敬意！"

　　广汽集团总经理曾庆洪动情地说："广汽传祺是我们广汽集团的第一个'亲生儿子'，我们要成为自主品牌的领航者，而广汽乘用车的目标，就是要做全国最好的自主品牌汽车。"

　　从那以后，广汽集团进入了前所未有的腾飞轨道，自主品牌的推出也大大地提升了广汽人的信心，广汽人开拓市场的雄心更足了。现在，无论你行走在国内哪座城市，都能看到广汽传祺的飒爽英姿，广汽传祺不负众望，出口到阿联酋、科威特、黎巴嫩、卡塔尔等许多国家。

　　从2013年到现在，广汽传祺汽车已连续8年获得主流车市场中国品牌首位的荣誉，到了2020年，广汽集团已经拥有了800万车主，充分诠释了广汽传祺汽车品牌的硬核高端品质。能够取得这么辉煌的成绩，广汽人深知，集团的发展离不开广大车迷的大力支持，为此，集团也加大了与车迷们的互动。2019年11月23日，广汽集团举办了首届粉丝共创盛典——躁梦节。躁梦节是一次车迷的盛会，来自全国各地的广汽车主和粉丝相聚在广州，令所有人感到激动的是，一位忠实的广汽车主，还把家中第六代到第十代雅阁汽车全部开到了活动现场，5辆代表不同年代的雅阁车并排在一起，在感动了广汽人和所有车主的同时，也似乎在向人们讲述着广汽集团开拓创新的峥嵘历程。

　　81岁的苏明慈老人是躁梦节上年龄最大的车主，他只有一条腿，为了参加躁梦节活动，与老伴从北京自驾汽车赶到了广州活动现场。他的到来赢得了所有人的热烈掌声。4年前，他因为骨髓炎不幸地失去了一条腿。可是，他却既不服老也不服输,将原来的手动挡汽车换成自动挡汽车后,开着车就来到了活动现场。在热烈的掌声里,他激动地说:"我的勇气来源于广汽集团,因为广汽生产的汽车就是我现在的腿,只要有它在,我就可以去环游各地,只要有车在,我们就会一直走下去,用年轻的心态活下去。"苏明慈老先生这样坚强并且热爱的精神,令所有广汽人感动。

2020年,广汽也受到了疫情的影响。但是,广汽依然实现了汽车产销分别约为202.6万辆和204.4万辆的全年总目标。为了感谢800万名广汽车主的厚爱,2020年12月25日,以800万广汽用户为主角的车主故事纪录片——《2020,你好H星人》温暖上映。尽管它没有脚本、专业演员和昂贵的设备,但是它却鼓励着每一位车主坚持自我、勇敢追梦,与广汽集团一起去创造无限的可能。

经过23年蓬勃发展的广汽集团,摘得了一个又一个汽车界的桂冠。如今,实现了世界500强梦想的广汽集团,也将在花城广州,开创更加灿烂辉煌的明天。

|第六章|

连锁帝国

一 广州酒家"粮"心物语

"餐饮是个良心活行业。"广州酒家集团总经理赵利平经常这么说,"消费者喜欢,就是对我们最大的信任,也是对我们良心的认可。被信任是件幸福的事。"良心,包含着对生命呵护的仁爱之心,对大自然给予人类馈赠的敬畏之心。

"广州第一家"的坚守

广州酒家在1935年创建之初,名叫西南酒家,以"诚实无欺"为宗旨,并立下打造"广州第一家"的宏愿,以行内"最豪华的装修陈设、最优秀的粤菜师傅、最优质的粤菜出品"为标准,奠定了"食在广州第一家"广府官邸菜的发展根基。

为了实现这个宏愿,广州酒家重金礼聘了"南国厨王"钟权、名厨梁瑞、"世界厨王"梁贤及罗全、梁梯、陈律、刘棠、关鹏等南国名厨,并拥有省港澳点心界"四大天王"中的禤东凌、李应、区标三位名师,全力打造"名店、名厨、名菜"的高端粤菜酒家形象。

当时的军政要员、社会名流都是广州酒家的座上宾。时任全国经济委员长的宋子文对"广州文昌鸡"赞赏不已;国民党第四路军总司令余汉谋曾为广州酒家题字"食在广州";十九路军总司令蔡廷锴挥毫写下"饮和食德";时任广州商会会长的邹殿邦赠送题匾"广州第一家"。

1938年日寇侵华,广州沦陷,西南酒家遭遇兵燹之灾。陈星海并不灰心,与关乐民、廖弼等人集股筹资重建。1939年在原址重新开业,将西南酒家更名为"广州大酒家"。

历经80多年风风雨雨的广州酒家,从创店到现在的七代经营、厨师团队,始终坚守初衷,一以贯之地传承这份理念与技艺。如今,广州酒家是省级非物质文化遗产代表性项目——粤菜烹饪技艺的保护单位。未来,广州酒家团队将继续秉承最初的立店宗旨,打造"食在广州第一家",并以此宗旨为理念,以粤菜饮食的引领者为目标,让广府美食立足广州走向世界。

勇于创新,引领行业之先

新中国成立后,经过时任经理陈明的努力,广州酒家在公私合营后重整旗鼓。1956年和1983年,第一、二届广州名菜美点展览先后在广州酒家举办。由1957年第一届"广交会"开始,广州酒家被指定为广州市对外接待酒家。同时,广东省和广州市的政治性活动接待,常常由广州酒家主办,使广州酒家快速进入了新的发展时期。

改革开放后,经济全面复苏,带动了广州餐饮业的发展,酒楼食肆如雨后春笋遍布羊城。然而,在港资和外资酒楼的冲击下,广州餐饮业面临着巨大挑战。1983年,在严峻的市场竞争下,广州酒家谋求改革,时任总经理温祈福带着团队前往珠海、深圳等地学习同行先进经验,以37万元净资产向银行抵押贷款400万元,对文昌店进行装修改造,开创了自改革开放以来,国有餐饮企业举债改造的先河。为不影响经营,团队采取白天营业、晚上装修的模式,并积极招聘新员工。当时企业招工都是由上级部门统一安排,但广州酒家管理团队打破国企的用工分配机制，直接面向社会公开招聘，择优录取，大大激发了员工的工作积极性。同时，为更好地节约成本，广州酒家管理团队亲力亲为包揽设计、施工等系列工作，建筑材料货比三家，就是凭着这么一股干劲，整项工程节约资金竟然达到上百万元，大大减轻了成本压力。仅仅半年时间，修葺一新的广州酒家，从"头顶电风扇，脚踏花阶砖"的老字号，华丽转身为一个拥有庭院结合、古今荟萃、玻璃覆盖、曲径通幽、通透明亮的室内园林，并集中央空调、地毯、吊灯等豪华设施于一体的一流餐饮天地。

引领行业之先，参考国外连锁经营模式，引进当时先进的经营管理理念。1986年1月，广州酒家精英管理团队迈出了坚定的一步，开设第一间餐饮连锁店——广州酒家恩宁路餐饮分店，填补了国内餐饮酒家连锁经营的空白。其经营的成功，为日后开设滨江西分店、体育东分店奠定了基础，更为广州酒家随后餐饮和食品连锁发展探索了成功的路径。同年，参考香港先进饼屋销售模式，创办广州市第一间"超级面包西点饼屋"——十八甫饼屋，在国内率先开辟面包西饼专卖连锁经营之路。广州酒家敢试敢做、勇于创新，走在行业前列，这种理念已经深深地嵌入了广酒人的基因里。

1989年，广州酒家冲破重重压力，开设广州酒家滨江西分店。80年代的"河南"（珠江河以南）还是一片仓库码头，路不通、灯不亮的"掘头路"，当时的市总工会主席要求广州酒家协助开店。面对为数不多的"河南"居民，且经济比较落后，消费能力有限的情况下，需要1000万元投资，管理班子争议比较大。尽管如此，最后还是达成了共识，总经理温祈福委派当时厨房部主任梁梓程率队冲破重重阻力和困难，全力支持滨江西分店开业，第二年滨江西分店就超过了文昌店的营业额。滨江西分店的成功，为广州酒家餐饮连锁化发展树立了样板。

随着业务的不断发展，广州酒家从餐饮服务渐渐向食品工业化生产领域迈进，80年代末，广州酒家在增槎路开设食品加工厂，起初主要从事餐饮配套、馅料、半成品加工、月饼等食品加工。1996年，广州酒家企业集团改制为广州酒家企业集团有限公司。同年，广州酒家在番禺区购地10万平方米，首期投资2亿元人民币，创立了广州酒家集团利口福食品有限公司，主要生产月饼、饼酥、馅料、速冻、腊味、西饼等产品，大力发展现代食品制造业，成为广州市首家改"坐商"为"行商"的餐饮食品综合企业集团，初步奠定了广州酒家的"餐饮+食品"的产业布局，开创了全国餐饮业办食品工业的先河。

永不服输，8年"上市"坎坷路

广酒人骨子里有着一种不服输的精神。在经营管理上虚心好学，学习借鉴先进的管理经验。20世纪50年代，广州酒家在广州市餐饮行业内并不占据绝对优势地位，但是对自身的经营充满自信，在外宾、外事接待中屡获好评。在物质困难时期，广州酒家为了完成上级的接待任务，在陈明经理的带领下，厨师团队绞尽脑汁，将"粗料"食材"番薯"演绎出精致、美味的"番薯宴"，成就了国民经济困难时期粤菜发展史中的一段佳话。

广州酒家不服输的精神不仅在产品研发创新、技能比赛上得到充分体现，更淋漓尽致地体现在经营班子及其带领的团队上，他们勇于改革、勇于尝试。2000年，由集团统筹对广州酒家文昌总店、滨江西分店及体育东分店进行转制改革，由员工集资入股，共同持有餐饮店的股份，这大大激发了员工的积极性与能动性。但这不是一件简单的事，每家餐饮分店评估后，便马不停蹄快速改制，因改制达不到要求将面临被整体出售的危机。

作为粤菜标杆的广州酒家启动改制的时机，正是粤菜餐饮业的壮大发展时期，许多餐饮企业纷纷扩大规模、广纳人才、走向全国，这也让当时薪酬待遇相对较低的广州酒家流失了大量的核心骨干。通过这次的改制，让核心骨干以持股分红，间接为他们提高了薪酬待遇。可以说这次改制既留住了管理队伍和技术骨干，又为公司上市之路奠定了扎实根基。

2010年，林杏绮从董事长梁梓程手上接棒，出任集团董事长，着手抓公司的内部管理，严厉杜绝部门之间工作扯皮、大手大脚的问题。林杏绮董事长有着现代企业的管理理念，大力推动广州酒家文昌总店、滨江西分店及体育东分店吸收合并后的整体上市工作。

广州酒家的上市之路充满了坎坷与曲折，上市的第一关必须提供上级大量职能部门的批复文件。在和市国资委研究公司上市的时候，国资委表示须召集多个上级政府部门研究审批，同意后才能上报上市材料。广州酒家最高峰时一周召开十多场会议，让十多个部门审批。在短短一个月内把改制上市的全部手续办好，还要在众多的材料上让所有持股员工签名确认，工作量之大不言而喻。

辅助上市的中介机构协助广州酒家理顺所有账务，审核、辅导广州酒家规范化营运管理，整个集团为冲刺上市做了大量的工作。2010年终于等到了首次申报。但2012年末中央"八项规定"出台后，所有餐饮业都不同程度地受到了冲击。虽然广州酒家餐饮和食品的经营业绩、利润等数据都不错，但是在2014年证监会过会审核的时候，由于不看好餐饮业的前景，把广州酒家的上市申请否决了。

赵利平心情沉重地说："过会那天我给林董打电话一直打不通，两天后回来，看见林杏绮董事长戴着墨镜，眼睛都是红肿的。对于申报上市，林杏绮董事长花了很多心血，充满了激情和期待。但是，现实给我们迎面泼来一盆冷水，这对她的打击太大了。"

由于聘请了协助广州酒家申报上市的公司，如审计、证券、评估、法律等方面的专业机构，花费的成本很大。面对上市申报失败，是放弃还是继续申报？"不服输"的广州酒家领导班子最后决定：继续上市！半年后，广州酒家继续向上市的目标挺进，重新发起上市申报。以2014—2016年公司营收和利润连续3年保持增长的亮丽经营业绩向证监会证明：广州酒家的产品是受消费者欢迎的，广州酒家是有群众基础的，广州酒家是可持续发展的良性产业，是有前景的。

向国际大型饮食集团迈进

2017年6月27日，在新的领导班子的共同努力下，广州酒家集团终获上市。当徐伟兵董事长作为广州酒家企业代表敲响上海证券交易所的上市钟声时，随着红色的股价跳跃，广州酒家集团开启了一个崭新的时代。

完成A股上市的广州酒家集团迎来了新的机会和挑战，如何借助资本优势向前冲，徐伟兵董事长思考最多的是："广州酒家如何从一个餐饮企业向大型综合饮食集团发展？如何从一个地域型品牌向全国型品牌发展？如何带着广州酒家集团实现更高质量的发展，又要符合资本市场的预期？"

"十三五"期间，广州酒家集团把"餐饮立品牌，食品创规模"作为集团发展战略，心无旁骛，聚焦主业，着力从基地建设、渠道开拓、研发创新、资本运作等多方面推动企业高质量发展。2017年，在全国食品制造业快速发展的黄金时期，徐伟兵董事长充分调动资源，结合原材料及销售等优势，先后投资建设湖南湘潭及广东梅州生产基地项目，并顺利完成了广东茂名粮丰园项目的并购，同时积极以参股形式，建立了广州酒家咸蛋黄基地、莲子生产基地、包装生产基地，总投资额将近10亿元。随着各食品基地陆续建设、投产和升级改造，广州酒家已初步形成一体两翼跨区域产能联动和"多点支撑、协同发展"的产业格局。2020年新冠肺炎疫情突如其来，广州酒家充分释放更多生产基地的产能，满足了速冻食品、腊味食品、速冻菜式等食品的急剧需求，当年，广州酒家集团实现利润与销售双增长。

面对从80多年前的一家餐饮店发展到现在集餐饮与食品于一体的大型

饮食集团，徐伟兵董事长经常讲："将这个企业做得更好是我们的使命，也是我们的任务。如何让广州酒家成为行业的领头羊？就是要不断地给自己加码，要在研发上加大投入，研发团队要与市场接轨，时刻保持创新的思维。"目前，广州酒家集团年度研发费用投入超7000万元，打造出流心月饼、流沙包、核桃包等爆品，在市场取得良好的口碑和销量；加强核心技术攻关，深挖知识产权潜力，截至2020年9月，利口福食品公司已申请专利169项，累计获得授权80项，其中发明专利与实用新型专利共51项。同时，不断加强产学研合作和研发平台建设，获批建立中国轻工业焙烤食品工程技术研究中心（2019）等多个研发机构，全力推动创新成果转化。"十三五"期间，利口福食品公司顺利通过"广东省高新技术企业"认定，科技创新水平迈上新台阶。

过去数年间，广州酒家的经销渠道从之前的广州一隅已经遍布全国走向世界，截至2020年广州酒家餐饮门店超20家，线下连锁门店200余家。

立足实际，应时而为。互联网科技高速发展，线上营销也成为广州酒家的重点营销渠道。广州酒家借力互联网宣传推广，大力发展电子商务业务，稳步拓展各大主流平台，开设品牌旗舰店、自建官方微商城等新兴销售渠道。目前集团旗下天猫旗舰店粉丝突破130万人，京东旗舰店粉丝数超50万人，为企业每年带来双位数增长的销售业绩，有力推动"广州酒家""陶陶居"两大品牌快速走向全国。2020年，自疫情防控常态化以来，电商直播成为产品销售的新突破口。广州酒家积极拥抱直播带货模式，除加强与头部主播合作外，还积极发力自有直播，中秋期间做到天天有直播，提高外地用户对企业品牌的认知度，并大力宣传广州酒家的品牌文化，开拓了一班忠诚的线上顾客，带动销售收入增长迅猛。

做粤式饮食文化的领头羊

2016年前，赵利平刚接管餐饮板块的时候，广州酒家11家餐饮店中有5家店是亏损的，赵利平带领餐饮管理团队，用一年半的时间就改变了这5间餐饮亏损的情况。这么短的时间，广州酒家管理团队如何做到？

餐饮业是一个充满竞争的行业，也是个残酷的行业，出品不好就没有回头客！这几年餐饮市场发生着剧变，90后、00后成为餐饮的消费主力，他们对粤菜的偏好，对文化的理解有着强烈时代属性，他们喜欢的是更精致、更时尚、有态度、有故事、充分场景化的时代粤菜。餐饮管理团队深入市场调研，精准洞察消费需求，组织研发团队加大研发创新力度，同时，大力开展集团内部竞技创新大赛，鼓励厨师用现代的审美演绎经典的粤菜，鼓励年轻的厨师走出去，参加各种餐饮行业竞技大赛。仅2016年到2020年期间，广州酒家集团荣获200多项国家级、省、市各类职业技能大赛奖项，2020年广州酒家组织厨师团队参加第三届粤港澳大湾区"粤菜师傅"技能大赛，前5名全都被广州酒家团队包揽了。

赵利平总经理在广州酒家工作已有30余年，他是一位有情怀的管理者，是粤菜文化的记录者、践行者与推动者。广州酒家集团非常重视历史与文化，一直以来对粤菜历史食谱与粤菜烹饪技艺持续进行着深入研究与记录，早在20世纪80年代广州酒家就着手追溯粤菜历史故事名菜渊源，在传统技艺基础上糅合粤菜特色，融合岭南风格，推出了系列传统文化筵席——"满汉大全筵""满汉精选""南越王宴""唐宋元明清五朝宴""民国宴"等文化宴席。

20世纪80年代全国能做满汉大全筵的只有两家，北有仿膳，南有广州酒家。当时很多海外侨胞、外国友人专程组团来广州酒家体验满汉大全筵。90年代，广州酒家与南越王宫博物馆、历史专家学者，历时近10年酝酿考究，精心研制，重现了2200多年前的"南越王宴"，如今"南越王宴"已经成为粤菜起源最有力的活态展现。2021年，广州酒家联手民国粤菜史学家一起研究复原了民国时期的"经典民国宴"，再一次把文化筵席进行保护性复原活态化传承。

作为省级非物质文化遗产代表性项目粤菜烹饪技艺的保护单位，广州酒家始终肩负传承与发扬传统粤菜文化的使命和责任，持续开展"收集粤菜历史的史料与历史物件"活动、筹办"饮和食德"粤菜烹饪技艺非遗文化展、积极参加"中日料理交流活动""文化和自然遗产日""亚洲美食节""读懂中国"会议等文化交流展示活动及驻海外大使馆的厨务工作、惠侨工程、中外厨艺交流等活动，不断推进粤菜文化的交流互鉴，演绎广府饮食文化风采。可见广州酒家集团对于粤式饮食文化的传播真是不遗余力！

2019年，广州酒家通过上市公司资本运作，完成陶陶居公司100%股权收购工作，这是一家有着140多年历史的粤菜老店，在陶陶居老店的改造问题上，赵利平总经理始终坚持"修旧如旧"，他说："已经140周年的陶陶居老店改造，我们要再管100年，要修旧如旧，要把陶陶居历史上最辉煌、最有格调的一面重现出来，把最特色、最精彩的文化与底蕴呈现给当代消费者。"

重修比新建难度更大，老建筑改造更有难度。这主要因为，老店在建店之初不是一次性建造，是几个建筑物叠建在一起的；地基不是一个平面，高高低低，建筑物下面地质条件相对复杂，因此在改建这间老店遇到的挑战太多了！在赵利平总经理的统筹下，改造方案克服了一个又一个难题。改造最初就遇到了第一个挑战：陶陶居饼屋一进门就被一堵墙顶着，客人进去后会觉得很不舒服。这堵墙又是承重墙，如果实现饼屋与大厅形成整体感，必须把这堵墙拆掉，施工队反复论证提出这是不可能执行的任务！赵利平力排众议要求找来建筑专家进行科学论证，最后终于找出了"盒形"方案，利用盒子的力学稳定原理，解决了楼上的承重问题后再把中间的墙拆掉。但是又一个挑战来了，饼屋与主楼的地面不在一个水平面，为了新改造的陶陶居呈现出整体民国建筑风貌，必须将饼屋前面和二楼的部分违建全部拆掉，这样才能保证主营业大厅与饼屋高低错落的情况得到解决。

另外一个关键挑战，由于历史原因，陶陶居老店不是一个整体建筑而是几个建筑的先后加建，如何更好地把这样的散件重新改造成一个整体建筑，的确又是一个巨大的挑战。陶陶居在改造时，为了让顶楼更通透，把天井重新敲开，才有了现在的小桥流水、岭南园林景色，现在的天井区域流水潺潺、绿树掩映的景致也是很多茶客最喜欢的一处景致。

2021年2月4日，陶陶居老店开门迎客首日迎来满堂红，街坊纷沓而至，前来打卡、品茗、尝美食。一夜之间陶陶居老店成为今天广州的美食网红打卡地，而更多的年轻人来感受广府饮食的文化味。赵利平总经理说："文化需要传承，更需要创新。目前广州酒家的体育东店和临江大道分店陆续在进行升级改造，每个店我们都要突出我们的历史底蕴、人文记忆，改造得更要符合现代审美。"

人才是广州酒家最宝贵的财富

"人才是企业发展的动力源泉。"广州酒家集团工会主席、利口福食品有限公司党总支书记郭伟雄认为，人才是企业发展的决定性因素，企业的竞争实际上就是人才的竞争。广州酒家从一个只有不到100人的餐饮门店发展到目前有超5000人的大型饮食集团，广州酒家集团的发展壮大与人才储备、培养密切相关。

郭伟雄主席回忆，广州酒家发展过程中人才队伍相对比较稳定，广大员工具有较强凝聚力的三大原因：

原因一，广州酒家集团各级领导从不摆架子，富有人情味，十分体恤和关爱员工，经常主动下基层到各部门了解情况，对员工嘘寒问暖，使员工感受到温情和力量，对企业有归属感，把企业当成自己的家。新冠疫情期间，广州酒家集团班子决定，就算企业经营再受影响也绝不裁员。为此，集团根据每天的营业需求对人员进行分流安置，通过安排员工支援兄弟单位、线上培训等形式，切实保障2500多名员工的基本生活支出，与员工一起共克时艰。很多餐饮师傅调到利口福工厂流水线，大家也是无怨无悔，究其原因就是员工与企业如家人般的信赖。

原因二，广州酒家在不断扩大规模发展连锁的同时，给所有员工都提供了一个成长、成才、发展，实现人生梦想的机会和平台。每新开张一家酒家，各部门的管理干部都是在表现突出的员工里选拔任用。要让每个员工都能感觉自己有奔头、有希望、有未来。广州酒家集团有很多员工第一份工就是广州酒家，这份工从年轻做到退休成为他们的终身职业，广州酒家发展中涌现了一大批自己培养的从基层走到管理岗位的优秀人才。2019年新中国成立70周年，广州酒家集团的3位全国劳模，原董事长温祈福、原党委书记周玉珍，原副总经理、中国烹饪大师黄振华获得了中共中央、国务院、中央军委颁发的"庆祝中华人民共和国成立70周年"纪念章。

原因三，广州酒家一直以来注重对人才的培养，经常举行各类业务技能培训，组织员工参加各种比赛，并获得国家级、省级、市级各类大赛奖、劳动模范、技术能手、"中国烹饪大师"等荣誉，从而使大家能够实现自己的价值，实现人生梦想。

蔡伟域，18岁进入广州酒家，在饮食行业一干就是30余年。30余年间，从一名"打荷"成长为"中国烹饪大师"，广州酒家集团餐饮管理公司副总经理，非物质文化遗产代表性项目——粤菜烹饪技艺传承人。

谈到培养人才，蔡伟域大师感慨地介绍，在广州酒家80多年的历史里，先后出现很多出类拔萃的人才，但从改革开放至90年代，在广州酒家迸发式发展时，相对来说，人才是比较缺少的。授徒这种传统形式是比较严谨的，但新生一代的粤菜师傅很难理解这种情怀和投入。但对于老一辈师傅来说，培养徒弟是一位厨师一生的执念。广州酒家厨师的人才培养理念迭代更新，不但要培养土生土长的人，更要向社会人士吸纳有共同理想、共同梦想的人参与到这个事业中。所以在集团领导的支持下，持续落实人才培养政策，对内培养内部人才，对外吸纳人才。在吸纳厨师人才方面，首先通过广州酒家独特历史文化底蕴，让其感受从事这份事业的荣耀；其次广州酒家一直秉承"饮和食德"精神，我们更要关注厨师的品德，做到文化的传承；再次要培养其具备广州酒家主人翁的精神，代表着"粤菜大师"整体形象；经过4年多的时间，天河店培养出4名厨师长。同时，在经历共同服务与工作的融合中，形成现在的广州酒家人才梯队，这就是广州酒家的餐饮人才培养机制。

现在，面对竞争化的市场和新生代年轻人，广州酒家餐管公司再次创新人才理念：首先，塑造榜样力量，广州酒家以"粤菜大师"为榜样和影响力，为年轻人树立正确的人生方向；其次，提供"广州酒家粤菜学院"的广阔平台，打造广州酒家良好口碑。欢迎学员在这里学有所成后，和广州酒家共创事业，也欢迎他们到更广阔的地方发光发热。但我们相信多年以后，他们会有一种落叶归根的情怀，最终还会为传承粤菜文化的责任共同奋斗。

"五更佬"的"粮心"选择

"我们做点心的，都被称作'五更佬'，两点起床，三点到岗干活。老婆都难找，没人敢嫁给我们。起初，我真的后悔干这行。"广州酒家集团公司文昌总店点心部厨师长韦兴顺师傅介绍：他在广州酒家做点心做了29年，当初入行做"五更佬"的时候他一度动摇过。

韦兴顺1989年初中毕业，考取了广州市服务旅游中专学校点心专业。当时，他在电视上、报纸上看到广州泮溪酒家著名的点心师傅罗坤做出的绿茵白兔饺获得了金奖,那"白兔"栩栩如生,俨然活物,感到十分好奇。他一直喜欢绘画和摄影,对艺术有着浓厚的兴趣,于是也报读了点心专业,希望自己也能够创作出这样生动形象的点心来。

理想总是美好的,而现实却是那么严峻。1992年,19岁的韦兴顺毕业后分配在广州酒家文昌分公司点心部做厨点工。每天凌晨2点起床,骑着自行车上班,3点就要赶到作坊做点心,一年四季风雨无阻。令他最难忘的是那年腊月十分寒冷的一个凌晨,他骑着自行车去上班,狂风暴雨将他身上的雨衣掀起裹住了他的头部,使他和自行车一起撞在路边的水泥电杆上,当时被撞得眼冒金星。被冷得浑身哆嗦的韦兴顺,推着自行车踉踉跄跄回到单位,已经浑身湿透像只落汤鸡。那天感冒发烧的他戴上口罩依然在和大家一起紧锣密鼓地赶做点心。因为春节前是酒店生意旺季,那些吃早茶的顾客四五点就在广州酒家门口排长队,等候回到自己熟悉的心仪的桌子吃早茶,享受新一天的好时光。尽管韦兴顺感觉自己身体越来越难受,发烧、虚汗、耳鸣、眼花,眼前忙碌的工友们都是虚影重重,实在支撑不住了。但是,他不敢提出上医院,因为他一走,属于他的工作环节也就没人做了,那些吃早茶的客人也就没有点心吃了,客人就可能会找别的酒楼喝茶去,客人就会流失……想着想着,一阵晕眩袭来,他扑通一声一头扎进了面粉里,眼睛里、鼻子里、嘴巴里、耳朵里全是面粉。他挣扎着爬起来,把头探在水龙头下面冲洗一番,继续干活。

韦兴顺这回幸亏"啃"的是面粉,假如是点心作坊里常用的碱水,那就极有可能毁容或者失明。那时候,只要静下来,他就会在心里反复地叩问自己:我难道就这样过一生吗?我就不能换个活法吗?然而,学的是点心专业,不做点心还能做什么呢?不这样过又能怎样过呢?韦兴顺动摇过、彷徨过、退缩过、挣扎过,可是他依然留下来了。使他咬紧牙关留下来的动因是什么呢?"第一,当时餐饮行业十分火旺,工资待遇好,我每月拿到600多元工资,和我做火车司机的老豆(父亲)的薪水差不多;第二,做点心的，不缺点心吃；第三，我们广州酒家是国有单位，只要好好做，就是铁饭碗。"

韦兴顺的工作，曾经让他的父亲感到自豪，他父亲经常对朋友说："我的崽，薪水同我差不多了。"这让韦兴顺感到十分欣慰，就是再苦再累也得坚持下去。他父亲说："世界上哪有不辛苦的事？"韦兴顺认为父亲的话很有道理。比如他在电视里看到的罗坤老师傅，也是14岁开始跟着师父学习做点心，吃尽了苦头最终成为大美食家。

韦兴顺说，当时他们做点心基本上是纯手工。比如和肉馅，就是用手去捏揉肉馅，冬天里手冻得刺骨地疼，实在受不了，就将双手放进热水里烫一下，但是冷热突变，手会痒得难受。"时间长了也就慢慢习惯了。"

做点心的工序十分烦琐，技术火候也十分讲究。比如叉烧包，从面粉到摆在食客面前，要经历若干道工序。首先，要在24小时前将面粉发酵，每天都要留下面种。这发酵程度、酸碱比例是根据一年四季不同气候而定，酸碱中和程度直接影响口感效果。做点心首先要过得了点心师自己嘴巴（味蕾）这道关，如果自己都感觉不好吃，是不能摆到客人桌上去的。只有自己感觉口感好，才能够呈献给客人。要把每一个客人当成自己和自己的亲人。尽可能不出现任何失误，一旦失误造成浪费，使出品成本增高，给企业造成浪费，还会让客人扫兴从而留下不好的印象。所以，每次上班韦兴顺都是谨小慎微地用戥子称着泡打粉、碱水、食粉等各种配料，仔仔细细地做好每一道工序，努力让自己做的点心尽善尽美，一天比一天更好。

点心行业里有句俗话叫"三分制作，七分加温"。点心在没有加温前，坯料造型做得再生动、再精美，经过加温后就会变形。功夫就体现在加温前坯料的干湿度、配料成分比例与加温的火候。做出来的点心一定要让自己满意，才能放心地端出去给顾客享用。用韦兴顺的话说，"客人吃得开心，就是对我们最高的奖赏"。

"点心点心，必须用心。"韦兴顺说，广州酒家特别注重对员工的专业素质的培养,一直鼓励员工参加各种专业技能比赛。年轻的职工大都愿意一试身手。韦兴顺就偷偷地练习创作,利用自己对美术的爱好和艺术潜质以及所学的点心知识,结合师父手把手传授的技艺,对点心款式、造型进行创新。标准就是既好吃又好看,具有较高的艺术审美价值。一款获奖作品,往往要经过无数次的实践验证。

韦兴顺就这样锲而不舍地不断努力,终于获得了许多奖项和荣誉。比如"2003年广东优秀青年烹饪名师""2005年全国饭店技术能手""2005年首届全国饭店系统服务技能决赛中式面点金奖"等20多项奖。2014年6月,韦兴顺荣获"中国烹饪大师"荣誉资格证书。

面对这份烹饪行业里的顶级荣誉,最高兴的不是韦兴顺本人,"是我那个不嫌弃'五更佬'的老婆"。韦兴顺说,其妻子对着崭新的中英文《中国烹饪大师》荣誉证书,久久地端详和深情地凝视,其中蕴含着无限的包容、理解和欣慰。"一世夫妻半世床",韦兴顺心怀愧疚地对笔者说,他今生最大的遗憾是没有尽到一个做儿子、做丈夫、做父亲的责任。因为,每天凌晨2点,正是家人睡得最香的时候,他要起床洗脸漱口、穿衣推车出门上班,惊扰了家人的休息;等妻子上班、孩子上学去了,他却下班回家补觉。几乎和家人见面交流的时间很少,更别说关注孩子学习和老人健康问题。说到这里,韦兴顺停顿了一会儿,他面现愧疚,有些动容。

"特别是大年除夕,万家团圆的时候,就是我们最忙的时候。改革开放以后,人们的日子过得越来越好了,都喜欢在酒楼吃年夜饭。"韦兴顺说,29年来他没有在除夕好好地和家人吃过团圆饭。虽然天天住在家里,真正陪伴家人的时间很少。平时每天上班都是凌晨两点起床出门,这时候家人都睡了,等到早上七八点他又没有办法护送孩子去上学。中午下班回来筋疲力尽又要休息,而下午四五点正是孩子放学的时候,他正在补觉没有办法去学校接孩子回家。所以,他的孩子上学放学,全是妻子和父母接送,自己无法尽一个父亲的责任。

令韦兴顺难忘的是他的女儿一两岁的时候，体质虚弱经常感冒，往往深夜把女儿送到医院打完吊针，已是凌晨一两点。他回到家洗洗脸接着就去上班，一天下来几乎是头重脚轻，神志恍惚，但是必须打起十二分精神工作。韦兴顺说，现在想起当时的情景都后怕。

随着孩子慢慢长大，韦兴顺的父母又渐渐变老。平时几乎没有太多时间陪伴老人，只有休假的时候做一些美味的饭菜来犒劳父母家人，以此补偿自己对亲人的亏欠。

韦兴顺曾经无数次想过放弃"五更佬"的生活，但是，想想自己的师父都是老一辈人把手艺传承下来，一直传到今天。七十二行，行行都有酸甜苦辣，不可能一帆风顺。于是，他毅然咬紧牙关走过来了，做点心成了他养家糊口的终身职业。当时，他们点心专业班40个同学，现在只剩下他和另外五六个同学依然在做点心这个老本行，其他同学都改行了。

"五更班，是大概20前的事了，现在点心部上班时间没那么早，一般都是早上五六点，没有以前那么辛苦了。再苦总算过来了，苦中也有自己的乐趣。"韦兴顺说，将近30年的做点心生涯，唯一支撑他的是对职业的热爱、对生活的热爱和对家庭的责任与担当。

正是这种对健康和生命的敬畏之心，对技术精益求精的工匠精神，对大自然馈赠的拳拳"粮心"，使韦兴顺从抱怨自己是"五更佬"到热爱自己的点心事业，一步一个脚印走了29年，从未改变、不弃不离，经历了这种艰难困苦，最终成为"中国烹饪大师"。韦兴顺说："生活的精彩，在于它酸甜苦辣咸，样样都有。"

以"饮和食德"为立店之本的中华老字号广州酒家，以其正宗本源、根性精深、内敛外融、至情至性成为"食在广州"的最佳传扬者、粤菜文化的引领者。

二 陶陶居的匠心与创新

面对互联网对传统行业的冲击，百年老字号陶陶居如何突破发展瓶颈？广州陶陶居食品有限公司总经理庞光胜如此定义："互联网对我们是个增量。"2012年11月重新组建的国资陶陶居，在店面装修上切近互联网；产品包装风格注重年轻化、时尚化；经营策略上也采用快闪店、直播带货、跨界联名……

与时俱进，老字号焕发新活力

庞光胜表示，陶陶居的变化首先体现在产品包装、口味等方面的年轻化，做到好吃、好看、好玩；其次就是经营策略、销售渠道、营销方式等的互联网化。

高颜值店面、吸引眼球的产品总能受到年轻消费者的青睐。与传统茶楼相比，陶陶居餐饮门店的装潢可谓鹤立鸡群：那苍劲有力的康有为的鎏金题字招牌、那素雅的红木结构、那精致的镂花屏风、那复古的青花地砖……无不透露着浓郁的岭南民居文化的气息。

作为网红店的陶陶居已是门庭若市，最高日排队达两三千个号。

陶陶居上海开店的第一天，便引发排队热潮。2019年11月25日，陶陶居进军上海的第一家店新天地分店开业，慕名而来的食客排起了长龙，需要耐心静候40分钟才能入席。

餐饮实体门店，常常受到场地规模的限制，而品牌则是一个创造无限可能的核心。具有"月饼泰斗"之美誉的陶陶居，锐意创新研发了"酸奶味月饼""盲盒型月饼""颐和一盒""可'听'月饼"等等，以满足消费者多元化的需求。

陶陶居采用线上线下同时经营。线上主要利用天猫、京东等主流电商平台以及自家微商城、网红直播带货进行营销；线下则通过自有门店、商超、批发、团购等实体渠道，联合打造不同风格的快闪店展开销售。互联网电商所占的比例会越来越大，传统渠道的销量占比逐年缩减。同时，消费群体日趋年轻化。据陶陶居统计，近年来，陶陶居的消费者35岁以下的占70%。

庞光胜说："其实，年轻人很喜欢传统文化，只是许多老字号的表现形态不是他们喜欢的。老字号品牌要想长盛不衰，必须拥抱时代，吸引年轻人。"

2020年9月，餐饮O2O组织餐饮研学团走进陶陶居，陶陶居餐饮合伙人、广州食尚国味董事长尹江波，分享了陶陶居天天火爆排队、单店最高月业绩600万元的秘诀：首先是细分定位，因地制宜、迭代演变为4种店型，适应不同的客群和商业场景；其次是匠心品质，坚持手工现作，不设中央厨房，20年以上香港大厨主理。

面对新冠疫情带来的巨大压力和损失，除了直播，陶陶居还通过创新出品、外卖、零售化、私域流量等一系列变革创新来应对危机。

在陶陶居看来，直播带货还是其次，他们涉足直播，主要目的在于IP打造、品牌露出、引流渠道，而这些需要优质内容的输出。陶陶居希望通过年轻人喜欢的场景，做品牌露出，使得品牌年轻化，在直播的同时选择合适的平台，做到线下引流。硬实力和品质，才是餐饮品牌的有力支撑。

在餐饮界都大谈创新和效率的时候，尹江波强调，创新必须建立在对品质的追求上。

2015年，陶陶居走出老西关，全新演绎广府经典味道。迄今为止，陶陶居已开至深圳、厦门、上海等城市，短短5年时间门店数量从1家增至20多家，每一家都成为当地最火爆的餐厅之一，成为老字号复兴的成功案例。陶陶居分店的发展速度不是取决于资本，而是取决于人力资源。陶陶居每开一家新的分店，都会先提拔挑选老员工去运营打理，然后在旧的店补充新员工，以此保证出品和服务的稳定。哪怕是全国门店，陶陶居也"拒绝中央厨房"，推出了全手工当店制作的经营理念，突破地域的距离，以陶陶居上海店为例，门店的员工，有80%是从广州派过去的，在食材要求、制作方法、服务标准上也与广州毫无二致，在全国打造地地道道的广州味道，原汁原味的饮茶氛围。

陶陶居还率先在食品包装上大胆改革，在继承和发展精致、匠心精神和岭南文化特色基础上，将陶陶居品牌总体定位向时尚化、年轻化、新国潮方向提升，吸引了以城市白领青年为代表的消费主力群体。

2017年将环球影业及照明娱乐公司联合制作的"小黄人"融入传统月饼当中，让"小黄人"为百年老字号注入新鲜血液；2019年，陶陶居联手百年皇家园林博物馆颐和园，推出了联名款IP月饼礼盒——颐和一盒。利用老字号的精湛工艺和颐和园深厚的历史文化底蕴向消费者传递优质国风国货的理念，让传统文化走进人们的日常生活；2020年推出的"可听月"，更首次尝试把黑科技融入传统月饼盒中，让静态的月饼与动态的音乐来了个跨界创新。"可听月"的设计灵感来源于"买陶陶居上月，送可观亭酒席"这个故事，将陶陶居形象最突出的"可观亭"与月饼结合，再配上广府特色的粤曲小调《彩云追月》，实现一个"可玩、可听、可赏"三重视听感受结合的黑科技音乐月饼盒。

陶陶居141年的光阴故事

清朝光绪年间，广州西关有座大户人家的书院，名叫"霜华书院"。1880年，书院换上"葡萄居"的招牌，专营苏州风味的酒菜，兼营茶市，生意逐渐兴旺。后来，一名姓陈的老板接手葡萄居，灵感乍现，把茶楼改名为"陶陶居"。这个名字既风雅，也易记易念。当时不少人还管它叫"孖陶"。

1888年，康有为第一次上书光绪不达，返回广东，于1891年间在广州创办学馆，取名"万木草堂"，通过讲学阐发变法思想，撰写变法论著。闲时，康有为也常到陶陶居品茗消遣。这时，陶陶居已由一位叫黄静波的老板掌管。黄老板见康有为学生多、名气大，想借他的名声提高自己店铺的声誉，便请求他书写招牌。康有为欣然提笔，用最得意的"石门铭"碑法写下"陶陶居"三个字，一直留存至今。从这时开始，陶陶居就遵循匠人精神，用心做事，坚持品质，并且与时俱进，推陈出新。

清朝光绪末年，陶陶居开业不久，当时的掌舵人黄静波不惜高价雇挑夫，从白云山的九龙泉汲取泉水，分上午和下午两次，从白云山走三四个小时送到陶陶居。用九龙泉水沏的茶，分外甘甜。很快，茶客一传十、十传百，陶陶居声名鹊起。深受鼓舞的陶陶居，决定把它做大。他们与白云山的白云寺签订合约，每天派人用大板车，用一个大木桶载着九龙泉水，在桶上写着"陶陶居九龙泉水"，插上彩旗，招摇过市。水车进入市区后，再装到红色小木桶，这些木桶上都漆着"陶陶居""九龙泉水"等字样，数十人用红色扁担，列队肩挑，吆喝着穿街过巷，蔚为壮观。这种方式花费不菲，但也无疑天天在广州城内做活广告，一举两得。当时，陶陶居门外还插着一支锦旗，上面绣着九条青龙，写着"天下第一家，九龙泉山水茶"。

有了一流的水，陶陶居对烹茶也不马虎。保证"水滚茶靓"的陶陶居存储各种名茶，经常保持在一年以上的用量，且每层都设有"吊壁炉"经常保持水滚。所谓"陶陶烹茶，瓦鼎陶炉，文火红炭，别饶风味"，他们用红泥做成的小火炉，烧乌榄核做炭，瓦茶煲内是沸腾的九龙泉水，盅内装着各人选的茶叶，还有专人侍候，茶靓水滚，一时传为美谈。陶陶居对泉水泡茶的火候也十分讲究，一定会把水煮至刚冒小如虾眼的气泡，这就是所谓"虾眼水"。据说这样的水，泡出来的茶最醇最香。因为一壶茶，不少人远道慕名而来，门庭若市。

80年代初，白云山恢复供应九龙泉水。1981年，陶陶居为了向100年前的匠心传统致敬，特意组织了一队醒狮队再现当年九龙泉取水的场景，雇人敲锣打鼓地前往九龙泉取水。为了这次致敬，陶陶居还复制了两个木制水桶，刻上"九龙泉水"四个大字，取水后，为防止道路颠簸令水倾泻，在水桶内放了荷叶外盖红布，由板车运送。运回茶楼的水马上倒入三楼特设的储水池里，留作炭炉煲水用。

时代的巨轮一直前进。到了1922年，经历清朝末年到民国初期的时局骤变，陶陶居沉寂了一段时间，苦苦经营负债累累，茶客也渐渐散去。陶陶居股东之一的陈清选，聘用了堂兄弟陈伯绮作为陶陶居的司理（相当于现今的CEO）。于是，陈伯绮就负责打理陶陶居的大小事务，成为实际的管理人。

1925年，陈伯绮与谭杰南购入西关第十甫路地皮后进行改建，令陶陶居成为建筑界的佳话。

陶陶居顶层建有琉璃瓦六角的三层亭，名曰"可观亭"。"可观亭"的牌匾书写于1933年，作者麦华三，广州番禺人，1927年考入广州大学，1961年任广州美术学院副教授，是中国近代著名的书法家和教育家，被誉为岭南书法的宗师。

20世纪50年代在陶陶居当月饼学徒的罗操师傅回忆："进门就能看到康有为题的陶陶居三个大字，地下是丽座，中间有一座马骝池非常美观，一楼大厅和三楼霜华小院等房间，在当时做得红红火火，座无虚席，客似云来，高中低消费都有，如粤剧名人靓少佳、文觉非、卢海潮等，跌打名医何竹林等老中医及黄金石等有钱一族都经常来到霜华小院消费。还有一个天井，阳光可以直接照进来，使整个建筑显得开阔、通透。天井里有鱼池假山。每逢雨天，在窗边听雨滴，与友人品茗聊天，别有一番诗情画意。"

1925年，全新的陶陶居筹办就绪，正式开业。这时候，中国近代民族工业建设、市政建设、交通网络等方面都取得了成绩，广州成为中国的对外经贸重镇。经济发展唤醒了人民对生活更高的追求，也为饮食业发展提供了良好基础。

直到新中国成立后，陶陶居都是广州城中的著名茶楼。从1958年到1964年，陶陶居多次被评为广东省及广州市的红旗单位，并一直保持着在饮食行业中的领先地位。

2019年8月，广州酒家集团全资收购陶陶居，为老字号复兴提供有力后盾。为最大限度重现1925年民国时期的陶陶居外貌，广州酒家集团总经理赵利平为陶陶居的改造定下"修旧如旧"的原则，陶陶居的合伙人尹江波带领团队流转于图书馆、档案局、文物局等多个地方查阅资料；再根据史料，与文物相关部门、文物修缮专家、设计团队、广州酒家集团等多次召开讨论会议，修改设计方案，才有"修旧如旧"的装修改造方案。据尹江波介绍：修建时，需要先整体加固整座建筑物，再将2000年期间二楼和四楼加建的楼板拆掉，恢复原本气势宏伟高大的一楼大堂、骑楼及嵌入在第四层内的可观亭第一层，继而再根据史料记载，对陶陶居大楼的外立面进行修复，还原其规模与原貌。

广州酒家集团总经理赵利平说："一个有故事的品牌，一个为了更长远发展的企业，首先必须把它的基础打好。那陶陶居的基础，就是它有着100多年历史，我们必须保留它的历史面貌，才能让现在的人感受到陶陶居走过这140年的历史印记。我希望陶陶居这座有故事的大楼，前面使用了100年，翻新后，在未来也能继续使用100年，这样的翻新才有意义，才有价值。"

陶陶居还有一个别称——"不挂招牌的粤剧俱乐部"。

繁华的西关，与粤剧的渊源深厚悠长。粤剧艺人自称"红船子弟"，也有一段西关渊源。清朝雍正五年（1727年）间，名伶张五，人称"摊手五"，居于佛山镇大基尾。为了谋生，张五教授学徒们组成班子，到四乡演出，换一口饭吃。由于要经常外出演出，他们便寄居于船上。而船又是他们主要的交通工具。为了让乡民在远处就得知有戏班到来，他们将船涂成红色。于是，其后的戏班亦仿效其做法，所乘的船皆为红船。

今天，粤剧戏班外出演出已经不用坐红船了，但是，"红船"这一很特殊、很美妙的名字则保留下来。

岭南画派创始人之一高剑父，和其他"清游会"成员，常在这里品茗雅聚，共研艺事。鲁迅客居广州的时候，也是陶陶居的座上客。他在1927年3月的日记里写道："18日，雨。午后，同季市（许寿裳）、广平往陶陶居品茗。"

对于品茶，鲁迅有自己的独特见解："广州的茶清香可口，一杯在手，可以和朋友作半日谈。"

陶陶居，仿如一个戏台，让你看见星光熠熠与纸醉金迷，也看尽高低起伏与人情冷暖。旧时茶楼有一句俗话："有钱楼上楼，无钱地下踎"。在陶陶居，粤剧人士也有规矩：坐"大位"、做"正印"的，就上陶陶居顶楼，次要的演员在二楼，一般打杂、跑龙套的就只能在楼下喝茶。当时，来过这里的名伶包括薛觉先、李海泉（李小龙之父），等等。

著名小生王白驹荣也曾是陶陶居顶楼的座上客。而当他54岁时，眼睛越来越看不见东西，有一次来到陶陶居，请"开戏师爷"在编剧时照顾他，受到奚落。后因生活潦倒，只好在茶楼以卖唱维持生活。

陶陶居天时地利地成了粤剧界人士的碰头聚脚之地。民初时期，粤剧界不少人士居住在西关一带，陶陶居与恩宁路上的"八和会馆"和"銮舆堂"相距不远。

江孔殷是一个美食家，著名的"太史第"曾风靡省港澳，他的"太史蛇羹""太史鸡"更是只此一家。20世纪初，太史菜领导广州食坛，各大酒家唯江家马首是瞻，江家每推出新菜，各大酒家立即盗版，冠以"太史"之名招徕食客。凡冠上"太史"二字的新菜，不胫而走，风靡一时。当时的军政要员，中外使节，富商巨贾，文人雅士，都以登临太史第宴席为荣。

当时陶陶居的九龙泉水泡茶已成为城中翘楚，各类点心出品也精致无可挑剔。如此一来，江孔殷顺理成章便成为陶陶居的常客。每有新菜式推出之前，也先宴请江太史尝鲜，搜集其意见，加以改良才正式推出市面。陶陶居还特辟出"霜华小苑"，专门提供给江孔殷与各路好友在此聚会畅谈。而投桃报李，每届中秋，江孔殷也必定为陶陶居拟一篇四六骈体月饼广告，作为招徕。

陶陶居的美茶美点能把"太史食谱"的主人江孔殷留住，可想而知，当时各路觅食客对陶陶居是何等趋之若鹜。

陶陶居最出名的食物之一，是月饼，创制于清末民初，被誉为月饼泰斗。30年代中期，有一位富商到陶陶居找到老板，要求为自己订制一款市场上独一无二的新品种月饼，并愿意出重酬。老板答应后，召集多名月饼制作名师，几经精心研究，最终，陶陶居点心师傅陈大惠以烧鸡、烤鸭、火腿、叉烧、花肉、干虾仁、香菇、咸蛋黄、五仁料等20多种原料，制成一个直径20多厘米的塔型咸饼，用糖粉在饼面上塑造"嫦娥奔月"故事中的人物。

绝妙的是，这个月饼以酸枝木镂雕底座的玻璃盒包装，定名"居上月"。中秋节前，陶陶居将"居上月"陈列在饰柜中，说明此饼为某某先生订制。而且，陶陶居售出"居上月"时，还附送含有鲍、参、翅、肚等名贵菜肴的"团圆宴"一席，并提供酒家顶楼的"可观亭"给买家宴客亲朋，让买家赏月助兴。

后来，应广大食客的要求，陶陶居大量生产"居上月"，使广大市民都可买到，人人得偿所愿，皆大欢喜。为此，有人撰联曰："莫负此良宵醉尝陶陶居上月，欣逢斯盛世高吟字字锦中花。"早在百年前，陶陶居已知道"包装"的重要性。

陶陶居开创先河的"居上月"，买月饼附送月华宴一席。另外还研发了"七星伴月"，取名巧妙，立意吉祥，它是用一个"居上月"在中间，周围伴以七个较小的各式月饼，成一整盒，美观、大方、好意头，售价又适中，购买者甚多。

100年后的今天，不少茶楼饼家，仍在沿用"七星伴月"的品种制作销售。据陶陶居的老员工说，陶陶居一贯十分重视月饼的设计构思，如何给月饼命名、如何使月饼的名字更有意境，这些都十分讲究。其选料上乘、装潢华美的代表作"居上月"就是精品的典范。

百年前的陶陶居，也已经把"蓝海战术"运用得如此纯熟到位了！陶陶居之所以被誉为"月饼泰斗"，有赖于长期以来注重提高生产月饼的品质，坚持选料上乘、制作精良、讲究包装，因而消费者有口皆碑。"居上月"更因质量上乘，荣获"金鼎奖"及"中国名牌月饼"的称号，且跨省越市走向全国，走出国门。1990年，北京举办第十一届亚运会，陶陶居月饼被亚运会指定为亚运会礼品，这是广式月饼获此殊荣的唯一一家。

及后，陶陶居还于当时北京最高的建筑物"世界之窗"的28楼内，举办广式月饼推广会，向在场的全国媒体展示陶陶居的大月饼王和各式精美月饼。结果，陶陶居月饼大受欢迎，北方民众对它喜爱至极。在推广会现场，销售量高达8万盒。

陶陶居酒家每年都制作一两个"月饼王"，在大堂上展出，或赠送给慈善机构。1997年中秋，恰逢中国旅游年，陶陶居为此制作的"华夏团圆月"（直径3米、高0.3米、重575公斤），就被列入世界吉尼斯纪录，是当时世界上最大的月饼王。

2013年，陶陶居创新地在所有主流产品加入口味更清淡更健康的"海藻糖"，并率先实现莲蓉系列月饼零添加防腐剂。2014年，《广州日报》还为此做过一个专版调查，市面上只有三家品牌的月饼是零防腐剂添加，其中一家就是陶陶居。当年，陶陶居月饼以"匠心"与"创新"取悦消费者，取得巨大成功。

历史上，陶陶居酒家一直以浓厚的文化、艺术氛围和优质的菜品倾倒无数文人墨客。改革开放后，陶陶居更是成为广州市对外旅游接待定点单位，月饼"居上月"更是远销海外，成为海外华人维系乡情的纽带。

20世纪六七十年代，陶陶居经历了风波，老招牌被拆下来，改名"东风楼"。古雅的陈设被当成四旧给砸掉了，"月饼王"不能生产，点心菜肴也失去了原本的特色，著名的茶楼变成了普通的饭店。

十一届三中全会以后，陶陶居重新挂上了老招牌，正式复名。此后，陶陶居乘着改革开放的春风，业务得到了更快速的发展，迎来发展的黄金时期。那时，广交会如火如荼，外宾们都来这里体验广式饮茶，品尝地道粤菜。陶陶居声名在外。有一年广交会，日本一个著名的饮食财团银座亚寿多慕名而来，花1万元，订一席"满汉半席"。这在陶陶居，是从没有过的。为此，陶陶居专门成立了研究小组，集中了最优秀的厨师，从用料、菜式、摆设、接待方式等等都进行了反复商谈，最后才拟定了一份菜单。

据陶陶居老员工陈志刚、麦丽斯回忆说：这一顿饭调动了整个饮食公司的力量。单是食物的点缀装饰，就做了几天。令人欣慰的是，日本人对这桌"满汉半席"很满意，还留下题词。

粤菜是中国传统四大菜系，因其选料严格、做工精细、质鲜味美、中西结合、养生保健等特点而享誉国内外。要做地道粤菜，最注重的：一是食材的新鲜，二是用料精。对于陶陶居的出品，陈伯绮主理时，也经常听取文人雅士的意见，加以研究，不断推陈出新，品种按季节不同而更换。简斋素面、原煲香粮米鸡饭、玉液粉、香汁炒芥蓝、蛇油鲜菇、薄皮鲜虾饺和豉汁叉烧包等各具特色的美食，都是当时按照各界人士的要求而制定的，如玉液粉，不仅名字好听，而且味道一流，而它实际上是一种用粉丝做成的食品。

此外，一些当时很稀罕的食物，也能在陶陶居吃到，比如煲仔饭。当时，煲仔饭在广州还是新鲜事物，陶陶居选用香粮米等精选靓米，做出来的饭香气四溢，十分可口。

在每一个华人心中，陶陶居代表的就是粤菜的地道：虾饺要拥有13道以上的褶皱才算经典，蒸汽出炉，晶莹通透，饱满透亮。透过晶莹剔透的虾饺皮能依稀看到3只完整的大虾仁，一口下去新鲜的笋丁和虾肉爽口弹牙。食材的选择也有着严格的要求，烧鹅一定要选用7.5斤肥瘦适中的清远黑棕鹅，每日到店手工烤制。

21世纪，正当餐饮市场都在谈"去厨师化"的时候，陶陶居依然坚持相信厨师手作的力量。这份食不厌精、脍不厌细的执着，正是这个时代，每一个守正创新背后，都必须坚守的"匠心"。

20世纪60年代，十年动荡期间，陈大惠创作的"居上月"由于选料上乘，价格高档，普通百姓吃不起，被批为"封资修"的四旧，受到民众打压不准再生产上市。陈大惠看到自己一天天老去，担心有一天这种月饼将要失传，便找来其子陈顺时及最信得过的爱徒罗操，郑重将"居上月"的秘方交托给他们，并嘱托："以后有机会的话，要用心做好这种月饼，把它一代代传下去，将此月饼重新发扬光大，不能让它失传。"罗操不敢辜负师父厚望，把秘方珍藏起来，直到改革开放后，陶陶居决定恢复这种月饼的生产，作为主厨的罗操，才把独门配方拿出来，让"居上月"得以延续至今，再次成为大家追捧的对象。

罗操认为，陶陶居那时之所以兴旺，一方面由于茶楼不算多，另一方面与它较高的食物质量有关。他说："某种程度上，厨师做出来的食物，适不适合当地人的口味，直接关系到这间茶楼的兴衰存亡。陈大惠对食品的每个制作步骤都十分严格，一再强调要做到最好。我们受他影响很大。"

陈浩松，1975年高中毕业就进入陶陶居点心部工作，1997年考取广东点心特级师，2010年之后考取国家面点高级技师。他说，任何人进入陶陶居,都要经历3年的学徒阶段,谁都不能偷步越级。然而年轻人总是不安于现状,他在做好自己工作的空闲时间,常向师父争取更多动手机会。陈浩松说:"做点心师傅,做厨师,并不是低人一等的职业。只要你比人多学一点,多付出一点,你就能有回报。"

陈浩松记得,80年代陶陶居的招牌点心是叉烧包。其实当时的早茶,虾饺、烧卖、排骨饭等等都很受欢迎,而最多人喜欢的,还是叉烧包。"居上月"由陈大惠传给其子陈顺时及罗操等人后,到2000年,就由陈浩松主理。为了适应现代人的口味,在"居上月"的配料中,他把油、糖以及肉的选材用量做了适当调整,用现代科学工艺生产,使"居上月"成为更健康、更营养卫生的食品。

陶陶居经历了数次经营者的变换,随着时代的发展和改变,它也一直成长蜕变,焕发着独特的气质。从80年代开始,陶陶居引进了香港企业管理体系,提升整体运营素质,每年接待众多春、秋两届广交会的来宾、外商、国外旅游团体。在日趋专业化的管理之下,多项产品如"居上月""龙凤礼饼""裱花蛋糕""五仁咸肉月""五仁白绫酥"等都荣获国家商业部优质食品评比金鼎奖,生产的月饼被授予"中国名牌月饼""质量信誉产品""市场调查畅销产品"等数十项称号,被中华人民共和国国内贸易部认定为"中华老字号""国家特级酒家"。

2020年初新冠肺炎疫情期间,在全民直播浪潮下,140岁的陶陶居也试水直播,举办了一场别开生面的新品云上发布会,牵手歌莉娅,进行云上"食"尚首秀。在这场直播中,陶陶居线上发布了冰花沙翁、西杏金沙球、黑松露野鸡卷、雪影鱼柳包、酥皮焗番薯5款创新茶点,并发布一系列联名产品。陶陶居虽是一个百年老字号,但它的形象并不古板守旧,而是一直相信"最好的传承是与时俱进"。

对于陶陶居未来的发展,赵利平表示:"借用一句莎士比亚的话——'一切过往皆为序章',我觉得这句话很适合陶陶居,陶陶居这100多年的历史只是赋予了它一种文化、一种故事、一种底蕴，踏入2021年，它已经整装待发，重新起航，这个时候，之前的140年只是个序章，精彩的还在后头。"

三 点都德的德行天下

继承祖业,重振点都德雄风

点都德诞生于1933年,点都德饮食有限公司董事长沈振伦的祖父沈木仙是广州市白云区龙归乡的乡绅,外公是资本家。整个龙归一条街都是其祖父的家业。这条街经营布匹、杂货、药材、肉食、餐饮,其中有一家餐饮店就是沈木仙经营的点都德。20世纪40年代,沈振伦的父亲沈绍清结婚,子承父业接管点都德并改名为德香楼,一直经营到1954年,我国实行资本主义工商业的社会主义改造,人民政府将沈家的所有资产采取"和平赎买"的政策,改造成社会主义公有制产业,点都德也就中断了经营。

沈振伦一生中最难忘的事发生在1969年7月28日,沈振伦所在的部队接到了军部保护汕头海堤的命令,"要与大堤共存亡"。那是广东省汕头地区50年以来最大的一次大海潮。强台风,大暴雨,当时沈振伦所在的整个师的官兵都坚守在海堤上抢险。十多级的台风刮着巨浪,向海堤扑来,不到10分钟海堤缺口了,堤内堤外迅速变成了一片汪洋。"我在海上随浪漂了六七个钟头,最后,被大浪拍打到海边。发现自己怎么也站不起来,一看我的右膝盖骨头都露出来了,后来缝了十多针。大难不死,才有今天,谢天谢地!"他光荣地出席过团、师、军、军区的"五好战士""四好连队"的代表大会,"这是部队政治生活中最高荣誉的大会,至今我依然怀念那个激情燃烧的岁月"。沈振伦回首自己人生的高光时刻，他十分激动。想起40多来创业路上的坎坷与艰辛，那种"逢山开路、遇水架桥"的风雨历程艰难与挑战，他就感慨万千。

1971年，沈振伦提前退伍等待分配工作时，被借调到广州市白云区龙归人民公社柏塘村纱厂做代理厂长。有一天，他通知纱厂车间主任曹玉维加班，曹玉维给沈振伦递了一碗糖水，沈振伦喝过糖水之后，两人从此情定终生。用沈振伦自己的话说，"这碗糖水，甜了我一辈子"。一个月之后，沈振伦就被分配到广东省152地质队工作了几个月，之后被派到广东省财经干部学院学习，结业后，被安排到广东省煤炭工业物资供应公司工作。

沈振伦缘于自己父辈、祖辈都开过酒楼，发展餐饮业是他的最大梦想。1979年，沈振伦发现广州火车站的餐饮业不完善，当时政府暂时没有这方面的规划，他就决定自己筹资召集身边的失业人员，在广州火车站对面、流花宾馆左侧开了第一家餐馆妙香园美食店，由其妻子曹玉维负责经营。沈振伦说："在火车站开餐馆能够方便南来北往的旅客，这是个积德的事。可是，改革开放之初，人们的思想观念都比较保守，我拿着筹集开餐馆的几千元钱，去银行储存，暂时保管起来。而银行工作人员却说'你要说出资金来源，我才可以帮你存'。后来我干脆不存了。可想而知，在当时要办点事情有多难。"回想起点都德的发展历程，沈振伦感慨万千，"点都德有今天这个好光景，多亏我的妻子"。

沈振伦的妻子曹玉维说，20世纪50年代，她的父亲在香港中环坚道60号地下开了一家酒楼名为"金源酒家"，直到现在依然在经营，由曹玉维的弟弟曹荣森负责。"今生我们和餐饮业都有很深的渊源。"她1951年生于广州，1968年高中毕业就在白云区龙归柏塘村纱厂工作，从车间工人做起，10年间先后任生产组长、班长，后任副厂长；1979年，在广州火车站站前路创办"妙香园"美食店，开始了她的独立经营餐饮企业生涯。

"我常常看见一些旅客带着老人和孩子，只买一个或两个包子，我都会多给一两个。"曹玉维说，那时候国家处于物资匮乏的计划经济时代，大家都生活得比较拮据。拖儿带口地来买食品，常常看见有些旅客为了省钱往往只给老人和小孩买，自己饿着。"做饮食，要想做好，就必须有爱心。入口落肚的食品，是要拿良心来做，才能做好的。"

在政府部门工作的沈振伦，一直在幕后支持鼓励妻子曹玉维经营餐饮业。从1979年开始，在广州先后开办并经营了锦绣饭店、棠溪大酒店、豪贤饭店、南国酒家（现在的南国尚品）、三大碗美食家、南国风味食街、东兴顺酒家，还承包经营了数家大型学校、机关食堂。

2012年，沈振伦为了重振祖业，在广州市龙津路创立第一家"点都德"酒楼。至今，广东点都德餐饮管理有限公司已在上海、南京、杭州、成都、深圳、珠海、佛山等地开创了直营连锁店，共有45家点都德分店。

在总结点都德的成功经验时，沈振伦说，企业的"企"字上头是个"人"字，要做好企业，首先要"以人为本"。要注重对思想素质、业务素质的培养和训练，要抓组织建设和队伍建设，要将思想品德、领导能力、技能水平三方面作为职员的基本考核目标，企业才可能做大做强。沈振伦一直注重思想建设和文化建设的双结合，他亲自编写了有针对性的学习和培训教材《三十个德，如何做一个优秀员工》等。再就是狠抓技能培训、出品的规范化和标准化。

"今年的重点，我们也策划好了，'公司发展，奋斗有我'学习资料我都写好了。企业的梦，要融入国家的梦。民营企业就应该担当起社会责任和坚守良心。"沈振伦说，"做餐饮，首先要做好每一道菜、每一款点心，用良心出品和真诚服务去获得顾客信赖。我们点都德的立店之本就是：德赢天下，诚信为本。"因点都德团队经营有方、守正创新，使企业不断发展壮大，为广州的经济建设和精神文明建设做出了积极的贡献。点都德获得广东地标美食奖、广东餐饮品牌榜奖（广东十大人气餐厅）、中国品牌榜（2014年度影响力品牌奖）、CCTV《见证品牌》栏目餐饮行业合作伙伴、广式粤点地标企业、广州老字号、信得过企业等几十项殊荣。

身为越秀区政协常委,曹玉维同志关注社会民生、关注企业界的健康发展,认真履行职责,积极参加区政协的会议和活动。同时,曹玉维为建设和谐社会,关注弱势群体,热心于公益活动,为支援贫困地区和灾区做出了积极的努力。从2014年12月开始,点都德与广州市义工联合作,每月第三个星期四派发爱心代餐,共计已派发10万余份,金额超过50万元;多次为贫困地区贫困居民捐赠现金和物资。曹玉维说:"作为企业主,一定要有社会责任感和担当精神,要有家国情怀。"

曹玉维身兼多个社会职务,积极组织和参加各类经济研讨、交流、培训、联谊及考察活动,通过各种渠道宣传优秀女企业家事迹,提高女企业家地位和社会知名度。她曾获得广州食品行业优秀女企业家、越秀区女企业家商会奉献爱心女企业家等多项光荣称号。

走进点都德,骑楼、水磨青砖、趟栊门、满洲窗、雀笼、叉烧包、虾饺皇、猪肠粉等等,浓郁的岭南风情和经典的广府文化扑面而来。"我就是要让点都德德行天下的餐饮文化,真正做到行遍中国,行遍世界。"沈振伦如是说,"'点都德',来源于粤语'点都得',意思是怎样都可以,体现了我们广府人随和务实的性格特征,也奉行'中点西点点典生辉,店德人德德得天下'的祖传经营理念。"

你看那一桌一壶,紫砂烹水热气氤氲,三五知己围坐品茗,春天的暖阳散淡地流泻在每一张充满休闲情致的脸上。点都德以全天候茶市演绎广府饮茶文化,以纯手工制作引领点心风尚。

我的人生在点都德启程

"那年春天,沈叔来到我住的出租屋里,因为是'握手楼',阴暗、潮湿。他看到我的小孩戴着近视眼镜趴在小凳上写作业,眼睛贴着作业本看。沈叔就说:'阿明,这孩子的眼睛会搞坏的。你供一个房子吧?有困难我帮你。'"点都德出品总监回忆道,他的老板沈振伦话音未落,他就已经被感动得流下了眼泪,同时他发现妻子给沈振伦端茶时,激动得双手直颤抖。黄光明说:"我只是个普普通通的打工仔,我没帮沈叔做什么。可是,沈叔对待我这么好,怎么不感动?"沈振伦说到做到,借钱给黄光明交首期在附近的金沙洲买了一套小三房。

1980年,黄光明出生于广东省英德市连江口乡下步村一个农民家庭。兄弟姐妹多家庭生活困难,1997年初中毕业的黄光明就踏上了打工之路,跟着村里的人出来做厨工。"做厨有的吃,我从小就学会了煮饭炒菜,爱好这行,对食材也有灵感。"黄光明说他出门的那天,走两个小时来到墟里的渡口等船,坐一个小时的船到镇上,再坐车去广州寻找学徒工的机会。离开父母和亲人来到广州,工作不稳定,常常是干着干着好端端被炒了鱿鱼,由于租不起房子、住不起旅店,常常在公园里苦挨天明,那时候特别想念父母亲人,特别想回家,常常面对着家乡那一方的夜空暗暗流泪。但是,一想起自己出门打工时父亲说的一句话,"困难困难,困在家里更难",就暗自告诉自己,回家也不是办法,既然出来了就必须闯出去。

黄光明先后在中山、深圳的一些餐馆做过厨工。后来,又到广州的快餐店、小食铺打过工,起早贪黑,工资又低。"直到我来到沈叔开办的东兴顺酒家工作,才结束了奔波的生活。再后来,就到了沈叔的第一家点都德龙津路店做厨师。跟着沈叔十多年了,他是我的恩人。"

2012年,在沈振伦的支持下,黄光明终于从黑屋子搬到宽敞明亮的新房子里。黄光明本想买好房子,把劳累了一辈子的父母亲接到广州来一起生活,让他们享享清福。可是,父亲去世了。他总是记得那句话:"困难困难,困在家里更难。"黄光明含着眼泪说:"当我克服了困难,买了房子,想报答养育之恩的时候,我父亲去世了。"

黄光明的父亲去世没多久，沈叔跟着他翻山越岭回到他英德老家，探望他的母亲。"沈叔将一个红包放在我母亲手里说：'阿明做得好，有出息！'遇到这样有情有义的老板，是我的福分。我只有用努力工作来回报沈叔的恩德。"

黄光明在点德都这个平台上，从一个普通的厨工一步步成长为获得许多荣耀的优秀厨师。成功的背后隐匿着无数的心血和虔诚，一个个艰难而坚实的脚印。

2013年，第一家点都德创办之初，沈振伦带着他去河南开封第一楼包子馆学习技艺。回来后，他反复试验终于研制出点都德灌汤包，闻名遐迩。2014年，习近平总书记表扬了庆丰包子。沈振伦领着黄光明去北京庆丰包子店学习经验，接着还去了天津品尝狗不理包子，学习了狗不理包子店师傅做包子的技术。回到广州之后，黄光明紧锣密鼓地投入研发生煎包的工作，终于成功地开发了点都德的生煎包。2015年，黄光明在沈振伦的带领下来到了石家庄探访石家庄第一宽面，他努力地思考石家庄第一宽面为什么仅凭着一碗面条就能做到月收入100多万元。当他们了解到第一宽面的面粉来自安徽合肥，沈振伦二话不说领着黄光明奔赴合肥去探个究竟……

"在沈叔的带领下，我们点都德的出品团队，探索学习的脚步从来没有停歇过。我们去过香港、澳门、日本、新加坡，学点心、学工艺，沈叔教给我们的是追求极致的做事理念，还有保持学习探索的求知心。"黄光明说，他的人生是在点都德启程的，而沈振伦是他的人生导师。

黄光明先后获得"南粤厨王""改革开放40年广东餐饮行业·杰出总厨""2018年十大南粤餐饮功勋人物""2018年亚太厨皇艺术功勋人物""世界粤菜厨王""2019年中国烹饪协会金厨奖"等荣誉。

黄光明说，他的命运的改变，不仅是他自己和家人，而是带动了他所有的亲戚朋友，甚至整个村子的乡亲们致富。如今，他开设了"黄光明粤菜工程培训工作室"，用他的技能和爱心，影响更多热爱烹饪的年轻人，使粤菜烹饪技艺发扬光大。

从洗碗工到总监的华丽转身

"20年来,我从没有回家跟孩子一起过年。去年和今年的春节,我一个人在上海的单位上过年。由于疫情,家人都很担心我。面对视频里思念妈妈的孩子,我心都碎了,还得强颜欢笑逗他开心。我唯一遗憾的是对家人陪伴得太少,愧对孩子。"点都德沪杭片区运营总监段银秀如是说。

段银秀于1976年出生于江西省上饶市鄱阳县油墩街镇一个农村家庭。2002年,26岁的段银秀来到广州找工作,由于只有初中文化,不会说粤语,想找一份像样的工作何其艰难。一个偶然的机会老乡介绍她到东兴顺酒家做洗碗工,一个月之后,楼面经理马刚有些不解地问段银秀:"洗碗通常是年龄较大的人做的工作,你年纪轻轻怎么愿做洗碗工?"段银秀如实地回答道:"我从农村来,学历低,又不会粤语,只能做洗碗工。家里有两个小孩要抚养,我需要这份工作。"也许是段银秀的生活处境和敬业精神打动了马刚,马刚将她调到前厅做服务员。这对段银秀来说是一个很大的鼓励,她十分珍惜这份来之不易的工作,因为她从来没有做过服务员,很多业务知识有待学习。于是,她每天都起得比别人早,早早地来店里打扫卫生,做好营业准备;晚上收工她是最后一个走。她当时只有一个念头,那就是自己比别人多努力一些、多付出一些,这样就不容易被淘汰出局。段银秀就这样日复一日地坚持着,终于有一天,她的努力终于被老板沈振伦、曹玉维夫妇看在眼里,在他们的悉心培养下,段银秀被提拔为楼面部长。

段银秀走马上任楼面部长没多久,一位女顾客在用完餐离开酒楼的过程中,不慎摔跤受伤送进医院治疗。出于人道主义精神,段银秀买了水果和鲜花去医院探望这位客人,可是,她的一位亲人见了段银秀很是愤怒,撸起袖子对段银秀猛力一推,使段银秀的背部和后脑重重地撞在医院的墙壁上,对方一手掐住段银秀的脖子,一手握拳打段银秀。幸亏在场的同事们把对方拦住了。

当时,段银秀感到十分委屈和不解:"为什么打我?她是自己摔跤的,我是出于关心来看望她……"段银秀的眼泪忍不住夺眶而出,兀自跑出医院,蹲在马路边号啕大哭了足足半个小时。段银秀回到家将自己的遭遇说给丈夫听,其丈夫十分难过,劝她辞了这份工:"别做了,这个家还有我呢!"后来沈振伦、曹玉维夫妇知道情况后,一直安慰,鼓励她继续努力工作。段银秀还是坚持下来了。其丈夫每天晚上来东兴顺酒家接她下班回家。

段银秀也思忖着,人生哪有一帆风顺,如果连这点小委屈都承受不了,怎能去做母亲?怎么为了儿子和家庭担当责任?段银秀心里一直在给自己加油。

2012年,东兴顺酒家由于政府部门要收回地皮导致结业,这使段银秀再次徘徊在人生的十字路口。当时由于她具有一定的酒楼楼面管理经验,不少餐饮企业的老板都来挖她去上班。但是,段银秀没有动心,她一直怀着感恩的心念想着自己有今天,全仗着沈振伦、曹玉维夫妇的知遇之恩,才让她从一个洗碗工成长为楼面部长。

2013年8月,点都德聚福楼由段银秀组织团队开张营业。谁也想不到,这家茶楼开业后困难和阻挠接踵而至。因为这家店是惠福东靠北京路步行街的一个老建筑,共五层,点都德租用一至四层都是没有电梯,后厨在三楼,洗碗间在四楼,餐厅在一至三楼,操作起来非常困难。很多员工经常累得不行,段银秀每天都以身作则,最先到店最晚回家。同时,尽力去关心员工,用善意和亲和力去鼓励大家克服一切困难。最令人头疼的是,楼上住了十几户人家,一开张就不停地投诉。段银秀只好拎着水果一家一家地拜访。但有两家住户不管白天还是黑夜不停地投诉。段银秀只能经常买水果去看望他们,段银秀的善意和真诚终于打动了他们。她出色的能力得到了点都德核心团队的认可和肯定,并委以重任,让她组织团队开辟上海、杭州两地区的新市场。

就这样，段银秀开启点都德的奋斗之旅。2018年7月5日，段银秀带着团队进军上海。第一家点都德是在上海市黄浦区中海环宇荟店，开业后生意十分火爆。后公司决定在上海继续拓展，2019年1月18日开办了白玉兰店；1月21日开办了龙之梦店；4月25日开办了第4家店七宝店；7月13日开张合生汇店；8月13日开张了世纪汇店。2019年一共开了5间店。2020年1月1日开办了德小馆正大店；8月12日开办杭州第一家银泰店；12月24日上海环球港店开业；2021年1月20日杭州城西店开业。目前，点都德在上海开了9家店，在杭州开了2家店。

可是，有谁知道这点都德一家又一家的分号竖立在上海、杭州，背后隐藏着多少艰难困苦呢？段银秀说，他们从广州来到上海和杭州，在新的环境里开疆拓土困难重重。比如：点都德的员工宿舍一个月内被砸三次；疯狂的黄牛党扰乱顾客用餐次序；新冠疫情突发，导致许多门店的食材积压；等等。段银秀立即决定兵分两路，把能退的食材退还给供应商，退不了的就在路边摆摊出售新鲜食材，给客户留下一个好印象，从而尽可能地降低成本减少损失，渡过这次疫情难关。

就这样段银秀和她的团队，共同努力战胜了一个个困难，时刻关心和激励着员工做好服务，为点都德争光，为自己正名。"这些成绩都离不开总经理的信任和支持。我时刻记得他说的这样一句话：'点都德让大家从农村来到城市，以新的节奏呼吸、劳作，获得可持续的尊严和幸福感。'"她经常用这句话来鼓励大家，坚定自己的信念，齐心协力，不忘初心，砥砺前行。

段银秀眼睑红润地说，她出来打拼20年，从来没有回家与家人过过一个春节。聚少离多，缺少对家人的陪伴，愧对孩子，没有陪伴他们成长，从来没有参加过孩子的家长会，也没接送过他们上学、放学。他们一直是在老家跟着爷爷、奶奶生活。多年来，每天无论多晚，丈夫都要来接她下班。每当从电话里听到、从视频看到孩子哭着要妈妈,段银秀心都碎了,她还得强颜欢笑逗他们开心……

说着说着,段银秀哽咽了、哭泣了:"如果有来生,我一定会好好补偿他们。毕竟,亲情是无价的。"

四　锦泉眼镜让爱心传递

眼镜行业是呵护心灵的事业

"眼镜行业是个呵护心灵的事业。因为，眼睛是心灵的窗户。"广州市锦泉眼镜有限公司董事何敏怡说，眼镜店不只是给人验光配镜、解决视力存在的问题，更应是一个具有人文关怀的窗口。通过它来关怀心灵、抚慰伤痛、传递爱的力量。

2012年夏天，在美国读高中的何敏怡放暑假回到广州，被其父亲何锦泉安排进入越秀区仓边路锦泉眼镜学徒实习，那是一个客流量较大的锦泉眼镜分店，以便于使何敏怡在短时间内学到更多的行业知识，获得更多的实践机会。

那是一个炎热的午后，门外的知了在叫个不停。一名形容憔悴的中年女人拿着一副旧的眼镜框，走进店里。神色凝重地望着何敏怡："小美女，请问这副眼镜还能修复吗？"何敏怡接过她手中的眼镜，发现镜腿上油印的镜框型号已经被磨没了，心想这眼镜肯定是有一些年份了，估计能修复的可能性不大。何敏怡问："阿姨，请问您的配镜单还在吗？或者您报一下电话号码，我帮您查查详细的配镜资料，看看能否把镜框型号找出来，再问生产厂商是否可以修复。"中年女人便从包里翻了翻，将一张折叠的褪色的配镜单拿了出来，小心翼翼地展开。

何敏怡接过配镜单，依稀看到上面的字和电话号码，便将电话号码输进电脑，果然，客户资料库里显示这副眼镜是8年前配的，客户信息栏里有这副眼镜的品牌型号等详细记录。原来是当年店里热销的"卡玛斯"自有品牌镜框。何敏怡看到客人姓名栏里写着"张先生"，便问："阿姨，这里写的是'张先生'。"中年女人回答说："那是我先生。我和他的感情非常好，但是他一年前去世了。我在整理他的遗物的时候，发现了这副眼镜，我希望能把它修好，留个念想。能帮我吗？"

何敏怡了解情况之后很是感动，知道这副眼镜对于这位中年丧夫的女人来说是何其重要。于是，答应帮她尽力去找零配件修复这副眼镜。当时店铺里面其他伙计听见了，都分头联系不同的厂商，看看能不能找到类似的镜架零配件更换。由于只是单副镜架的零配件，很多厂商都觉得是个小单不愿意找；有的厂商说这款镜架早就不再生产了，找不到了。这些消息都让何敏怡及同事们陷入了困境。

就在束手无策之际，该分店经理提醒何敏怡："我们总部的仓库里，每个月都会搜集报损镜架，把破损部分拆除后，剩下完好无缺的零部件会保存起来，以方便客人来维修时候找零配件。"何敏怡听闻，立即直奔锦泉眼镜总部仓库。打开门，看到整面货架墙上都堆满了纸皮箱装着的零部件，她瞬间呆了，心想这无异于大海捞针！"但是，为了成全阿姨对已故丈夫的那份念想，我必须尽力寻找。也许，我的努力可能会实现阿姨的愿望。"

何敏怡将一个一个纸箱搬下来，将里面的零部件倒出来，铺在一个大桌子上，逐个零部件逐个零部件去对照、装嵌。经过了长达8个小时的寻找和装配，终于找到了一个与那副镜框九成相似的合适的零配件。何敏怡喜出望外，立即跑到加工场让师傅焊接上去，并精心打磨、调整和定型。

翌日，面带愁容的中年女人来到锦泉眼镜点，问何敏怡："小美女，眼镜配好了吗？"何敏怡说："好了好了。"她从一个崭新的眼镜盒里，小心翼翼地拿出那副修复好的眼镜，展示在中年女人眼前。中年女人面容立即由阴转晴，眼里涌满了泪水，她握着何敏怡的手，激动地说："谢谢你，我来这里之前,已经跑过不下10家眼镜店,他们都说修不了了。只有你这里做到了。太感谢你了!我要把它好好珍藏起来,也是对我先生的一个怀念。"当中年女人拿出钱来要付款时,何敏怡说:"阿姨,别拿钱。算是我们锦泉眼镜送给您的一份纪念品吧!"

何敏怡当时感觉到无比的满足。眼镜行业是个呵护心灵的事业。因为,眼睛是心灵的窗户。眼镜店不只是给人验光配镜、解决视力存在的问题,更是一个爱的窗口,通过它去传递爱、呵护爱、弘扬爱。

感恩诚信是锦泉眼镜的兴业法宝

"做人做事,要懂得感恩,要有信誉,没信誉,走不好也走不远。"这是广州市锦泉眼镜有限公司董事长何锦泉的座右铭。锦泉眼镜的前身是郭炳老师傅于1956年创办的"联合眼镜水笔生产合作社"。1989年,何锦泉高中毕业跟着郭炳学艺。当时,郭炳已经55岁,他因忙于自己热爱的眼镜事业,忽略了婚姻大事,一辈子从未结婚,孤独一生。

在何锦泉投师之前,郭炳先后收过几个徒弟,但是当他们学会了技艺,郭炳将"联合眼镜水笔生产合作社"的分店委托徒弟经营的时候,徒弟都没有好好经营,而是将分店转租给别人收取租金。所以,郭炳决定金盆洗手,坚决不收徒弟了。当何锦泉要求跟着郭炳学艺的时候,郭炳面对这个面善的年轻人犹豫了。他对何锦泉说:"我要收徒弟,那就必须是孝顺、勤奋、有爱心的人。否则,我不收。"何锦泉坚定地向师父点了点头:"师父,您老了,我养您。"从此,何锦泉脚踏实地地工作,默默地用自己的实际行动向郭炳交上"答卷"。

郭炳经过3年的观察和考验,终于将"联合眼镜水笔生产合作社"老店的经营权交给了何锦泉。何锦泉也成为郭炳认可的唯一弟子。1988年,郭炳老师傅希望将他终生热爱的眼镜事业发展壮大,建议将"联合眼镜水笔生产合作社"改名为广州市锦泉眼镜有限公司。

退休后的郭炳无儿无女,但是生活并不孤单,因为何锦泉已经把他当成自己的父亲一样赡养。"一日为师终身为父。我的师父没有子女,我就像他的亲生儿子一样,给他养老送终。"何锦泉说,他陪伴了郭炳老师傅人生的最后时光,直到他生命的最后一刻。郭老先生于2011年去世,享年88岁。何锦泉兑现了自己的承诺,这种契约精神以及感恩敬老之心一直激励着他负重前行,勇于担当。他和郭师傅相濡以沫的情感,是人世间弥足珍贵的、朴实真诚的仁爱之心的体现。

2000年是锦泉眼镜的一个重要转折点。当时,广东广播电视台出品的电视剧《外来媳妇本地郎》正热播,风靡大江南北。何锦泉抓住了这个机遇,成为该剧的冠名赞助商,从而让锦泉眼镜品牌知名度大大提升。何锦泉顺势而为,马上扩张开分店,提高品牌知名度和曝光度。从此,锦泉眼镜成了广州本土深入民心的著名眼镜品牌。

2012年,凭借着对眼镜事业的热诚和情怀,何锦泉自掏腰包创立了首家民营眼镜博物馆,落户在广州市越秀区北京路北段老字号一条街内(北京路360号),免费对外开放。锦泉眼镜博物馆收藏了何锦泉历经千辛万苦从国内外搜集而来的古董眼镜藏品;其中包括珍贵的明清时代的古董眼镜、古董验配设备和测量仪器等。自创馆以来,锦泉眼镜博物馆得到了政府部门及社会各界名人的高度认可和广大市民的支持;让大家能够更全面深入地了解眼镜的历史,加强公众对眼镜行业的认知,增强爱眼护眼的意识,更大发挥"锦泉眼镜"的社会影响力。

何锦泉从拜师学艺到决心借势开分店,再到自费创立首家民营眼镜博物馆,抓住了能够改变他人生的每个重要机遇。如今,锦泉眼镜已经从3平方米小店发展成为全广州拥有19家直营分店的知名眼镜连锁企业,拥有员工200余名,荣获政府授予的"广东老字号""广州老字号""广州市著名商标"等荣誉奖牌。何锦泉于2018年成为广州市眼镜行业商会会长，锦泉眼镜也成为行业的标杆企业。何锦泉深刻地认识到一个品牌的成长和进步与企业文化的塑造及品牌的正确管理、营销息息相关。

郭炳老师傅离世后，何锦泉开始了他长达20年的对老年人关怀爱心的活动。每年重阳节，何锦泉都会组织锦泉眼镜公司的全体员工，到老人院、公园或锦泉眼镜所有的门店内免费给60岁以上的老人派发老花镜。何敏怡从小也跟随着父亲参与其中，耳濡目染父亲的敬老善举，深有感触。

有一次，何敏怡和同事们一起到文化公园给老人送老花镜，活动是早上9点开始的，但是何敏怡和同事们7点到活动现场布置的时候，发现许多老人家早已经排队了，而且人数越来越多。老人家参与活动的热情高涨，现场打电话通知自己的好友前来领取老花镜，前来参加活动的老人队伍已经绕了几个圈了，何敏怡及工作人员一边维持秩序，一边耐心地叮嘱老人家一定要注意安全。

活动正式开始了，何敏怡带领工作人员逐个牵着老人家的手，进入帐篷内进行验光，检查完老人家的视力之后再给他们免费派送相应度数的老花镜。"看到他们一张张满意开心的笑脸和一个个竖起的大拇指，我感到非常慰藉，我觉得这是一个很有意义的活动。"何敏怡说，她搀扶着老人问："奶奶，今天开不开心呀？"老人拄着拐杖眼睛笑得眯成了一条缝说："开心，太开心了！小姑娘，你知道吗？我的儿子工作非常忙，我跟他说了好多次我的眼睛看不清楚了，他都一直没有时间带我去配眼镜，刚刚邻居告诉我你们来这里免费派老花镜，我就来了。你们真是好人！谢谢你们！"

当年这位老奶奶的话给了何敏怡很大的鼓舞和激励，让她更加明了"公益惠民，回馈社会"的重要性和意义；更坚定她继续弘扬父亲感恩、仁爱的美德。锦泉眼镜每年组织更多的免费公益验光，走进社区、走进有需要的人群，为社会更多的人提供力所能及的帮助。

何敏怡16岁就远渡重洋在美国北卡罗来纳州读高中，大学毕业于美国加州大学经济学专业，研究生在英国伦敦帝国理工学院攻读市场营销专业并取得硕士学位。8年的美、英留学经历让何敏怡锻炼出自信、独立、坚定的人格品质。再加上从小耳濡目染父亲经营眼镜店，意识到经营家族企业是自己的责任和使命，更坚定了她回国发展的信念。2018年，何敏怡硕士研究生毕业后，谢绝了英国大公司的高薪聘请，毅然回到广州，正式接过父亲的接力棒，经营好这份老字号的眼镜事业。

何敏怡面对互联网冲击下的现状，重新规划管理体系，调整营销战略，线上线下互相结合，适应时代的发展。她组建了自己的团队，一方面在管理体系上升级迭代ERP后台系统，重新调整绩效考核体系和培训体系，旨在提高员工的工作效率和加强他们的专业素质；另一方面在品牌形象上全线升级，更凸显出老字号的文化底蕴和正面形象。

在线上宣传方面，充分发挥已有的传统媒体和自媒体的优势，发动双重联合宣传攻势，让消费者看到升级后"锦泉眼镜"的进步；与此同时，线下同时开展各项企业联合的公益慈善工作，传递出企业的正能量和社会责任感。

2020年疫情期间，锦泉眼镜更是在何敏怡的带领下尝试了直播带货，累计新增粉丝超过5000人，门店总体营业额提高了接近百分之五。

由于眼镜行业是一个半医半商的行业，眼镜更是一个耐消品，如果单纯靠线上销售，是很难去长期服务好一个客人的。而售后服务和品质承诺更是锦泉眼镜传播良好口碑的一大亮点。因此，把线上和线下的服务充分结合融汇，让客人体验更优质、便捷的配镜服务，才是使企业长久发展保持生命力的根本。

"眼镜行业是个呵护心灵的事业。因为，眼睛是心灵的窗户。"何敏怡说，她传承父辈创始人何锦泉的优良文化传统，"诚信为本，顾客至上"是锦泉眼镜的经营宗旨，加入何敏怡的创新发展理念；在未来，何敏怡计划拓宽业务范畴，进军其他更专业的领域，使"锦泉"成为一个多向发展的、多可能性的、永葆生命力的百年眼镜企业。

|第七章|

百年积淀

一 王老吉"中国第一罐"的秘密

一碗又一碗冒着热气的凉茶,在广州十三行一间小小的凉茶铺,从掌柜王泽邦的手里,不断递给前来求药祛火的人们。门口悬挂着的那个"王老吉"三个金字的大铜壶,在时间长河里,见证着人们对凉茶功效的推崇和喜爱,以及凉茶背后所代表的济世利人的精神。

岁月变迁、日新月异,在近200年后的今天,岭南大地的街头依然不缺水碗凉茶,而最初那家悬壶济世的凉茶铺,早已成为闻名遐迩的老字号,在时代的浪潮中以一股顽强之势不断成长。据第三方机构评估,王老吉商标评估价值1080亿元,是中国饮料第一品牌。王老吉,这个具有近200年历史的民族品牌饮料的崛起,令世人瞩目。"中国第一罐",名副其实。

到底是在什么时候,岭南地区的凉茶开始变身大众饮料风靡全国、家喻户晓?

"让社会广泛地了解和认可产品的价值和品牌文化内涵,这样才能流传久远。一个品牌,必须把市场规模做大,否则,传承百年老字号也只是一句空话。"广州王老吉大健康产业有限公司董事长徐文流这样说。

"中国第一罐"是怎样炼成的

凉茶这一颇具特色的药饮诞生于岭南,并且风靡甚久。

徐文流介绍,粤语方言中,"凉"既指体质虚寒,也指散热解暑。顾名思义,凉茶因其药性寒凉,故能起到清热降火的药效。它的形成与发展,与南粤大地独特的气候环境、饮食文化都有着密切的关系。

说起来,一方水土养一方人,一方草药治一方病。岭南地区多雨潮湿、夏热冬暖,湿热环境下多有山岚瘴气、瘴疠虫蛇侵袭,细菌病毒易于传播,在长期防病治病的过程中,中医药学家和岭南人民根据气候特征和人群体质,利用当地丰富的生草药资源,创造了各种各样的独特药方。因而,岭南人喜凉茶、靓汤,解暑去燥,用以养生。王老吉凉茶就是在这样的背景下诞生的。

关于王老吉,还有着这样一个广为传颂的故事。相传,清朝道光八年(1828年),广东鹤山县人王泽邦(小名"阿吉")一日命危,获得一位神秘道长搭救,并赠他一凉茶秘方。他拿着这个秘方来到广州十三行靖远街开铺售卖"吉叔"凉茶,生意渐旺。

1839年,湖广总督林则徐奉旨南下禁烟,因舟车劳顿、瘴疠邪气缠身而上吐下泻、天干地漏,久医无果且每况愈下。随从忽闻十三行王泽邦治此顽疾有奇效,林则徐遂登门求医问药,药到病除。林则徐大喜,登门答谢王泽邦。被问及姓名与所用药名时,王泽邦回答说:"我姓王,大家叫我'阿吉',用来为你治病的是几味不值钱的草药。"林则徐感慨地说:"药无分贵贱,不值钱的草药,贫苦百姓更能受益。如果能将药煮成茶,使人随到随饮,有病治病,无病防病,那就更是为大众造福无量啊!你姓王,名'阿吉',为人行医老老实实,药廉效佳,你的凉茶今后就叫'王老吉'好了。"不日,林则徐命随从给王泽邦送来一个刻有"王老吉"三个字的大铜葫芦壶。从那时起，王老吉凉茶便在岭南一带声名大振。

依靠着凉茶的实用功效和感人的历史美谈，王老吉冲破了岁月的桎梏，不断有着新的发展。"凉茶粉、凉茶包、凉茶颗粒……这些方便携带和饮用的产品类型，随着人们的消费需求不断演变，形成了王老吉对时代需求的积极回应。"徐文流在介绍王老吉的发展历程时强调，而事实上，顺应时代需求锐意创新，这也是王老吉作为老字号长盛不衰的原因。

改革开放后，市场经济活力被大大激活，带来了大量机遇，也伴随着重重挑战。国外品牌大量涌入，国内新品牌如雨后春笋般冒出，市场竞争十分激烈。在这场向现代化转型的大考中，不少老字号因市场意识不够，跟不上时代变化，悄然落幕；而立足于广州这一改革开放"试验田"的王老吉，连同与它共进退的员工们，却都没有放下思考和进步的冲劲。

20世纪90年代初，王老吉品牌所在的羊城药厂，厂长梁志坚就不断琢磨着技术革新的方法。从15岁在王老吉当杂工开始，一步一步从技工、技术员、部门负责人到企业负责人，他参与了药厂搬迁、新厂房的基建乃至设备安装的全过程。1984年，梁志坚开始出任羊城药厂厂长，使企业从年产值仅1000多万元，发展到产值近亿元、利润超千万元的较大型企业，并实现了股份制改造。

这样锐意创新的精神，也运用到了产品方面。他意识到，当前的凉茶产品形式已经不能满足人们的需求了，煮凉茶、冲凉茶的饮用方法很局限。

"一定要有能让人们随时喝到的王老吉！"梁志坚力排众议，坚持进行技术革新，运用现代饮料的配制和包装技术，研制推出了第一盒王老吉凉茶植物饮料。紧接着，第一个罐装王老吉问世了，标志着王老吉凉茶饮料洞开了国饮市场的大门。

就此，王老吉凉茶摇身一变，从"粗苦黑"的中药颗粒化身为现代化的饮品。在当时，这一小小的包装变革可不容小觑，不仅解决了传统大碗茶、凉茶颗粒质量保障、运输储存等局限，更是让凉茶具备了进行大规模产业化走向全国市场的基础。这成为王老吉发展史上第一次飞跃。

王老吉凉茶走向全国,大约在2003年非典时期,彼时,国人的健康意识被大为激发,人们意识到,像王老吉凉茶这样脱胎于岭南中医药养生文化的饮料,恰恰有着其他饮品不可替代的健康价值。也就是在这个阶段,王老吉打出"怕上火,喝王老吉"的广告语,并迅速走向全国市场。

守正创新,不畏难,谋长远

时间来到2012年,王老吉品牌回归广药集团,广州王老吉大健康产业有限公司应运而生。对于王老吉来说,这是一个意义重大的命运节点。

当时,徐文流等几个广药员工临危受命,摆在他们面前的是"无产能、无渠道、无团队"的"三无"困境。然而,经过180多年的发展,王老吉这块金字招牌早已成为国人心中凉茶的代名词。

这就是破局的关键。快消品行业,营销就是品牌的命脉。当时担任公司总经理的徐文流,将全部心思放到了营销上。他迅速组建营销团队,开拓销售渠道。团队发挥"5+2""白+黑""雨+晴"的奋斗精神,吃住均在销售一线,完成了品牌回归初期的产品铺市工作。

有着多年企业经营管理经验的徐文流发现,当时广阔的县级和农村市场,恰恰是竞争对手所忽略的,而一二线城市则竞争激烈,销售成本很高。因此,他带领团队,从农村包围城市,"杀出一条血路"。第一年,王老吉在市场重新站稳脚跟;第二年实现提货额近百亿元;不出3年,王老吉再次回到了市场份额第一的位置上。到今天,王老吉已牢牢占据七成凉茶市场份额,产品远销欧美。

这些了不起的成就,正是王老吉人凭着不畏艰难、敢拼敢闯的精神打下来的。

做品牌，既需要开疆扩土的勇气和敏锐的市场触觉，也需要脚踏实地、一步一个脚印的老黄牛精神。从1994年入职广药集团以来，徐文流就没有休过一天年假。如今，50多岁的他每年有大半时间都在出差，深入市场一线，脚印遍布全国大城市和小乡镇，其中的艰辛不言而喻。多年来，他不断走市场、调查市场、洞察消费需求，了解全局情况，以此更好地做出市场决策。这种以身作则和拼搏的精神，充分激发了团队的向心力、凝聚力和战斗力。

春节是王老吉最重要的销售旺季。每年大年初二，徐文流都要去市场一线出差，看着路上车水马龙，人们提着大大小小的年货欢喜地走亲访友，他对今年春节的销售情况就心中有数了。对他来说，这既是考察市场销售情况，也看望了春节期间仍在坚持上班的营销团队和食品店、小卖部客户。2020年春节，正是新冠疫情暴发的时候，徐文流也是没有丝毫犹豫，仍然保持了春节出差走访市场这个雷打不动的习惯。

这种实干笃行的工作作风，极大地激励了公司的营销团队，春节期间，全国人民都在放假，在坚守岗位的人群中，必有王老吉营销团队的身影。而夏季，也是饮料的销售旺季。有位销售老员工回忆，以前他们跟着公司负责华南区域的销售总监徐有富去铺货时，徐有富就坐在三轮车后面，肩上扛着梯子，跟兄弟们一起挂横幅，贴海报。夏天烈日炎炎，汗水湿了一身，衣服湿了又干，干了又湿。一分耕耘一分收获，王老吉在夏季即饮市场也做得非常出色，在大大小小的餐饮店、火锅店，王老吉成为消费者必点的饮品。

上下一心，王老吉打造出一支纪律性强、战斗力强的铁军队伍。从2012年到2019年，王老吉大健康公司营收复合增长率27%，净利润复合增长率71%，相当于4年销售额就翻倍，净利润复合增长率3年增加2倍，这在业内也是凤毛麟角。

拼搏实干是发展必不可少的推力，而老字号品牌能够做大做强做久的关键，更离不开这两个方面的发力——产品和文化。

在快消领域深耕多年，徐文流观察到，饮料的主要消费群体是年轻人，

40岁以上的人喝饮料的并不多。年轻人一代一代出来，大概10年为一代，从以前的80后、90后到现在的00后，甚至细分到05后，消费者口味喜好变得快，品牌就要充分挖掘年轻人需求，做好产品年轻化。

"单品多元化　品类多元化"的发展战略，便是这个时候提出来的。可以看到，除了罐装、瓶装、无糖凉茶、黑凉茶等王老吉新品的创新，王老吉也持续打造大健康植物饮品，相继推出大寨核桃露、椰柔椰汁、刺柠吉高维C饮料等新品类，形成了丰富的产品阵营。对于一个老字号来说，这正是守正创新、与时俱进的体现。

渠道和产品建设好了，接下来要解决的是品牌文化问题——如何让产品拥有丰富的文化内涵、成为人们生活中的一部分？于是，中华传统文化中的吉祥文化进入了王老吉的视野。

新春大吉、乔迁大吉、开张大吉、新婚大吉……中国人凡事追求一个好意头的理念，贯穿了人们生活的方方面面，并形成了中国人独特的吉祥文化。这也让徐文流产生了新的想法："何不把吉祥文化与品牌有机结合起来，让王老吉成为吉文化的载体？"

事实上，春节之所以成为王老吉最重要的销售节点，也是徐文流洞察和一手带动的。在公司刚成立那两年跑市场的时候，徐文流发现在广阔的县城、乡村，人们拜年有送饮料的习惯，但很多饮料都是杂牌，没什么大品牌。王老吉团队从中窥得商机，将产品、传统文化与消费场景结合起来，并打出"过吉祥年，喝王老吉"的广告语，在每年春节期间进行央视、一二线卫视的大范围宣传推广。同时，营销团队在各大县级和乡镇市场进行春节氛围布建，将红火吉祥的场景与王老吉凉茶充分结合起来，让王老吉成为人们春节的年货和送礼首选。

在团队对吉文化消费场景的打造和对市场的精心培育下，春节档两个月的销售贡献了王老吉全年销售的重要占比。在国内许多省份，人们喜欢用包装红火、寓意吉利吉祥的王老吉来送礼，寓意"送吉"。

人口大省河南，春节期间也成了迁徙大省，乡镇上往往车水马龙，一派热闹。一箱箱王老吉从超市、食品批发市场和小卖部售出，迅速卖完又补货。对很多人来说，家中堆放几箱红红火火的王老吉，是年味必不可少的一部分。

除了春节，王老吉更是将吉文化的触角延伸到了有着丰富民俗和节日的云贵、川渝等少数民族聚居区，进一步丰富产品的应用场景。

在云南不少地方，有一个独特的民俗叫"杀猪宴"。每到岁末，结束了一年的劳动，人们开始犒劳自己。各个村寨的村民纷纷开始张罗着选个好日子宰年猪，摆下宴席，邀请邻居、亲戚好友来到自家小院，叙叙家常，热热闹闹地吃上一顿丰盛的杀猪宴。整个冬天，一家一家相互邀约、轮流设宴。王老吉看准这一民俗盛事，把产品推广到宴席上。现如今，在不少杀猪宴中可以看到：摆满好肉好菜的桌上，错落地放着一罐罐红色的王老吉。

"过吉祥年，喝王老吉"，这就是中国人的"吉文化"，王老吉走进千家万户，成为中国吉文化最好的载体。

"大家喜欢，就是我们品牌价值魅力的最好体现。"谈到这里，徐文流流露出自豪的神情。就这样，王老吉开创了中国饮料礼品市场的先河。其礼品概念也从春节逐渐延伸到更多节庆和民俗场景，公司的销售规模因此扩大了一倍。

伴随着互联网发展成长起来的年青一代，是消费的主力军，也对国货有着特殊的喜好。因此，王老吉格外注重结合时代语境，以吉文化为核心，做好品牌年轻化建设。

其中一个破圈的例子，王老吉与热门游戏"大IP"《和平精英》展开跨界合作，将《和平精英》的主张"大吉大利，今晚吃鸡"，巧妙地与品牌结合起来，推出合作新口号——"大吉大利，今晚王老吉"，由此进行一系列内容融合。游戏里，正在进行攻防的年轻人走到饮料机旁，拿到一罐"王老吉"，就能补充一次血量——"没想到王老吉这么会玩"，这成功刷新了年轻人对老字号品牌的认知。

可以说，这个带着近200年底蕴向我们走来的王老吉，每走一步，都年轻了那么一点，笃定而自信。

肩负时代使命，让世界更吉祥

对于一个饮料来说，保持盛行不衰，是在便利店、小卖部里无数个打开冰柜被拿下来的那一刻决定的——赢下了明争暗斗的激烈竞争，被消费者选择。

常胜将军不常有，而王老吉依旧在。它之所以能跨越时间长河不停发展，究其根本，除了顺应时代潮流不断创新求变的"传统"，还离不开其济世利人的情怀和不断反哺社会的品牌价值观。这也是被消费者尤其是年轻消费者选择和喜爱的关键。

某种意义上，一个企业的成长与社会发展是互相成就的。当下，扫除中国贫困的脱贫攻坚和全面小康的战役，便是最受关注的、凝聚全国奋斗力量的战场。脱贫攻坚，不仅是一项时代赋予的使命，也是国有企业应有的责任担当。

2018年11月，在东西部协作背景下，广药集团接到广东省委省政府、广州市委市政府对口帮扶贵州刺梨产业的指示后，马上组建工作组，尽锐出战，第二天一早就赶往贵州实地调研。

王老吉是广药集团大健康产业核心的企业，而王老吉大健康董事长徐文流就是这个工作组的重要成员。工作组抵达贵州后，马不停蹄地来到刺梨种植的主要地区——毕节、六盘水和黔南布依族苗族自治州，不停地走山路、尝刺梨、访专家，对产业进行全方位的调研。

工作组调研发现，贵州刺梨富含维生素C、维生素P、SOD等多种营养元

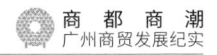

素，其中维生素C含量更是极为丰富，有"维C之王"的美誉；虽然优点众多，但刺梨发展也存在不少难题，如开发程度不高、产业规模小、大众认知度低等。

当时，承担这一任务的王老吉没有采取大包大揽的方式进行简单帮扶。徐文流说："扶贫必须有载体，没有载体，那就变成简单的给钱。我们要做造血式的产业扶贫。"

近年来，人们对健康的关注度越来越高，健康消费呈上升趋势，植物饮料、果蔬汁等健康饮料市场份额正在不断扩大。几经研讨之后，王老吉决定，以市场需求为导向，以刺梨的高维生素C含量作为卖点，开发时尚健康产品，以创新促进产业变革。

"刺梨含量一定要高，要保证产品中的维C含量，同时口感也要好。要扶贫就要真扶贫，要把我们在贵州的刺梨采购量真真正正地提上去。"在研发阶段，徐文流再三要求团队。

最后，研发团队以98天高效研发出"刺柠吉"系列产品，并于2019年3月推出市场。

此后，发扬攻城拔寨的冲刺精神，王老吉花大力气推动刺柠吉进入市场，将刺梨这种"藏在深山少人识"的野果推广到全国人民面前。加入央视品牌强国计划、全员营销带货、向社会发放消费券，连钟南山院士也走进直播间为刺柠吉消费扶贫助阵……这些工作对所有王老吉员工来说，充满了忙碌、新鲜和紧张，毕竟肩上都是刺梨果农们走上小康沉甸甸的期盼。

付出总有回报——2019年上市不到一年，刺柠吉销售额便突破1亿元，2020年在疫情大考之下，更是突破5个亿，也带动贵州刺梨生产加工企业销售业绩节节攀升。

品牌的知名度上去了，整个产业也被激活了，果子旺销，果农们的生活因此越过越好。在贵州最早人工种植刺梨的地方——黔南布依族苗族自治州龙里县茶香村，该村村民文革学早年因工伤患有腿疾，因为种植刺梨日子越来越有奔头,他就是凭着那40多亩刺梨,脱贫致富,新建了将近1000平方米的楼房,给儿子娶上了媳妇,添置了60英寸的大彩电。如今,贵州刺梨种植面积超过200万亩,刺梨种植受益农户超21.7万人,户均增收突破7000元。贵州省也将刺梨产业的发展写入了"十四五"发展规划,一个百亿级的富民产业正在崛起。

"肩负社会责任不是一句空话,首先要求企业能赚到钱才能回报社会;再就是尽社会责任要有可持续发展的长远眼光,要形成长效机制。刺柠吉就是一个造血扶贫、带动贵州刺梨产业革命的载体。"徐文流表示。

近年来,这种产业帮扶的模式,也在四川雅安、广东梅州、甘肃兰州等地相继落实。结合地区特色和企业优势,王老吉以"输血+造血"的方式,为帮扶地区注入可持续发展动能。

除了产业扶贫,王老吉更是积极投身于社会公益之中,连续多年开展"让爱吉时回家"春运公益行动,帮助了数万名在外务工人员和大学生春节"吉时回家";连续20年开展"烈日英雄"高温关爱行动,为高温工作者送清凉;成立王老吉"未来菁英"奖学金,支持教育事业和高校人才培养。

从王老吉到王老吉大健康,从"济世利人"的初心到"让世界更吉祥"的企业使命,王老吉秉承着高度的责任感,走向下一个百年。

2021年,广药集团荣获"全国脱贫攻坚先进集体"称号,王老吉大健康公司也获得了2021年"全国五一劳动奖状"的荣誉,这代表着国家与社会对广药集团、王老吉扶贫事业的高度肯定。

"济世利人"初心的传承、敏锐的市场洞察力、守正创新的理念、迎难而上的奋斗精神……正是这些,成就了王老吉"中国第一罐"。新时代,王老吉的故事仍在奋力书写着,百年国货的传奇还在继续。

科技赋能,王老吉的新浪潮"通关路"

2000年前,岭南就有了凉茶。经过漫长岁月的传承与积淀,它被赋予了独特的文化内涵。进入新时代,我国凉茶逐渐进入井喷时期,各种品牌并驱争先。其中,"凉茶始祖"王老吉发展迅猛,以锐不可当之势位居凉茶行业领军地位,也使中国传统凉茶逐渐成为世界头号饮料产业。

围绕着凉茶为何位居第一,以及其与人体健康的关系等问题,凉茶国家非物质文化遗产传承人、广州王老吉大健康研究院院长郑荣波娓娓道出了其中的原理。

在办公室,他拿出了一份"广东凉茶'泻火'作用机理与质量标准的研究及应用推广"获中华医学科技奖三等奖的获奖证书。这是经卫生部、科技部批准,由中华医学会于2001年设立的奖项,设立11年来共评选出859项医学成果奖项,有力推动了医学科技的进步。目前,该奖项已成为我国医药卫生行业公认的高级别科技奖项。

而获奖的项目,是由广药王老吉与暨南大学共同完成的一项科研项目,首次以多种应激负荷模型模拟机体"上火"状态,从动物整体水平及分子生物学水平研究"上火"的科学内涵,并以抗应激评价体系对广东凉茶的"泻火"作用及其物质基础进行了系统研究。

研究结果表明,广东凉茶是通过调节应激负荷状态下的机体氧化平衡状态,缓解细胞内的氧化应激,从而改善机体,达到泻火的功效。该研究成果赋予了广东凉茶新的科学内涵,有助于指导消费者使用和帮助消费者提高生活品质。

而此次获奖,是"广东凉茶'泻火'作用机理与质量标准的研究及应用推广"研究项目继荣获教育部2010年度科技进步奖二等奖之后,又一次获得的国家级奖励,这也是对王老吉凉茶科技成果的重大肯定。

郑荣波对此感到十分自豪。

自从1990年硕士研究生毕业后，郑荣波就进入了广药集团工作，在广州王老吉药业股份有限公司、广州王老吉大健康产业有限公司的科研、生产、质量等部门任过职，现分管公司的研发等工作。

而在科研方面，他主持过10余项科研课题，获得多项发明专利，并发表大量学术论文阐明王老吉凉茶的物质基础与作用机理，解释其对人体健康调节功效的科学内涵。

郑荣波分析，中国人讲究阴阳平衡，通过综合的平衡，带动整个身体的健康循环，使之处于平衡状态，这一说法源自中医的阴阳平衡理论，而"上火"在中医理念中便是人体阴阳失衡的一种体现。

实际上，凉茶最早发源于天气燠热、多雨潮湿的岭南地区，当地人民以中医养生理论为指导，结合本地丰富的草药来调节身体平衡。久而久之，这里逐渐形成一种特有的凉茶文化。

据记载，咸和二年（327），东晋著名道学家、炼丹家、医药学家葛洪在赴任勾漏（今广西北流）县令时，途经广州，刺史邓岳表示愿供他丹砂原料在罗浮山炼丹，葛洪欣然应承临时取消赴任计划，隐居于罗浮山炼丹修道。葛洪穷究养生益寿之术，著述《肘后方》，在这部著述里就记载了凉茶秘方，这是目前中国凉茶有史可考的最早记录。

从此，凉茶薪火相传、福荫众生。

凉茶的现代化发展之路

要让传统的凉茶跟上现代步伐，更好地服务社会，则首先要传承创新，用科技赋能，建立起现代化发展路径。

目前，王老吉采用了现代的技术来不断提升凉茶的科技水平。

过去，很多药材的鉴定，有时仅用外观和物理、化学方法很难分辨，而王老吉则利用基因条形码技术鉴定原材料，则可以保证原料品质的正宗，该原料鉴定技术还获得了2016年度国家科学技术进步二等奖。

过去，凉茶调配是一缸一缸加水、加凉茶汁等原料人工混匀，现在是自动调配自动勾兑，这种技术更为精准。

在过去，凉茶被当作药品，在街边凉茶铺一罐一罐熬，一碗一碗卖，要趁热喝，而现在它变成了一种包装好的可以到处流通的快消型饮品。

变的是技术，不变的是配方。郑荣波介绍："王老吉产品依旧传承老祖宗传下来的配方和核心工艺。现在王老吉凉茶卖到国外，我们就用现代科技告诉外国人，它的作用是什么。我们和很多高校、科研机构和权威科学家都有合作，用现在的医学技术研究凉茶。"

郑荣波回忆，毕业后他投身凉茶事业，当时梁志坚厂长牵头研制第一盒、第一罐凉茶，他是参与开发的成员之一。

1991年，盒装、罐装凉茶刚推出市场，大家都觉得凉茶按理应该是热喝的，怎么就这样冷着喝了？当时人们还不太能接受这个事实，后来才慢慢习惯。

就这样，凭借锐意进取的精神和独特的商业眼光，王老吉将传统用大瓦罐熬制、热喝的凉茶，发展成用纸盒和铝罐包装的饮料，打开了凉茶行业现代化市场经营的大门。

包装革新是凉茶现代化发展的基础，而凉茶标准的发布、生产技术的不断优化等，则是在持续加力，推动这个产业向更远更高处发展。

2013年，王老吉大健康公司着手启动凉茶国际标准研究。作为国内首家进行凉茶国际标准研究的企业，王老吉联合全球领先的检验、鉴定、测试、认证机构瑞士SGS，国际组织世界中医药学会联合会以及数十个国家与地区的凉茶生产和贸易企业、专家学者共同开展研究，采纳了世界各国的相关食品安全标准，结合中医药文化特点不断进行验证和专家论证。

最终，研究成果获得100多位世界中医药学会联合会理事投票通过，是凉茶行业在国际上发布的首个凉茶技术标准，对推动行业发展具有重要意义。

在科技方面，王老吉采用绿色制造和智能制造相结合，降低基本能耗，减少水质污染，循环利用资源，提升整体生产技术水平和绿色制造水平。

比如，生产凉茶的药渣可以作为饲料用来养猪。华南农业大学用王老吉凉茶的药渣作为饲料添加剂养猪，实验证明，食用了添加药渣的饲料的猪，其肉质会发生改变，质量更好、鲜美可口。这样降低能耗，减少污染排放，增强产业生命力，是建立在科学环保基础上的循环经济。

王老吉大健康公司的"凉茶植物饮料绿色设计平台建设项目"入选2018年国家工业和信息化部、财政部组织的"绿色制造系统集成项目"；2019年，王老吉"中药绿色制造技术及其专属装备集成研究"项目入选国家科技部中医药现代化研究重点项目。

作为凉茶行业的领头者，王老吉正在逐步引领行业朝着科学、健康、环保的方向发展。

郑荣波介绍，发展至今，王老吉为行业开创了多个第一：

1925年，王老吉茶包在英国伦敦展览会中展出，成为最早走出国门的民族品牌之一；

1991年，研制推出了中国第一盒、第一罐凉茶"王老吉凉茶"，制定出第一份凉茶标准，标志着中国饮料行业一个新的品类"凉茶"的诞生；

2008年，王老吉成立国内第一家凉茶重点工程技术研究中心；

2016年，王老吉创建全国植物饮料第一家重点实验室；

2016年，王老吉首创基因条形码技术鉴定原材料，并获得凉茶行业第一个国家科学技术进步奖；

2014年，王老吉获得"全球历史最悠久的凉茶品牌"吉尼斯世界纪录……

正是这些，组成了王老吉在当代新浪潮中的"通关路"。而迈向未来，更多的第一，还将由王老吉持续创造。

二 陈李济，400岁长寿基因

421岁的不老秘密

"2010年，陈李济被吉尼斯世界纪录认定为'全球最长寿药厂'，至今有421年历史。比德国的默克制药厂还要早68年。"广州白云山陈李济药厂有限公司党委副书记陈进伟向笔者介绍，陈李济是广州白云山医药集团股份有限公司的全资子公司，始创于明朝万历二十七年（1599）。

相传，广东省南海县人李升佐，在广州大南门已未牌坊脚（今北京路194号）开了一家中草药铺。有一天，李升佐在码头上发现了一包银子。于是，在原地苦苦地等候着失主回来把银子取回去，终于有一天，失主陈体全找回来了，李升佐原封不动把银两归还给了陈体全，这使陈体全大为感动。为了感谢李升佐拾金不昧，陈体全当即拿出银两来答谢李升佐，却被李升佐谢绝。陈体全就拿出一半银两投资到李升佐的中草药店，并立下了"本钱各出，利益均沾，同心济世，长发其祥"的合约。同时，将中草药店取字号"陈李济"，寓意"陈李同心，和衷济世"。后世的陈李济人以诚信为"看家本钱"，悬壶济世、呵护众生。

陈李济中药博物馆那百年木刻楹联写着"火兼文武调元手，药辨君臣济世心"，警世启智、意韵深远。世世代代的陈李济人，秉承先祖陈李二公的"同心济世"精神，以诚信为立身为本，以虔诚仁爱之心来制造每一味古方正药。守正创新研发新药，使400年祖传秘方薪火相传、生生不息。

"陈李济400多岁的长寿基因，就是'诚信'文化和'济世'精神。"陈进伟说，这种文化精神是一个企业、一个民族不可或缺弥足珍贵的能量，它可以激励人们去实现一些美好愿望和梦想，给予众生以强大的赋能去战胜艰难险阻，追求和缔造人生传奇。

陈进伟表示，文化传承的力量对企业的影响是深远的。比如，清同治年间，同治皇帝因患感冒腹痛难忍、上吐下泻多日不止，服用了"陈李济追风苏合丸"之后，明显奏效。于是同治皇帝欣然御笔钦书"杏和堂"三字敕赠给陈李济，以资表彰。从此，以"杏和堂"为商号的广东陈李济，更名躁大江南北。光绪年间，光绪帝师翁同龢挥毫题写"陈李济"店名，三个鎏金大字如今依然熠熠生辉。"这种文化底蕴，是历史的积淀和一代代人的真诚奉献所成就的善果。"

目前，陈李济拥有丸剂、胶囊、片剂、颗粒剂、散剂、煎膏剂、茶剂7种剂型，骨科痛症类和妇科类两大类系列产品，主要产品有壮腰健肾丸、舒筋健腰丸、昆仙胶囊、乌鸡白凤丸、喉疾灵胶囊、咳喘顺丸、补脾益肠丸等，多个产品荣获高新技术产品称号，产品畅销全国各地。2015年，陈李济启动以"百年陈皮"为核心的大健康产业，运营年份陈皮、柑普茶健康产品，满足大众对健康养生的需求。

1993年，陈李济被国家国内贸易部认定为"中华老字号"；2008年，"陈李济传统中药文化"被列入国家级非物质文化遗产；2009年，陈李济获国家商务部"中华老字号"称号；2011年，"陈李济"商标荣获"中国驰名商标"认证；2016年，陈李济被认定为"全国中医药文化宣传教育基地"；2018年，"陈李济中药文化园"被评为AAA级国家旅游景区。

陈李济是"广东省创新型企业""广东省高新技术企业""国家知识产权优势企业"，列入"广州市企业技术中心"，拥有广东省、广州市"中药免疫制剂工程技术研究中心"两个科研平台和重点实验室。

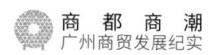

"舞榭歌台，风流总被，雨打风吹去。" 421年的时光流转岁月更迭，许许多多与陈李济同时代诞生的商号，都淹没在历史的长河中无声无息，无数后期的知名品牌都被光阴故事中的风霜雪雨销蚀得了无踪影。然而，陈李记依然傲立在岭南的大地福荫苍生，默默地书写同心济世的辉煌篇章。

古方里的疫情防控密码

"天下兴亡，匹夫有责。新冠肺炎泛滥，我们陈李济更加要发扬'存心济世'的精神，为抗疫战斗做出应有的贡献。"陈李济研究所的工程师王冰回忆。

2020年，新冠肺炎疫情在华夏大地蔓延，一时间全民陷入恐慌，草木皆兵。陈李济第一时间敏锐地发现了疫情的扩张态势。2020年1月13日至15日，陈李济营销团队认真研究了湖北武汉地区的肺炎进展情况，在进行了细致的市场调研后，提出对玉屏风袋泡茶恢复生产的申请。工程师王冰接到公司下达的这个任务时，陷入了沉思。

玉屏风为中药名方，由防风、黄芪、白术三味中药组成。陈李济经过创新研发，将传统玉屏风颗粒制剂研制为袋泡茶便携装，适应当下生活节奏加快的市场需求。早在20世纪80年代时，陈李济玉屏风袋泡茶就获得了广东省药品生产批文，90年代，由广东省省级生产批文转为国家级生产批文。

从2010年起，王冰就已经着手研究如何突破玉屏风袋泡茶的生产工艺瓶颈。2012年，在广州市药品检验所倡导提高制药标准的契机下，突破了生产工艺的限制，开启了产业化生产的进程。2014年春，陈李济玉屏风袋泡茶搭上国家政策的尾班车，被《中华人民共和国药典》2015年版收录，并于2016年初通过GMP认证。但由于玉屏风袋泡茶有限期仅12个月，药品生产和销售周期消耗的时间也比较长，且厂方配套设备规模较小，一批次仅能生产100

公斤的颗粒，因而一直作为小品种药品而被忽略。

2019年冬新冠疫情暴发，王冰临危受命，尽管到了退休年龄，但是他毅然接受企业的返聘邀请，继续研究。2020年，面对新型冠状病毒的肆虐，全国多个省市以玉屏风处方为基础加减用于新型冠状病毒肺炎预防和调护，并多次作为新冠肺炎患者医学观察阶段、恢复阶段用药。再加上陈李济营销团队提出的玉屏风恢复生产的申请，王冰意识到，这是重振陈李济古方正药雄风的绝佳时机。

陈李济的玉屏风袋泡茶，是该类制剂的全国独家产品，是国家非处方药（OTC）甲类药品，与其他玉屏风制剂相比，袋泡茶难能可贵地保留了黄芪多糖的药理活性，疗效有独特优势。在王冰等研究员的紧急协调下，玉屏风生产车间立即动工，恢复玉屏风袋泡茶的生产，迅速销往全国各地。陈李济积极践行企业的"济世"理念，扛起了国企的使命与担当，免费提供试饮，守卫人民健康，为疫情防控筑起一道"看不见的供给线"。

"同心济世"薪火相传

"'同心济世'是我们一代代陈李济人的信仰与追求。新冠肺炎疫情告急，2020年大年初一我们就投入到了抗疫工作中。"广州白云山陈李济药厂有限公司人事部部长黄志基说，大年三十万家团聚时分，他就接到公司大年初二紧急回岗上班，支援抗疫的通知。因为1月24日（除夕），陈李济喉疾灵胶囊入选广州市防控新冠肺炎应急药品，陈李济积极响应广州市国资委党委号召，发动党员及一线生产员工生产喉疾灵胶囊。他立即利用新媒体平台的优势，用手机拉了一个微信工作群，一呼百应，共产党员、共青团员和普通群众纷纷报名投入抗疫生产。就在家人都围坐在电视机前，观看中央电视台春节联欢晚会现场直播的时候，他默默收拾好行囊，第二天一早，告别亲人搭上高铁回到了陈李济公司，投入抗疫生产一线。

大年初二，白云山陈李济一车间正在紧锣密鼓地生产。广药集团党委书记、董事长李楚源和陈李济党委书记、董事长石洪超来到生产车间慰问一线加班加点生产的员工，了解企业复工生产情况和抗疫药品喉疾灵胶囊生产供应情况，李楚源和石洪超等领导大年初二深入基层的慰问，使全体员工备受鼓舞和激励。

接到集团复工通知后，石洪超要求领导班子成员及基层党组织的每一位党员要充分发挥战斗堡垒和先锋模范作用，团结全厂干部职工众志成城，投入疫情防控阻击战。

以"陈李济杨殷红色突击队"为代表的多名党员全力以赴支援一线生产，构筑群防群治的严密防线，共有党员278人次参与了支援喉疾灵胶囊包装生产。

在全体生产员工和党员突击队不舍昼夜的奋战下，2月3日，陈李济保质保量，准时向广州医药股份有限公司（广州市疫情应急物资和药品唯一配送单位）交付第一批4万盒喉疾灵胶囊，向全国人民及时供应确保质量、安全有效的抗疫应急药品。

在这春节加班生产过程中，陈李济为了按时完成上级委派的任务，生产车间的工作人员身兼数职，一人干多人的活儿；胶囊工序的操作人员夜以继日加班加点工作；办公室人员在做好本职工作外主动投入胶囊外包工序帮着捡片；维修组人员做到一人跟一机，保障生产设备顺利运行。

人活着要有责任和使命感，只要国家需要，陈李济人都义无反顾响应召唤。车间生产操作工朱敏璇对笔者介绍说，2020年大年初一，她和丈夫麦泽均正整理着行李备好手信，打算大年初二回潮州老家拜年，突然接到公司的通知，作为喉疾灵胶囊的生产线主力，需要夫妻俩立刻到岗。"当时，我心里确实有些纠结，因为宝宝刚满月第一次回潮州，外公外婆都盼着要看外孙。我的爸爸妈妈听到我们要初二加班，不能回去拜年的时候，老人家很失落，电话里久久没说话。"朱敏璇说，纠结是暂时的，"诚信为本""同心济世""救济扶危"正是陈李济传世之本。她只能在电话里安慰父母亲之后，立即投入生产。在赶制喉疾灵胶囊的生产过程中，咬紧牙关以顽强的毅力抵御因严重缺乏睡眠带来的困顿，直到保质保量按时完成生产任务。

朱敏璇生于1993年，毕业于广州中医药大学。2015年进入陈李济药厂做车间生产操作工，先后获得公司和集团"优秀共青团员"称号。她说："我一直告诉自己，要坚定信念，以一个优秀共青团员的标准来严格要求自己，不断地适应时代的发展，紧跟时代的步伐，不断扩充自身的知识储备，提高自身的修养，更好地为社会做贡献。"

三 太平馆，张开嘴巴吃世界

让中国人"张开嘴巴吃世界"

随着全球化的不断深入，中西文化交融的增强，越来越多的中国人喜爱吃西餐。但是，爱吃西餐的人不一定都知道，中国的第一家西餐厅就诞生于美食之都广州，这家百年老字号西餐厅名叫太平馆。

太平馆是一部浓缩的历史，透过岁月的烟云，依稀可见周恩来、邓颖超、鲁迅、郭沫若、郁达夫、李宗仁、何应钦、李济深、张治中、宋子文、林森、张发奎、邓演达、钱大钧等名流贤达风尘仆仆进出其间的身影。

老字号代表一座城市独特的身份与文化气质。这座横跨三个世纪的老字号，其沉浮兴衰的多舛命运背后隐匿着谜一般的城市记忆。

走进这座充满传奇色彩的百年老字号西餐厅。稀疏的食客、阑珊的灯火、浅浅的感人衷肠的《永浴爱河》（*Forever In Love*）的萨克斯音乐……这一切的景象都营造出后疫情时代人们心中难以言说的落寞之情。

广州太平馆的总经理甘丽红表示："老字号是岁月的积淀，老字号的口碑是一代又一代人用良心打造出来的。"

然而，太平馆，这家中国人开的第一家西餐厅，却经历了鲜为人知的多舛命运。其诞生之初的格调与境况，完全颠覆了普罗大众对西餐厅的高大上、绅士风的习惯认知。没有迷人的烛光，没有浪漫的钢琴乐声，也没有玫瑰色的红酒,没有古典写实的巨幅壁画……只有"小吃摊"现煎现卖的煎牛扒。这就是太平馆西餐的雏形。自从1885年,广州厨师徐老高在太平沙卖"煎牛扒"起,西餐就在中国扎根了。徐老高也成为让中国人"张开嘴巴吃世界"的第一人。

徐老高,广州西村人。清朝末年,他在广州沙面"其昌洋行"当厨师,学得一手西洋菜烹饪技艺。洋人嘴刁,稍不合口味就责备徐老高。受不了窝囊气的徐老高,一气之下把洋人炒了鱿鱼,自己挑着小食担在今北京路太平沙一带兜售煎牛扒,沿街叫卖。因手艺好、口味绝佳、价格便宜,一二毫白银便可吃到鲜嫩可口的煎牛扒,吸引了不少食客。起初是一些街坊市民,渐渐一些官府衙吏、文人雅士、洋行客商也来吃。1885年,生意渐好的徐老高告别肩挑小贩的日子,在城垣内租了一个固定摊档,并以地名而命名,挂出了"太平馆"的招牌,开起了正规的西餐馆。从此,徐老高成了后世公认的中国人开西餐馆的第一人。

起初,徐老高挑担摆摊卖煎牛扒时,每天只能卖三五斤牛肉,一大早在附近的集市上买来牛肉和配料,就在街边现煎现卖,卖完收档。后来,前来吃煎牛扒的食客越来越多,开始做早、午、晚三市,为了保障材料的供应,他把自己的兄弟叫来帮忙到集市上采购。租了铺子开"太平馆"之后,徐老高雇请了一些帮工,把西餐馆做得越来越火旺。

当时的西餐,只此一家,国人稀罕、洋人喜欢,太平馆的生意自然兴隆。直到清末,徐氏兄弟已经是丁财两旺。辛亥革命胜利、民国成立之后,太平馆在菜品上有了新的拓展,不仅卖煎牛扒、猪扒,还首创烧乳鸽和葡国鸡,名震广州和岭南。

太平馆几经城市改造,由普通平房改为混凝土石柱三层木楼,西餐馆的格局渐渐成形。徐老高兄弟年老故去,各房子嗣分家,有的分得房产,有的分了钱财,徐老高的两个儿子徐焕和徐枝泉则分得了太平馆经营的权利。他们从小跟随父亲经营太平馆,学得过硬的手艺和管理经验,把太平馆的生意做得越来越大。

而徐氏分家时分得房产、钱财的另一房，因坐吃山空终觉并非良策，也打算做太平馆的生意，可是分家协议明文规定，除徐焕和徐枝泉外，任何人不得用"太平馆"名字经营。如果不用这个老招牌，很难吸引食客。于是，他们重金雇请律师替他们谋划。不久，在现在的北京路财厅附近的一座楼房开起了"太平新馆"，由掌柜徐宝泉打理生意。

徐焕和徐枝泉兄弟感觉这"太平新馆"显然对他们利益构成侵害。于是，也请了律师帮他们主持公道。但是，得人钱财的大状打了个擦边球，一个"新"字让你无法对簿公堂。无奈之下，兄弟只能忍了。从此，广州的太平馆，有"老馆"和"新馆"之分。

太平馆的沧桑岁月

20世纪20年代初，广州市城中马路开拓，财厅前的地段日见兴旺。这里的楼房已逐渐建立，太平新馆西餐生意做得不错。但徐宝泉参加了商团叛乱活动，在孙中山回师平定商团叛乱之后，徐宝泉逃走了，不久"太平新馆"也随着倒闭了。

在"太平新馆"开张之前，今北京路财厅前有一家"国民餐店"，也是20世纪20年代初期开的，由广州近郊人潘全筹办，多人合股，各人投资一两百银圆不等，也有多至三五百元的，都在店中任职。创办之初，各人还能通力合作，经营得颇为火红。生意好了，合伙人之间闹矛盾了。1926年，潘全和股东们反复寻思，不能再这样合作下去了，于是决定"拆股"，在街边张贴了"顶让"启事。最终，徐焕、徐枝泉兄弟花6000元港币把"国民餐店"的铺面和家当全承接过来，重新装修挂上"老太平馆支店"的招牌，同时在旁边加上"老太平馆在太平沙"的字样，就开张营业了。从此，"老太平馆"和"老太平馆支店"在徐焕、徐枝泉兄弟的经营下，南北呼应，成了广州西餐行业最出色的店号。

这两家太平馆除了在店面装饰方面，新增宫灯、壁板、沙发、地毯以及各种型号的餐台等设备之外，菜谱也不断创新和改进，不断有新的菜式佳肴面市，并在出品上十分考究。比如，烧乳鸽的鸽子选择出生40天左右的良种，购进以后又派专人、专笼给予绿豆饲料糟养。鸽子进食习惯娇气，只有在饥饿时才啄食几粒。徐氏兄弟就派专人用嘴含豆于唇边逐粒向鸽诱食，使糟养的乳鸽十分肥嫩。

烧乳鸽这道菜，由跟随徐老高多年的西餐名厨张炎、王澄专职烹饪。每每烧乳鸽一上桌，食客连连叫绝。

当时，太平馆的菜谱价格：烧乳鸽1元、葡国鸡5元、焗蟹盖6毫、牛尾汤4毫，四道菜一共7元（均以银圆计）。而当时，广州的普通市民每月伙食在四五元之间，吃上一顿西餐，抵上市民一个半月的伙食。所以，来太平馆的顾客，主要是军政界人士，其次是银行界、医务界、知识界的名流以及富家子弟。

蒋介石、汪精卫、林森、李济深、张发奎、陈济棠、李汉魂、陈策等国民党军政要员以及他们的部分亲属是永汉北财厅前那家太平馆的常客。黄埔军校师生以及外国水兵多是来永汉南太平沙的太平馆，因它位于珠江边上，乘船来回方便。

太平馆除了楼面经营外，还有"会送"服务，"会送"相当于现在的"外卖"。据载：1926年7月9日，国民革命军在广州东场举行北伐誓师典礼。与会者每人一份茶点，一包几件，共1万份左右的美点订制，都是由太平沙的太平馆制作的。1929年1月15日，中山纪念堂落成典礼宴会，也是向太平馆定席订制1200多份"上门到会"。1928年至1935年间，陈济棠公馆设宴最多，常约太平馆上门做"公馆到会"服务，从几席到十多席不等。有时客人自备高级餐具，菜色非常讲究。陈济棠平时也常到太平馆进餐，其儿子是太平馆的座上客，常与一些官宦子弟一起来太平馆聚餐。

1936年，林森到广东博罗罗浮山参拜3天，安排中餐由大三元酒楼、西餐由太平馆"远程到会"在罗浮山现场烹饪饮食，对食谱的要求是时而中餐、时而西餐，不断变换口味。跟随林森前往的大小官员甚众，仅轿车就有30辆，给大三元和太平馆各备大型汽车一辆，装载厨师、厨工、杂工和食材、配料、餐具等。

1936年7月13日，蒋介石下令免去陈济棠职务来到广州，进太平馆吃烧乳鸽。当时，大批警卫人员穿着西装乔装成食客，占据了馆内各个重要位置，还埋伏在太平馆对面的陆园、兰园、清泉几个茶室可以直视太平馆动静的关键要津。太平馆门前，各种便衣宪警虎视眈眈、如临大敌。当时，蒋介石穿着长衫马褂，走进太平馆，与之同行的有国民党军中将钱大钧以及警卫唐海安。实际上，在蒋介石来太平馆之前，早已提前订席将太平馆席位全部包下了。

蒋介石来过太平馆之后，报纸以头条新闻进行报道。第二天以及随后的一些日子，太平馆门庭若市，许多好奇的顾客慕名而来向太平馆的人打听蒋介石来用餐的情况，甚至争相预订蒋介石坐过的席位。每一个主要人物来过太平馆，总会带来一拨新客。

太平馆的老板善于逢迎客人，他们摸清了高级官员的心理状态，既要求出品上乘，美味可口；又希望环境幽雅、人身安全。

永汉北的太平馆背后是法国驻广州领事馆，老板利用这"地利"优势和太平馆精致的出品，把菜谱的价格提得很高。葡国鸡，选的是清远鸡项（未生蛋的母鸡），每只2斤多重，加上一段时间的糟养，原料的成本不超过2元大洋，而售价是5元。

当时永汉路的南北两家太平馆一共有150个左右的席位，所有厨工和侍应多于2人，从上午7时开业至深夜12时，"一班到底"（客少时轮空休息）中间不收市。老板用"低工薪、包伙食、靠小账（提成）"这一套办法维系员工，比起别的饮食店，待遇略优。其他店如果工薪每月10元，太平馆则多给2元左右；伙食也要优于同行。所以，太平馆的职工往往一干就二三十年不跳槽。

20世纪30年代之后，广州两家太平馆生意兴旺，还在十八甫另开辟一家太平馆，只专卖馆的4种名菜（烧乳鸽、葡国鸡、焗蟹盖、牛尾汤），吸引了许多食客。尽管当时广州已有30多家西餐馆，而且各有千秋，但都无法与太平馆比肩。到了1935年前后，徐焕和徐枝泉兄弟先后去世，太平馆由徐家第三代人经营，由徐焕的二儿子徐汗初做掌门人。

1925年，时任黄埔军校政治部主任的周恩来与邓颖超喜结良缘，就是在太平馆西餐厅宴请宾客向朋友宣告结婚的。

从1937年8月31日起，日军对广州展开空袭，进行轮番轰炸。就在1938年10月广州沦陷前夕，徐汗初将三家太平馆同时关门歇业，举家逃难到香港，部分职工也跟着去了香港。

到港不久，徐汗初便在湾仔找了一家小店铺，挂起"省港太平馆"的招牌，重新开业。由于太平馆在广州早已有名，在香港一开业食客云集，两三年之间，生意不断发展。直到1941年底，香港沦陷，"省港太平馆"也遭遇日军炮火兵燹之灾。

广州沦陷之后，一位曾在太平馆做过厨工名叫利炳的人召集原来留在广州的工友，凑集钱财重新让永汉北太平馆开业，后得徐汗初经济支持，在日占区艰难经营，业务逐渐复苏。

1944年，在香港的徐汗初为了寻求营业出路，回到广州筹措复业，在第十甫再次挂起太平馆的牌子。1945年，抗日战争胜利日本投降后，广州永汉北以及第十甫的太平馆，得以相应地发展。经过重新修缮，逐渐恢复原貌，许多高级官员重新来到太平馆吃西餐。银行界、医务界、教育界、文化界的人士接踵而至。

第十甫的太平馆被看作太平馆的一个分支店，面向中小商人和其他各界人士。由于该馆的西菜品种多，除经营烧乳鸽、葡国鸡、焗蟹盖、牛尾汤这几味名菜外，还着意精制牛扒、猪扒一类的品种，以适应商人食客的需要，还有西式糕点，生意甚好。

与此同时，太平馆在香港的店号，除湾仔继续经营外，另在弥敦道、中环先后开了两家。后来，徐家的第四代还在美国三藩市开设太平馆，招牌是"中国广东省广州市太平沙太平馆"，以表明不忘祖籍，不忘老馆。

新中国成立后，太平馆的顾客发生了变化。原来的旧军政界人士，绝大多数都不见了。西餐的经营出现了一个暂时的清淡局面。从此，西餐馆的食品走上了"中西合璧""中西并重"的道路，即西菜制成包含有中菜的成分在内，或者既营西菜，又营中菜。太平馆中出现清蒸鲩鱼、蚝油牛肉、酸甜排骨等品种。

因为顾客对象大幅度变化，广州市内不少西餐馆改业，在十八甫的太平馆也歇业了。永汉北这家太平馆老字号，总算仍然继续营业。

到了1956年公私合营时，太平馆把永汉路附近的多家西餐馆合并起来，成为公私合营的企业，渐渐恢复西菜西点。

1959年和1965年，时任国家总理的周恩来来广州开展工作时，再次专程前往太平馆用餐。为纪念周总理莅临太平馆，以前的经营者专门在二楼开辟了一个"总理厅"，并按当时总理就餐时的陈设布置，墙上挂有周总理和邓颖超的结婚照片。此后，根据周总理伉俪生前喜欢的食品，太平馆还曾经推出了"总理套餐"与"总理夫人套餐"。直到后来东江饮食集团重新改造太平馆后，就没有将总理厅保留下来。

1993年以前，"太平馆"品牌及其经营权都由国有企业广州市饮食服务公司所有。1993年后，由广州市政府牵线，由香港某企业与广州市饮食集团合作，"太平馆"成了名副其实的粤港合资企业，斥资进行全面欧洲式装修改造，扩展了营业楼层。首层有西饼屋、中西式快餐和经营冷饮的美利权冰室，二、三层专营西餐。开始时生意红火，后来却急转直下。

2002年，广州东江饮食集团老板黎永星投资数百万元，从太平馆原东家手中买下经营权，重新开张营业并一度生意火爆，使这棵百年古树萌发新枝。

2003年5月，太平馆的粤港合作合同到期，政府要求东江独力经营。黎永星便投资近800万元买断了太平馆内实物资产，并进行重新装修。除了保留原有的特色外，还加入了不少现代元素，餐厅环境怀旧幽雅，充满欧陆风情。但黎永星怎么也没想到，表面平静的太平馆背后产权却极其复杂，而这个复杂最终还导致了它的停业。

1999年至2002年间，有关部门根据太平馆是侨房的相关规定，陆续把产权发还给原业主（包括香港太平馆负责人徐锡安家）。业权发还后，房产的私人业主便开始向太平馆当时的经营者和后来的东江饮食集团提出了提高租金的要求。最后，房屋租价从每月10万元一路攀升到了18万元。

黎永星说："虽然这么贵，我们最后还是让步了，18万元我们都愿意给。但他们又说不租了，硬是把房子收回去。"至2003年底，太平馆部分业主坚决收掉了346号和344号的一半（徐家的），而344号那一半正好是太平馆厕所和厨房的所在地。太平馆没有了厨房和厕所，自然做不下去而停业。

2005年，东江饮食集团再度装修太平馆开业，这次装修主打"怀旧"风格，希望重新焕发人们记忆里的太平馆的风姿。菜式上也保留传统的特色菜来吸引新老顾客。

甘丽红最后表示，对百年老字号太平馆来说，坚持做好传统菜式和服务是最重要的。"总理套餐"和"总理夫人套餐"是不少顾客来此店的首选菜式。作为太平馆人，有责任和义务把太平馆的优秀品牌传承下去并发扬光大。

四　致美斋，400年南派酱宗

致美斋成全了一场烹饪处女秀

"曾经，致美斋于我，仿佛是处于平行世界；如今，致美斋于我，已然深深地融入了我的生活，乃至成为我的世界中不可分割的一部分。"广州致美斋食品有限公司总经理周晓炜如是说。1998年，他大学毕业，告别家乡江苏盐城来到了广州寻梦。每天迎着初升的太阳和西斜的夕阳，从白云区新市的出租屋往返于天河北的写字楼，必经广花路（今三元里大道）的广州致美斋食品有限公司门口。那弥漫于空气中的酱香，使他注意到了这个招牌并不起眼的公司，也让他认识了今天成为他生活一部分的致美斋。

据周晓炜回忆，有一天，他的一位北方来的同学到他家中做客。过着独居日子的他平时不做饭，这回他执意要亲手做几道菜款待昔日的同窗好友。他去菜市场买来了五花肉、排骨、青菜。心想既然打肿脸充胖子，只能装到底了，油多不坏菜，水平不行，就拿调味料来凑。面对琳琅满目的调味料，他心中只有唯一的选择，那就是每天都能见到的致美斋。特制老抽熬制红烧肉，排骨酱焖排骨，双簧生抽淋个盐水菜心，外加一瓶皖酒王。同窗对坐，开怀畅饮，品味美食，纵论天下。"那位同学大抵是饿了的缘故，直夸我手艺正，至今还惦记着我的厨艺。我也吹牛这都是正宗粤式菜，心底里感谢致美斋，是它成就了我的烹饪处女秀。"周晓炜饶有兴味地说。

周晓炜告诉笔者,他大学本科学的是纺织品设计,当时与酱料行业没有关系。2008年,他考取了中山大学全日制工商管理硕士研究生,2010年毕业进了广州岭南国际企业集团有限公司工作,任运营管理二部(食品板块)总监。2014年底,周晓炜被调到岭南集团旗下的广州副食品企业集团有限公司任副总经理,主抓运营管理。2016年任广州副食品企业集团旗下的广州致美斋食品有限公司总经理。

周晓炜从最初与致美斋毫无任何关系,仅因为上下班路过致美斋酱园吸吮着酱料的香气,凭着几味致美斋酱料壮胆,成就了他的烹饪处女秀,到入主致美斋工作,与致美斋同声共荣,应该有着不只是用"缘分"一词能说得清楚的命理玄机。

周晓炜深有感触地说,致美斋,在老广心中的影响力已经超越调味品的范畴,更多的是几代老广人的回忆。2012年9月28日,致美斋文德路老铺复业。当时,他作为岭南集团的一名基层管理人员,驰援老铺开业工作,见证了致美斋老铺的复业场面,他被老广们的致美斋情结所震撼。那天上午9时28分开业,他提前1小时赶到致美斋老铺现场。令他意想不到的是,广州市民竟然早已在老铺前排起了长龙。他当时感到匪夷所思,心想,不就是打酱油吗?有必要这么拼吗?正式开业,不足100平方米的店铺里被那些满载着致美斋情结和记忆的顾客挤得水泄不通,门外的红线不断被跨越,里三层外三层,那种人头攒动的盛况,让致美斋人感到无上的欣慰和满足。

幸好,街坊们很自觉,没有磕碰颓丧,否则场面根本无法控制。这种景象一直持续到下午,直至晚上打烊,门前依然排着长队。让周晓炜记忆尤为深刻的是中午时分,一名年逾90的老太太在孙女的搀扶下前来老铺,为了安全起见,致美斋工作人员为老太太开了绿色通道,请到阁楼的博物馆就座。周晓炜和老人交谈才知道,她不仅是来打酱油的,更是来寻找她的回忆。她已经移居香港,听说致美斋老铺复业,特地回来,打扮得漂漂亮亮,来体验致美斋老铺的复业盛典。她讲了很多很多儿时的回忆,言语之间洋溢着满满的幸福和甜蜜。所以，致美斋老铺开张，那些排着长龙来打酱油的街坊，绝大部分都不仅仅是来打酱油，而是通过打酱油的形式重回故地，重温往事，唤起人生美好的记忆。致美斋，一个老广心中的调味品品牌，承载了老广们太多温馨的回忆！

2016年，周晓炜接过前辈的接力棒，成为一名正式的致美斋人。老字号如何复兴？市场的抢夺、股东的期望和企业如何跨越运营的困境，让他深感肩膀上的压力是如此沉重。然而，有一位一线员工的话令他至今难以忘怀，并一直激励着他坚定地前行。那是有一天，周晓炜在送别一位在一线工作的老员工退休时，听到老员工这么说："我可以容忍别人说我不好，但是不能容忍别人说致美斋不好！"周晓炜好奇地问为什么，老员工说："致美斋是大家的致美斋，作为致美斋的每一个人都应该用实际行动维护致美斋的品牌声誉。"简单朴素甚至带点偏执的语言背后，寄予了老员工对致美斋深厚的情感，而这情感是老员工一辈子为致美斋奋斗和奉献的结晶。一个基层一线普普通通的工人，默默坚守致美斋生产一线一辈子，无怨无悔，为企业、为品牌无私奉献！周晓炜说："这样的员工，在致美斋还有很多，他们对致美斋的情感远远超越了我的认知！我感到了'不是我一个人在战斗'的温暖。是他们给了我支持，是他们给了我信心，是他们让我明白了什么叫品牌的情怀。"

周晓炜表示，致美斋将一如既往地传承匠心，恪守品牌价值理念。作为始创于1608年，中国明清四大酱园之一，南派调味品制作技艺的创始者与传承者，其广式调味品制作技艺被列为广东省非物质文化遗产。致美斋将继续坚持诚信、创新、价值、共赢的品牌价值理念，坚守"用水致纯、选粮致精、工艺致正、酱品致香、待客致诚、味道致美"400年经营古训，致力于成为国内知名、华南领先的优质调味品的代表品牌，致力于成为调味品行业的千年品牌。

时代在前进，致美斋与时俱进，不断提升品牌竞争力。聚焦产品创新，为老品牌赋予新活力。近年来从酱油、食醋、蚝油、复合调味料等多品类着手，以消费者风味偏好、使用习惯、使用场景等需求为导向，开发了诸多风味特色化、包装年轻化、使用便捷化的产品，深受年轻消费者的青睐。融合线上线下，开拓新零售渠道。在布局全国、深耕终端的营销策略基础上，充分融入现代销售渠道变革中，积极利用互联网资源，开拓社群团购、社区团购，构建多平台联合运营的电商矩阵。并抓住复合调味料蓬勃发展契机，积极开拓工业渠道，与多家知名食品企业建立了战略级供应链合作关系。

周晓炜从陌路人，到旁观者、见证者、参与者直至操盘者，角色的转换使他深感责任之重大，使命之光荣。他说，致美斋历经400多年的风雨沧桑，沉淀了太多太多，凝聚成为独特的岭南酱园文化，融入了所有致美斋人的骨髓。正是一代又一代致美斋人的奉献和匠心传承，才成就了致美斋依然是中国调味界的丰碑之一。南派酱宗致美斋，粤味传奇四百年。今天的致美斋正在传承中持续创新，源源不断地焕发新的活力，展望未来，将谱写老字号发展新篇章。

老酱园的神秘任务

我国四大名酱园之一致美斋，始创于1608年，至今已有近413年的历史。在它数百年的酱料酿造生涯中，曾流传过无数的传奇故事。而在20世纪70年代初一次"绝密任务"就落在了致美斋的肩上。这个有关美国总统与中国第一瓶白酱油诞生的故事，却是鲜为人知。

故事中的当事人致美斋食品厂生产技术部冯禧瑞师傅，揭开了尘封半个世纪的历史的神秘面纱。

1972年，美国总统尼克松应邀访华。我国领导人举行盛大宴会，欢迎中美关系破冰之后首位访华的美国总统。那次宴会菜单上，有一道菜以火鸡为主要原料，需要白色的酱油做调料，如果从美国运到北京，时间又不允许。商业部便将这项光荣而艰巨的特殊任务，秘密地交给在调味行业一直领先的广州致美斋食品厂。

白酱油，也就是无色酱油，是西餐中常用的一种调料。但在当时的我国还没有生产。致美斋在既往几百年的酱料制作历史中，虽然生抽、老抽、小磨麻油、糯米甜醋等多个品种驰名海内外，但从未尝试过研制这种脱色的白酱油。

那是1972年2月的一天下午，刚下班回到西关家中的冯禧瑞，突然接到上级的通知，说有紧急任务必须马上回厂。当时，随车来接冯禧瑞的是广州市副食品公司生产科科长叶洪帜。他神秘地跟冯禧瑞说，接国家商业部指示，必须在48小时内研制生产出50公斤白色酱油作为"特需"，立即空运到北京。至于具体用途，未做说明，不许探问。

冯禧瑞与另一个同时接受任务的麦丽生师傅隐隐感到，此次事关重大，决不可等闲视之。冯禧瑞接受任务后，心里既忐忑不安，又有一种由创新带来的期盼和喜悦。

冯禧瑞毕业于华南师范学院后留校教学，从教生物科多年。1969年转到致美斋食品厂从事调味品的研制生产。接受任务时，他是广州仅有的两个调味工艺师之一；而麦丽生是酱油类七级技工，在国内调味品行业他们已是"行尊"级人物。冯禧瑞说，对制作白酱油不是没有一点把握，至少那时候厂里已经有味精生产，掌握了较成熟的"脱色"工艺。白酱油即从我们常见的酱油中"脱色"而成。所以，制造出白酱油的生抽优质原料很重要。当时，我国处于计划经济时期，物资极其匮乏，不会有剩余产品存库。幸亏那时厂里每生产一批酱油，都会留几缸上等货，标准是色香味俱佳。这些上品都储存在厂里一个坡地的大罐以备不时之需。这次，有现成上好的生抽酱油为原料脱色，制造白酱油就解决了关键的一步。

选中一缸特级生抽，冯、麦两位师傅即紧张地投入与时间赛跑的试产中。从傍晚6点起，以他两人为骨干的"特别小组"便被特别隔离起来，在静悄悄的车间一隅"秘密"干活。在那以阶级斗争为纲的年代，被召回来为他们"服务"的保卫干事、工人也都自觉回避，不敢近前过问。督阵的厂党委书记罗刚，不时来巡视一下，也不敢打扰，后来则干脆负责为他们准备夜餐。

深夜，大地一片静寂，地处广州三元里的致美斋显得特别荒凉。然而，冯、麦两位师傅知道48小时对他们意味着什么，明显感受到自己肩上的重负，一定要圆满地完成党中央托付的重任。他们先是用烧杯取生抽做小样，用活性炭吸附颜色。每一道工序都显得小心翼翼，他们都是第一次接受绝密任务。几小时后，滤色、色褪、样成，总算得到一瓶清纯如水的白酱油。书记罗刚欣喜地拍着他们的肩膀，一切尽在不言中。这时天空已露出鱼肚白，已经一夜无眠的冯、麦两位师傅，确实困了，太需要休息了；虽然上级给予48个小时，但是，为了尽快拿出成果，给自己留有余地，他们立即进入批量生产。由于生产的数量少，厂里所有大型设备均派不上用场。比如，原来用蒸汽蒸煮程序，现只能靠人工间接加蒸汽蒸煮；原用管道泵原液去加工，现只能用人力挑着原液去加工……

至第二天早上10时许，仅用了16个小时，约50公斤高质量的无色酱油终于在致美斋生产出来了，随即用酱油瓶装好送上飞机急运北京。就这样，致美斋顺利地完成了上级组织交给的特殊任务。

从此，中国大地上第一瓶白酱油诞生了，这也成为致美斋百年酱园历史长河中的一段佳话流传至今。

今天的致美斋，匠心相传，守正创新，始终专注于为消费者提供安全、健康、美味、特色的调味产品！中华老字号致美斋的金字招牌不断焕发新的活力！

致美匠心，薪火相传

"致美斋老字号，400多年历久弥新，是匠心传承的见证。"致美斋第十四代传人刘亮明如是说。

1988年，高中毕业的刘亮明考取了天津商学院（现在的天津商业大学）食品工程系发酵专业。1992年毕业双向选择来到了广州致美斋食品有限公司生产技术部工作。"酱料生产，相对于其他传统食品生产来说，是科技含量相对比较高的行业。因为，它需要发酵。"刘亮明说，"温度、湿度和时间是决定发酵品质的三大因素。"他作为发酵专业毕业的科班生，面对生产技术部的老师傅们，凭着祖祖辈辈师徒相传的经验来判断一年四季不同时令的产品发酵程度，常常暗自惊叹。比如，冬天里发酵，老师傅们会采用覆盖稻草、棉絮的方式来保温，会采用开窗通风来调整湿度等。尽管不如空调等现代技术设备进行调温、调湿、定时这么稳定和精确，但就是这种口耳相传的秘籍性的经验和眼力，使致美斋的品牌历经了400多年的风雨洗礼，历久弥新，传承与创新使致美斋作为"中国免检产品"遍及世界。

2008年夏天一个早晨，刘亮明回到单位上班，接到公司恢复广式酱油品牌代表"致美斋天顶头抽"的复产研发任务。面对这份艰巨又光荣的任务，刘亮明内心感到激动的同时也备感压力。因为他知道，有着400年厚重历史的致美斋老字号，要重新恢复天顶头抽的生产，在当时的形势和背景下，是一项十分艰难且不可能完成的任务。

故事要从天顶头抽的历史沿革说起。天顶头抽既是致美斋公司的镇店之宝，也代表着岭南人的骄傲。早在清朝就已享誉全国及东南亚地区。在坊间广为流传着一段关于天顶头抽的故事：清政府为了推行廉政，不允许地方官员再向朝廷进贡名贵物品，因此，当时的广东官员就把致美斋天顶头抽酱油送到北京，皇帝和大臣们品尝以后大为赞赏，感叹"此物只应天上有"。从此以后,致美斋品牌在业内声名鹊起。后来,到了清末民初期间,国家处于战乱和社会经济萧条时期,民不聊生,食不果腹,天顶头抽也随之停产。

令皇上舌底生津、食欲大振的酱油,里面到底藏了什么秘密?作为从事30年酱油研发生产的专家,刘亮明是这样理解的:广式酱油的主要原料是大豆,经过蒸煮的大豆,蛋白已适度变性,在制曲过程以米曲霉为主的微生物繁殖产生大量的蛋白酶、糖化酶等酶系,在自然晒酿的过程中,大豆蛋白及小麦淀粉在多种生物及酶的作用下,逐渐分解并形成各类营养及风味物质,如酱油中的氨基酸、葡萄糖、有机酸、醇类、酯类、酚类、维生素及有益健康的微量物质,酱油中各类物质和微生物在阳光和温度的作用下,随着时间的推移,各类物质也在发生微妙的变化,因此形成了酱油的多样风味。天顶头抽也就是根据广式酱油的工艺和风味变化的特点,精选优质的材料,采用特有的配方和独具风格的工艺方法,在阳光和时间的作用下晒酿而成的高品质酱油。

2008年,是致美斋发展里程碑中最有意义的一年,因为致美斋重新回归到国有经营,同时实现了品牌自主。同年,为进一步提升致美斋品牌影响力,加快公司经营发展,在当时的广州市政府和社会各界大力支持下,致美斋老铺得以原址回迁。在此契机之下,致美斋天顶头抽复产研发正式提上日程,而恢复天顶头抽复产的艰巨任务,毅然落在了致美斋第十四代传人刘亮明身上。刘亮明考虑到头抽的生产工艺在历史记载中信息有限,所以在他接下这份重任之后,马上开始对手上有限的历史资料和文献进行翻阅,希望通过对零碎资料的收集和整理,为下一步复产工作奠定基础。

刘亮明在多方寻访几经周折之下,得以向多位已退休的致美斋老前辈了解有关酱油传统酿造技艺和关于天顶头抽的零星记忆。刘亮明收集到信息后,马不停蹄地从选材、配方、工艺、产品特征和工艺操作等环节开始着手研究,制订了详尽的计划,逐步理清研发方向,天顶头抽的复产之路也愈来愈清晰。

接着对研发小组的工作进行合理分配，按时按质完成任务。在刘亮明的悉心带领下，研发团队从材料选择、设备比选、工艺试验、过程验证、包装选型、成品品鉴等环节，通过应用现代生物、检验检测、设备制造等先进设备和传统技艺融合。经历了漫长而艰苦的研发过程，团队成员不断地尝试，总结失败的原因，终于把最具匠心的手艺、最优质的原料、最精湛的传统酿造工艺融合到现代消费者的需求之中，生产出味美至纯的天顶头抽。

在致美斋老铺原址复业一周年庆典时，天顶头抽在广东省拍卖行有限公司拍出了一瓶18 000元——当时属于全球最贵的酱油。天顶头抽以全新的姿态，重回南派酱宗的席位。经第三方专业机构检测，天顶头抽的氨基酸含量远超国家特级标准。复产不仅为企业的酱油生产实现了质的突破，更是致美斋品牌复兴的全新开局。

刘亮明在致美斋平凡的岗位默默无闻地工作了30年，直到今天，他仍然每天奔走在厂区内的各个部室生产车间。近年来，由于他身患高血压，同事和亲友们都在劝他"该歇下来了"，他却说："为了致美斋品牌发展，我还要为党、为致美斋贡献自己的力量。我，初心不变。"他始终秉承代代致美斋人的工匠精神和追求极致的完美主义理想。因为他知道，只有对产品质量有着至善至美的追求，才能使致美斋400年老字号品牌长盛不衰。

后 记

人类文明的传承都是靠文字书写来实现的。《左传》《史记》使我们了解华夏文明的起源和先民筚路蓝缕的英雄传奇。《史记》是世界上最早的传记文学和报告文学的典范；司马迁是非虚构文学的祖师爷，他用自己的鸿篇巨制教我们如何客观地、精彩地为历史立传、为天地立心、为苍生立言。

人类之所以需要铭记历史，是因为历史是一面镜子，它使一个国家一个民族在悠久的文化积淀中能够自信、自尊、自豪地繁衍生息、薪火相传，而不至于在漫长的岁月流变中因忘祖背宗而集体失忆、族群迷失。

所以，忠实地记录时代、见证变革、传承精神、与世界交流、与未来对话，是我们这一代书写者义不容辞的责任和使命。

报告文学不朽的生命力和无穷的魅力，就在于真实而又艺术地展现人性之光、大千之美、世事之奇。譬如：《绞刑架下的报告》《震撼世界的十天》《包身工》《谁是最可爱的人》《哥德巴赫猜想》《天使在作战》等优秀报告文学作品。

随着5G时代的来临，在互联网碾压下日渐式微的传统文化、行将消亡的农耕文明等等，都将成为昨日云烟。借助文字和影像把它记录和保存下来，传诸后世，意义深远。

本书试图努力地记录历史、书写时代、讴歌人民、传承精神、弘扬文明、见证变革，定格岁月里的难忘时光。为此，我叩开了一道又一道关闭经年的心扉，唤起一个又一个尘封的记忆。在这里我要特别感谢广州市委宣传部陈思、何龙，广州市商务局姜媛媛、夏慧、杨帆、罗政、李建党等工作人员的大力支持，他们给我提供了大量的历史文献，推荐了曾三次接待周总理的广交会资深服务员杨秋萍；改革开放之初率先放开塘鱼价格，打响全国价格改革第一枪的原广州市塘鱼食品公司经理白龙安等40多位采访对象。要联系受访者，必须通过行政发函协调，由于工作调动、人事变更，有的受访者几经周折才找到。在此，我对所有帮助过我以及接受过我采访的人，谨表崇高的敬意和衷心的感谢。因为有了他们的无私奉献和生命传奇，才有可能使作品有血有肉、有肝有胆、真切感人；才尽可能还原历史的真相，展现纪实的魅力，彰显时代的光华。

所憾的是，岁月沧桑，白驹过隙。本书中有些当事人已经仙逝作古了，有的因种种原因无法取得联系，使我无缘倾听他们当年为祖国建设挥洒血汗的心声。特别让我沉痛的是，原广州港集团有限公司新风港务分公司总经理、艰难创建黄沙水产市场的李锦和，在接受采访的过程中基础病突发，不幸往生……

另外，全书因各种原因进行了勘误和删减，因此并不能将所有精彩的采访内容一一呈现，我对那些无法"出镜"的采访对象心怀歉意，并同样感恩他们曾经默默的奉献……

由于时间仓促，使本书难免有挂一漏万之处，敬请各位方家批评教正。

喻彬于2021年1月31日一稿

3月31日二稿